Herman Grimm

Novellen

Herman Grimm

Novellen

ISBN/EAN: 9783741124884

Hergestellt in Europa, USA, Kanada, Australien, Japan

Cover: Foto ©Andreas Hilbeck / pixelio.de

Manufactured and distributed by brebook publishing software
(www.brebook.com)

Herman Grimm

Novellen

Inhalt.

Die Sängerin.

— — Ich lernte zu dieser Zeit Mademoiselle
de Gaussin kennen, eine der ausgezeichnetsten Frauen,
die je auf dem Theater erschienen sind. Sie war
jung, schön, geistreich und obgleich sie viel Gesell=
schaft und unter dieser viel ansehnliche und bedeu=
tende Männer bei sich sah, zu Niemand in ein
näheres Verhältniß getreten. Dies war auffallend.
Man erzählte sich allerlei darüber, wollte versteckte
Gründe ans Licht ziehen, bezeichnete Diesen und
Jenen als ihren heimlichen Günstling, allein die
Wahrheit erriethen nur Wenige und zwar nur ihre
genauern Freunde, zu denen ich mich bald zählen
durfte. Sie sagte mir einst mit der liebenswür=
digsten Offenheit, daß ein vorübergehendes Interesse
für sie niemals den Reiz gehabt, ihm ihr Herz auf=
zuopfern und daß sie zur Heirath keine Lust em=
pfände. Und in der That lernte ich dies vollkommen
begreifen. Sie ward vom Publicum bei jedem Auf=
treten mit Applaus empfangen, sie hatte für ihren
Salon die Auswahl unter Allem, was geistreich und

bedeutend in Paris war, sie fühlte kein Bedürfniß, ihr ruhiges, in jeder Hinsicht beneidenswerthes Loos mit einem anderen zu vertauschen, dessen Glück sie nicht vermißte und für dessen bedenkliche Seiten sie ein scharfes Auge hatte.

Nachdem ich im Frühjahr die Stadt verlassen und im Herbste wieder zurückgekehrt war, überraschte man mich mit der Neuigkeit, daß Mademoiselle de Gaussin der Bühne entsagt hätte. Ich eilte zu ihr, fand in ihr ganz die alte Freundin, um sie den gewohnten Kreis und in ihm die reizende Bewegung, die sie ihm zu verleihen wußte. Ich befragte sie über ihren auffallenden Entschluß. Ihre Gründe waren einfach und schlagend. „Ich bin", sagte sie, „dieses Lebens überdrüssig, welches mir keine Staffel mehr zeigt, die ich nicht schon erstiegen hätte. Meine gewohnten Rollen brachten mir den gewohnten Beifall ein, die Werke der neueren Componisten interessiren mich nicht, und das Publicum liebte mich in den alten mehr. Ich sagte zu mir: Wohin soll das führen? Du wirst mit der Zeit älter, dein Ruhm steht fest, dein Genre ist begrenzt, du bedarfst des Theaters nicht, um in Bequemlichkeit zu leben, du kannst deinen Kreis von Freunden und Bekannten auch fernerhin um dich sehen, du thust klug, eine Laufbahn zu verlassen, in welcher du bisher glücklich warst, um dir nicht in der Zukunft vielleicht Mißgeschick, Ungunst und Verbitterung zu bereiten und obendrein die glänzende Erinnerung zu rauben, die du für immer mit dir tragen wirst."

Sie sagte das nicht so trocken, wie ich es aufschreibe, sondern leicht, spielend, aber dennoch gewichtig, und ich pflichtete ihr in Allem bei. Während sie so dem Theater ihre entzückende Stimme entzog, ließ sie uns, so oft wir es wünschten, bei ihr den alten Genuß erneuern, und wenn sie, am Spinett sitzend, sang, umgab sie stets ein dankbares, entzücktes Auditorium, dessen Beifall aus vollem Herz drang.

Ich bemerkte unter ihren Freunden einen neu hinzugekommenen, der mir vom ersten Abend an durch die leidenschaftliche Art auffiel, mit welcher seine Augen der schönen Sängerin folgten. Er sprach fast nicht, bewegte sich selten von seinem Platze neben dem Kamine, wo er regelmäßig zu sitzen pflegte, und gab sich, ohne es vielleicht zu wissen, trotz seiner zurückgezogenen Haltung, den Anschein, als wäre er der Herr im Hause. Da Mademoiselle de Gaussin dies Wesen aber gar nicht zu bemerken schien und mit ihm wie mit jedem Andern unbefangen und, wie es in ihrer Natur lag, nicht ohne einen leisen Anstrich naiver Coquetterie sprach und lachte, so war ich bald gewiß, daß zwischen ihnen kein Einverständniß obwaltete. Auffallend war nur, daß ich, ich mochte so früh kommen als ich wollte oder einer der Letzten sein, die fortgingen, stets den jungen Marquis auf seiner Stelle fand, wie einen Posten, welcher niemals abgelöst wurde.

Ich ließ mich ihm vorstellen und fand Geschmack an ihm. Er wußte die Dinge, welche er sagte, in möglichst wenige Worte zu concentriren, was zu Zeiten sogar ein wenig geziert klang. Aber sein Urtheil war treffend, scharf ohne Härte und gab von einer inneren Bildung Zeugniß, welche bei einem so jungen Manne nur aus großem natürlichen Taktgefühl oder, und dies schien mir wenigstens Theil daran zu haben, aus innerem Leide herrühren mußte. Ich war von Anfang an nicht unbefangen und überzeugt, daß er die Gaussin liebte; erforschen wollte ich nur, ob sie die Leidenschaft erwidere. Der Marquis sprach niemals über sie. Wenn Alle begeistert Beifall klatschten, rührte er seine Hände nicht. Wenn sie uns durch eine neue geschmackvolle Toilette überraschte, war er der Letzte, welcher seine Bewunderung ausdrückte; wenn ich zufällig — denn absichtlich that ich es niemals — die Rede auf die reizenden Gaben unserer Freundin lenkte, schwieg er entweder oder gab karge Antwort und machte den oft ungeschickten Versuch, etwas Anderes in die Unterhaltung einzuschlüpfen zu lassen. In diesem Punkte verräth sich ein Herz, das nicht mehr frei ist, am ehesten.

Als ich eines Tages ungewöhnlich früh kam,

fand ich ihn, faft wie ich erwartet hatte und doch zu meiner Ueberrafchung, mit der Sängerin allein. Sie gingen miteinander im Salon auf und nieder, und er konnte die Verftimmung, mich zu ungelegener Zeit zu fehen, nicht verbergen. Sie dagegen wechfelte nicht die Miene, fragte mich nach luftigen Dingen, fprang von Einem zum Andern und machte dem Marquis Vorwürfe, daß er fo finfter fei. Dies war er nämlich nach und nach geworden, und als mehre Befucher erfchienen und fie ihrer guten Laune nicht den mindeften Einhalt that, verbeugte er fich und ging. Kaum war er hinaus, fo rief fie: „Mein Gott, der arme Marquis! Ich muß ihn beleidigt haben! Befter, bringen Sie ihm das von mir und einen Gruß!" Damit nahm fie fchnell eine Rofe aus der Vafe, die auf dem Tifche ftand, trocknete den Stiel an ihrem Spitzentafchentuche und trieb mich hinter ihm her.

Sie bewohnte ein Haus im Faubourg St.-Honoré. Winters refidirte fie in demjenigen Theile deſſelben, welcher an der Straße lag, Sommers dagegen pflegte fie fich in einen Pavillon zurückzuziehen, welcher, von Bäumen umgeben, im Garten ftand. Ich lief alfo, holte den Marquis im Garten ein und richtete ihm meinen Auftrag aus. Er war auffallend förmlich, als er die Rofe annahm, ja es fchien mir, als zögerte er einen Augenblick. Ich weiß nicht, warum ich es that, denn es ist nicht gewöhnlich meine Art, aber ich reichte ihm die Hand, als er mir eine kalte Verbeugung machte. Das überraschte ihn, er ergriff sie, drückte sie, sah mir in die Augen und ging, ohne ein Wort zu sagen.

Ich war am Abend verstimmt, zum ersten Male in diesen angenehmen Räumen. Ein gemischtes Gefühl von Mitleid, Aerger über Mademoiselle de Gaussin, an der ich gleichwohl nichts zu tadeln fand, und die Erwartung, daß die Gesellschaft aufbräche, damit ich mit ihr allein reden könnte, machten mich stumm. Sie bemerkte es, ich bat sie um eine kleine Audienz, wenn der Abend zu Ende wäre; sie sagte sie mir freundlich zu und wandte sich zu den Andern. Nach Mitternacht trennte man sich dann; ich blieb zurück. Die Nächte fingen an kühl zu werden; sie befahl, Feuer im Kamin anzuzünden, ließ zwei Sessel davorrücken, wies mir den zu ihrer Rechten an und sagte: „Ich stehe zu Befehl!"

Mademoiselle, begann ich, ich will über den Marquis de T. mit Ihnen reden!

Das wußte ich! Lassen Sie mich hören!

Er ist noch nicht lange Zeit in diesen zaubervollen Räumen eingebürgert.

En ces lieux enchantés! wiederholte sie meine Worte mit dem Refrain einer Arie, in der sie manchen Kranz eingeerntet.

Liebe Freundin, rief ich aus, wenn Sie wollen, daß ich Sie bewundere, vortrefflich! Ich verlange es dann nicht besser. Aber wenn Sie mir eine Audienz in dem Sinne bewilligen wollen, in welchem ich sie erbat, dann zwingen Sie mich nicht, in dem Strudel zu versinken, aus dem ich einen Andern retten möchte.

Strudel! sagen Sie? Um Himmelswillen, wer will Schiffbruch leiden?

Fragen Sie lieber, wer schon Schiffbruch gelitten hat!

Der Marquis?

Sie wissen es nur zu gut!

Ich ahne etwas dergleichen. Aber, lieber Freund, das ist ja so alltäglich! . . . Sie lachte.

Werden Sie ihn erhören?

Wie meinen Sie das? antwortete sie scharf. Fragen Sie den Prinzen von Condé, was ich ihm geantwortet habe. Und er war damals noch unvermählt.

Liebe Freundin, sagte ich, der Prinz von Condé und der Marquis de T. sind verschiedene Personen und haben vielleicht verschiedene Absichten — Ansichten wenigstens!

Ich glaube, erwiederte sie gutmüthig, der Marquis de T. hat weder das Eine noch das Andere.

Darin irren Sie sich denn doch! der Marquis scheint mir ein junger Mann zu sein von sehr festem

Charakter; seine Leidenschaft zu Ihnen (die setze ich
voraus) scheint mir mit diesem festen Charakter in
enger Verbindung zu stehen und deshalb wollte ich
mit Ihnen darüber reden.

O mein Himmel, Sie sind eifersüchtig?

Dann würde ich mich an ihn halten, statt an
Sie! Nein, Mademoiselle, aber ich bin besorgt
um ihn!

Ein wahrer esprit de Mentor! rief sie lachend.
Sie sind wie eine Mutter gegen Alles, was Ihnen
unter die Hände kommt. Aber trösten Sie sich da=
mit, daß die armen Mütter alle Gefahren, die ihren
Kleinen drohen, hundertfach vergrößert sehen.

Dieser Lächerlichkeit wollen Sie immer fern blei=
ben, beste Freundin?

Im Scherz und Ernst, jedenfalls! Glauben Sie,
er dächte daran, mich zu seiner Frau zu nehmen?

Wenn Sie es ihm erlaubten, vielleicht! Woran
denkt man nicht, wenn man liebt?

Bester Freund, ich die Marquise de T.? Ich
weiß gar nicht, warum mir beim bloßen Klang des
Worts so eiskalt zu Muthe wird!

Sagen Sie ihm das!

Lieber Alles, lieber — wie kann ich ihm das
sagen, ohne daß er frägt?

Wenn er hinter der spanischen Wand dort stände
und es mit anhörte! Weiter verlangte ich nichts!

Glauben Sie, daß ihn das curirte? Wirklich? Sehen Sie, was Sie für ein Menschenkenner sind! Hat er eine Leidenschaft zu mir, und das bestreite ich, so würde ihn dies von mir zu hören doch nur noch mehr in Flammen setzen. Beruhigte es ihn aber, lieber Herr von F., dann war es ja überhaupt unnöthig, daß er es anhörte!

Ich stand auf und empfahl mich. Sie nahm eine zweite Rose aus dem Glase und schenkte sie mir. Ich höre, fügte sie hinzu, daß Sie verlobt sind. Haben Sie Ihrer Braut schon einmal erzählt, daß wir hier einander „Bester Freund!" und „Beste Freundin!" nennen?

Und wenn ich statt Ihrer Hand Ihre Lippen an die meinigen drücken dürfte, rief ich aus, würde ich ihr das nicht verhehlen! Glauben Sie mir, erst seitdem ich Sie kenne, glaube ich daran, daß zwischen einem Manne und einer Frau Freundschaft möglich sei! Ich bin zu jung, um sagen zu dürfen, daß ich Sie wie eine Tochter liebe, und zu bescheiden, um Sie meine Schwester zu nennen. Wenn Sie aber —

Hören Sie auf! rief sie. So könnten wir bis Tages Anbruch weiterreden! Das Feuer im Kamin ist ausgebrannt, ich nenne mich Ihre gehorsame Dienerin, Herr von F.! Sie machte eine leichte Verbeugung, wie ich sie oft von ihr auf der Bühne gesehen, und ich zog mich zurück.

Am nächsten Abend war der Marquis wieder auf seinem Platze am Kamin. Ich blieb nur kurze Zeit; wir sagten uns flüchtig Guten Abend. So oft ich zu Mademoiselle de Gaussin kam, war ich sicher, ihn zu finden; in seinem Benehmen merkte ich keinen Unterschied. Nur das stand fest, daß sie seit unserer Unterhaltung anders gegen ihn war; ich will nicht sagen zurückhaltender, sondern bewußter, absichtlicher, und daß er darunter litt. Oft brachte sie die Rede auf die Liebe, auf die Ehe (jedoch niemals in dem Tone der Frivolität, welcher in Paris allgemein war und bei ihr nie Glück machte), zog den Marquis hinein, legte ihm spitzfindige Fragen vor, kurz quälte ihn, ohne es zu bemerken. Was sie dazu vermochte, weiß ich nicht. Zu Zeiten war ich versucht, es für Uebermuth zu halten. Dann war sie auch wieder im Stande, ihn vor Allen auszuzeichnen, ihm die Hand zum Kusse zu reichen, ihn an ihre Seite zu befehlen, um die Notenblätter umzuwenden, zu ihm die Augen aufzuheben, wenn sie eine zärtliche Arie mit nicht sehr zärtlichem Accent sang. Der junge Mann war ihr in jedem Stücke gefällig, aber es schien mir, als bemerkte ich allein den Ausdruck schmerzlicher Erregung auf seinen Mienen. Ich erinnere mich des Abends noch sehr genau, wo sie dies Wesen auf die Spitze trieb. Ich kam in der Dämmerung zu ihr und traf sie am Instrumente sitzend. Sie nickte mir singend zu, beantwortete einige Fragen der Höflichkeit singend, noch ehe ich sie selbst gethan, und wies mich mit den Augen auf einen Sessel, den ich schweigend einnahm und, sie anhörend, in meine Gedanken verfiel. Kurz nachher trat der Marquis ein; dasselbe Spiel wiederholte sich. Er bemerkte meine Anwesenheit nicht und bat sie, innezuhalten und ihm einige Minuten zu gönnen. Sie schüttelte fortsingend den Kopf. Seine Mienen waren ernsthaft. Er sagte, daß er fortgehen würde, wenn sie nicht aufhörte, seiner zu spotten; sie zuckte mit den Achseln und sang weiter, in einen zärtlichen Ton übergehend, dem sie aber einen so satirischen Ausdruck verlieh, daß sie mir in dem Momente unheimlich aussah. Er fragte: „Soll ich gehen?" Sie zuckte wieder mit den Achseln. Er stand eine Weile unschlüssig und sah sich im Zimmer um. So mußte er mich bemerken. Kaum ward er meiner ansichtig, als er sich gegen Mademoiselle de Gaussin verbeugte und ohne eine Wort fortging.

Mich traf sein Leiden mitten ins Herz. Ich stand auf und redete sie darauf an. Ich nannte sie eine Armide, eine Herzquälerin; ich machte ein sehr ernstes Gesicht: nichts vermochte sie aus ihrem musikalischen Flusse zu ziehen. Sie sah mich lächelnd an, wie sie es dem armen Marquis angethan, und

begann in ein Vaudeville überzugehen, welches damals von den italienischen Schauspielern neu auf-
gebracht war und überall gesungen wurde:

> Wenn die Welt sich hüllt in Dunkel,
> Schleicht sich Amor auf die Wacht,
> Singt: Ihr Herzen, Gute Nacht! —
> Lieblich ist das Sterngefunkel.

Mademoiselle, Sie singen zum Entzücken, aber
hören Sie mich einen Moment an!

> Und vor seiner Töne Klingen
> Ist auch mir der Muth erwacht;
> Leise wag' ich: Gute Nacht!
> Unterm Fenster mitzusingen.

Das „Gute Nacht!" war die Antwort auf meine
Verbeugung, mit der ich mich empfahl. Anstatt jedoch
das Haus zu verlassen, trat ich nur auf den Balcon,
dessen Thür offen stand, und welchem sie den Rücken
zukehrte. Da hörte ich sie noch den letzten Vers
singen und trotz allem Aerger riß mich die vollendete Art ihres Vortrags zur Bewunderung hin.

> Laß es, Schönste, mich entgelten,
> Wenn es dir zum Herzen drang!
> Aber zürnst du dem Gesang —
> O, dann mußt du Amor schelten!

Mir war, als hörte ich die kleinen Flügel rauschen; ich empfand die Heiterkeit, den Uebermuth, die
Grazie, die sie in das Lied legte, aber ich behielt im

Grunde meines Herzens das Gefühl, als sei das schöne Mädchen kein Mensch, sondern eine Elfe, eine Sirene oder sonst etwas heimliches Unheimliches.

Als die Sängerin geendet, rückte sie mit dem Stuhle und stand auf, trillerte einige Male von der höchsten Spitze zur tiefsten Tiefe und trat auf den Balcon, wo ich stand. Sie sah mich und prallte zurück. Sie schien unwillig; ich suchte sie zu beruhigen. Ich begann aufs neue von den Leiden des Marquis. Sie lehnte alle meine Vorwürfe ab. Ich sah den ganzen Zusammenhang dieses Verhältnisses. Er war von ihr gebannt, gab ihren Launen nach und wenn er einmal Widerstand fühlen ließ, fehlte diesem die Kraft; es schien mehr Eigensinn als Willensäußerung. Für die seiner Eigenschaften, welche sie begriff, fehlte ihr die Ehrfurcht; für diejenigen, welche des jungen Mannes wirklichen Werth ausmachten, das Verständniß. Doch diese Einseitigkeit im Urtheil werfe ich der armen Gaussin sicherlich nicht allein vor; sie hat zu viele Schwestern, mit welcher sie sie theilt.

Was denken Sie, was aus dem Allen werden soll? nahm ich das Wort auf.

Der Marquis de T. mag zu mir, sagte sie, wie Sie wollen, eine Leidenschaft haben. Ich sehe nichts Uebles darin. Das Unglück wäre erst dann da, wenn ich sie erwiederte. Opferte ich mich in der

That dahin auf, seine Gattin zu werden, so würden in einem Momente all' meine Eigenschaften ebenso viel Gründe einer mißlingenden Ehe werden. Er ist ein weicher, feiner, stiller Mensch. Meine Heiterkeit, wenn sie künftig nicht ihm allein geweiht wäre, würde ihn beleidigen, wäre sie es aber, ihn bald nicht mehr unterhalten. Mein Gesang, den er jetzt, glaube ich, bewundert, würde ihm in Kurzem als ein verdammungswerthes Mittel erscheinen, die Männer anzuziehen; meine Manieren würden ihn stets an das Theater erinnern, meine alten Freunde würden ihm nicht behagen, und selbst wenn ich den Verlust dieses meines Wesens ertragen, ja dabei glücklich scheinen wollte, so würde ihm doch nicht verborgen bleiben, daß ich ihn nicht liebe. Daran hängt es allein. . . . Sie sagen, fuhr sie lebhafter fort, der Marquis ginge neben mir zu Grunde? Im Gegentheil, seine Leidenschaft bewahrt ihn davor. Sie wissen recht gut, daß das nicht die Art ist, wie junge Leute hier zu Grunde gehen. Noch mehr; ich habe ihm diese Dinge offen gesagt, ihm gestanden, daß er einer meiner liebsten Freunde sei, niemals aber mehr sein würde. Ich habe ihn gebeten, sich wohl zu überlegen, ob er die Kraft besitzen würde, ruhig mit mir fortzuleben, daß mir dies eine Verschönerung meines Lebens sei, oder ob er nicht besser thäte, mein Haus zu meiden. Er war gerührt, er begriff mich; ich wollte, Sie thäten das auch!

Ich führte ihre Hand an meine Lippen.

Zieht nicht, fuhr sie fort, dieser junge Mann den größten Vortheil aus dem Umgange mit mir? Wird aus dieser Probe sein Herz nicht gestählter hervorgehen als aus der gewöhnlichen, welche die meisten seines Gleichen in Paris durchmachen? Sie sind ungerecht. Sie zählen mir die Neckereien nach, die er so wenig bös empfindet, als ich sie böse gemeint habe; wem an der Rose gelegen ist, läßt sich gern die Finger ein wenig ritzen. Sie freilich sehen die Rose nicht in mir und machen den armen Dornen ihr Recht streitig. Ich bin kühl, ich habe meine Launen, aber ich bin nicht coquett.

Ich schwieg.

Die nächste Woche entführt Sie mir auch, fuhr sie fort. Sie werden ein schönes Mädchen, Ihre Verlobte glücklich machen — Sie werden keine Zeit haben, meiner zu gedenken. Darf ich nicht auch ein wenig egoistisch sein? Der Marquis ist mir lieb, angenehm, bequem. Er umgiebt mich mit Aufmerksamkeiten, hat ein dem meinigen gleichförmiges Urtheil in den meisten Dingen, hört mich auf das Gutmüthigste an, räth mir in Vielem sehr vernünftig, soll ich nun, da ich keine Sünde dabei sehe, ihn fortschicken?

Und Sie lieben ihn nicht?

Nein! antwortete sie kurz.

Sie wurde unterbrochen. Die Kerzen waren angezündet und es ließen sich einige Namen hören. Ich hatte mein Theil für diesen Abend vorweggenossen und ging. . . . Ich ging in den Garten. Ich fühlte das Bedürfniß, einige Momente still nachzudenken. Ich ging in einen schattigen Nebenweg und setzte mich auf eine steinerne Bank nieder. Ich war nicht lange dort, als eine männliche Gestalt denselben Weg und auf mich zu kam. Ich stand auf, man trat heran und ich erkannte den Marquis.

Guten Abend! sagte ich unbefangen. Noch ehe er meinen Gruß erwiedert, fühlte ich plötzlich, wie mir das zu Zeiten geschieht, den Grund seiner Anwesenheit ganz klar, und ich hatte mich nicht getäuscht.

Sie erwarteten mich? fragte ich ihn.

Woraus schließen Sie das?

Erzeigen Sie mir die Ehre, mich in mein Hôtel zu begleiten, sprach ich rasch; ich möchte Sie wegen Etwas um Rath fragen. Sie thun mir einen großen Gefallen!

Er verneigte sich, nahm meinen Arm und wir traten auf die Straße.

Meine Bitte war nur ein Vorwand gewesen,

um die Zusammenkunft, die er, wie ich richtig er=
rieth, wünschte, natürlicher zu machen. Mein Bruder
hatte eine Streitigkeit in seinem Regimente gehabt
und mich mit der Vermittelung beauftragt. Ich
konnte nicht ganz für mich allein handeln und be=
nutzte die Gelegenheit, den Marquis um seinen
Beistand zu ersuchen, welchen er mir bereitwillig
zusagte. . . .

Wir saßen in meinem Zimmer. Ich hatte Wein
bringen lassen und die Dienerschaft fortgeschickt.
Die Nebensache war abgethan. Es handelte sich
darum, zur Hauptsache zu gelangen.

Das Einfachste hat mir stets das Vernünftigste
geschienen. Welch kürzeres Mittel, ihn von der
Eifersucht, die er auf mich haben mußte, zu befreien,
als ihm von meiner Verlobung im rechten Tone
zu reden? Ich suchte ein Miniaturbild meiner Braut,
gab ihm das Etui in die Hand und bat ihn, es
zu öffnen.

Er sah es lange an und gab es mir zurück.

Ich kenne die Dame nicht!

Es ist das Bildniß einer jungen Dame, welche ich
in der nächsten Woche zu Frau von F. machen werde.

Er nahm es von neuem und betrachtete es und
mich abwechselnd.

In der That, Herr von F., ich wünsche Ihnen
Glück!

Ich danke Ihnen! sagte ich. Mademoiselle de Gaussin behauptete, nie ein schöneres Gesicht gesehen zu haben.

Sie haben es ihr gezeigt? rief er.

Ich habe es ihr gezeigt, weil ich den Antheil kenne, welchen sie an meinem Glücke nimmt, und die Aufrichtigkeit, mit der sie es mir gönnt. Ihnen zeige ich es dagegen, damit Sie nicht denken, ich könnte jemals in ihrem Hause einen Platz einnehmen, welcher Ihnen den Weg versperrte.

Er sah mich an und ward roth.

Ich nehme so großen Antheil an Ihnen, fuhr ich fort, daß ich im Begriff war, mir deshalb meine Stellung bei unserer Freundin zu verderben. Allein ich hielt es für eine Pflicht der Menschlichkeit. Mademoiselle hat mir über ihr Verhältniß zu Ihnen offen gesprochen. Es giebt keine reinere Seele als die unserer Freundin und dennoch glaube ich, daß sie sich irrt.

Worin? rief er.

Darin, daß sie Ihr innerstes Wesen mißversteht und Ihrer Leidenschaft weniger Gewicht beilegt, als sie thun würde, wenn sie ein Mann oder ohne das Interesse wäre, welches Sie ihr einflößen, das sie an Ihnen nimmt.

An mir? sagte er heftig und fast verklärt....
Er dauerte mich unaussprechlich.

An Ihnen! Ein Interesse, das für Jeden, der nicht Das verlangt, was Sie verlangen, überfließend genug wäre, ihm das Leben genußreich zu machen: ich meine die aufrichtigste Freundschaft.

O, ich verlange nichts mehr, ich will nichts mehr!

Dann täuschen Sie sich, wie Mademoiselle sich täuscht! Freundschaft ist Gift für Den, der Liebe verlangt und verlangen muß! Sie läßt sich so wenig bei Ihnen erzwingen als die Liebe bei ihr. Wo aber eine Unwahrheit vertuscht wird, rächt sich das am Ende doppelt.

Es rächte sich schon! sagte er mehr für sich als für mein Ohr. Wenn sie mich nur nicht so völlig an sich gerissen hätte! sprach er weiter und sah in eine dunkle Ecke gerade vor sich hin. Aber jedes Fäserchen meiner Seele ist mit einem Knoten an sie festgeknüpft. Meine Gedanken wagen nichts zu berühren, ehe sie nicht an ihr vorüberstreiften.

Er legte beide Hände an die Stirn und schwieg.

Ich erzählte ihm meine Unterredung mit der Sängerin von Anfang bis zu Ende. Er verschlang meine Worte. Ich fuhr fort, ihm meine eigenen Ansichten von der Sache vorzutragen; er stand Rede und Antwort, schüttete mir nicht geradezu sein Herz aus, aber verhehlte nichts, das ich richtig errieth, und das war die ganze Wahrheit. Das Wesen der Gauſſin hatte ihn bezaubert, er war völlig in ihren Netzen verwickelt und hatte sich so darin ver= wirrt, daß er keiner seiner Bewegungen mehr Herr war. Ich dachte an das Beispiel der Rose mit den Dornen. O, wenn es die Dornen allein ge= wesen wären! Seine Einsamkeit im Gefühl der Leidenschaft, der Zwang, welchen er sich anthat, die ununterbrochene Verletzung seines Herzens hatten ihn so empfindlich gemacht, daß er auf dem Punkte war, seinen Verstand zu verlieren. Als er beim Reden erhitzter wurde, sprach er seltsame Dinge, deren Inhalt ich oft nur errathen konnte. Der Gedanke, sich zu tödten, schien ihm ein geläufiger; er klagte sie an, nahm wieder alle Schuld auf sich, gestand, daß er oft Nachts aufspränge, um Licht anzuzünden, weil ihn seine Phantasie verwirrt mache, kurz bewies mir, daß meine Einmischung beinahe zu spät gekommen war... Gleich am andern Morgen ging ich zur Gauſſin. Ich war diesmal so von meiner Wahrheit erfüllt, daß ich sie über= zeugte. Ich sagte ihr, daß es des jungen Mannes Verderb wäre, wenn sie ihn fernerhin sähe; daß ihre Pflicht geböte, abzubrechen; daß ohne dies, wenn sie auf ihrer gegenwärtigen Gesinnung gegen ihn bestehen bliebe, das Traurigste vorauszusehen wäre und daß sie sich selbst unvertilgbare Gewissens= bisse auf ihre ganze Lebenszeit einsammle. Sie widersprach zuerst, sie widerlegte mich in einzelnen Punkten sehr genau, gab mir aber darin Recht, daß es ihre Pflicht sei, jeden Verkehr mit dem Marquis aufzugeben und versprach mir, sich nicht die geringste Schwäche mehr gestatten zu wollen. Ich fragte sie, ob ich mit ihm darüber sprechen solle; sie verbat sich das, weil es die Sache nur schmerzhafter machen würde, und wußte mir den Weg, welchen sie einzuschlagen gedachte, mit so viel Festigkeit und Gewandheit darzustellen, daß ich das volle Vertrauen bekam, es werde, was zu thun möglich sei, gethan werden. . . Ich nahm, als ich von ihr ging, zu gleicher Zeit Abschied. Meine Vermählung sollte auf dem Landsitze meines Schwiegervaters stattfinden; ich hatte auf dem meinigen noch Vieles zum Empfange meiner Gattin anzuordnen und verließ Paris. Wie die Gaussin mir vorausgesagt hatte, geschah es. Ich verlor mich so völlig in meiner neuen Stellung, daß ich lange Zeit weder an sie noch an den Marquis zurückdachte, den ich bestimmt war, noch einmal in den ernstesten Verhältnissen wiederzusehen.

Ein Jahr war nach dem Vorerzählten etwa verflossen, als ich genöthigt war, eine Reise nach dem Süden zu unternehmen, wo wegen einer Erbschaft meine persönliche Gegenwart verlangt wurde. Das Geschäft war nach Wunsch beendet, ich war auf der Rückreise begriffen und kehrte Abends in einer kleinen Stadt ein, um daselbst mein Nachtlager zu nehmen. Nach dem Nachtmahl ging ich in der Straße etwas auf und ab, um mir Bewegung zu machen. Ich bemerkte, daß im Wirthshause die Zimmer neben den meinigen hell waren, und sah in dem einen eine Gestalt am Fenster, bei deren Anblick mir auf der Stelle der Marquis de T. in den Sinn kam. Ich beauftragte meine Leute, sich nach ihm zu erkundigen; ich hatte mich nicht getäuscht. Ohne mich weiter anmelden zu lassen, trat ich bei ihm ein. Er lag auf dem Sopha und wandte mir den Rücken zu. Ich nannte ihn bei seinem Namen. Er wandte sich um und sah mich fremd an. Plötzlich schien er mich zu erkennen, seine Mienen wurden freundlich, er sprang auf, drückte mir die Hände und fragte, wie ich hierher käme?

Davon lassen Sie mich schweigen, sagte ich; mich führt nichts Besonderes diesen Weg. Aber Sie, bester Marquis? So — allein?

Falle ich Ihnen auf? fragte er hastig.

Ich bin erfreut, Sie wiederzusehen! erwiederte ich ausweichend; ein Jahr ist darüber hingegangen.

Ein ganzes Jahr! wiederholte er und legte in

jedes Wort eine Last von Kummer. Er setzte sich und stützte die Stirn in beide Hände.

Ich war überzeugt, daß sein sonderbares Wesen mit seinen damaligen Zuständen in Zusammenhang stände. Fragen mochte ich ihn aber nicht und ging stumm nachdenkend auf und nieder.

Herr von F., rief er auffahrend, Sie müssen mich anhören, es ist mir die letzte Wohlthat, Sie müssen! Sie sind der Einzige, der es hören darf, und wenn ich es mir immer allein wiedererzähle, werde ich wahnsinnig darüber! Meine Pistolen liegen da nicht zum Spaß. . .

Ich sah ihn an und es überlief mich. Seine Augen standen ihm so grell im Kopfe, die Wangen waren ihm eingefallen. . . Legen wir sie fort, sagte ich und trug sie sammt Hut und Degen auf einen andern Platz.

Immer vorsorglich, murmelte er, mich mit den Blicken verfolgend, aber dergleichen kann man stets zur Hand haben. Geht es Ihnen gut, Herr von F.? Auch Ihrer Gemahlin? Ich hatte mir Wein bestellt, aber er ist nicht zum Genießen. Setzen Sie sich hierher!

Er begann nun mit seiner Erzählung, unter=
brach sich selbst, kam auf Anderes, schwieg, kurz er war nicht im Stande, mir mehr als abgerissene Bruchstücke des Vorgefallenen mitzutheilen. ' Ich

sah, daß er krank war; sein Bediente vertraute mir, sie wären seit drei Tagen nicht von den Pferden gekommen, immer im Zickzack sei sein Herr geritten, den er nicht zum Anhalten hätte bewegen können. Ich blieb die Nacht bei ihm. Er sprach im Schlafe, nannte Mademoiselle de Gaussin bei ihrem Vornamen Manon, erwachte, wollte mich nicht neben sich leiden, mit einem Worte, er war in einer traurigen Verfassung. Nach einigen Tagen, die ich so mit ihm zubrachte, überredete ich ihn, mich auf mein Landgut zu begleiten; der Bediente ward mit den Pferden fortgeschickt und er fuhr in meinem Wagen an meiner Seite aus dem traurigsten Winkel Frankreichs ab. Unterwegs sprach er unausgesetzt von Dem, was ihm begegnet war, und ich gebe den Inhalt seiner Erzählung, wie ich ihn nach und nach aus seinem Munde gehört habe.

Als Sie Paris verließen, sagte er, ging ich an demselben Abend zu Manon und hatte mit ihr eine der traurigsten Unterredungen, die ich jemals führte. Sie stellte mir die Nothwendigkeit unserer Trennung vor, sie verhehlte mir den Kummer nicht, den diese Trennung ihr selbst verursachte, und redete mir so beweglich zu, bis ich ihr in Allem nachgab und sie nicht wiederzusehen versprach. Zum Abschied schenkte sie mir einen Ring — er wies ihn mir am Finger —, den ich als das einzige Gut

ſchätze, an dem mir noch etwas gelegen iſt. Ich
wollte unter dieſen Umſtänden nicht länger in Paris
bleiben und zog mich auf meine, nicht allzuweit von
der Stadt entfernten Güter zurück. Ich widmete
mich ihrer Bewirthſchaftung, jagte, ſtudirte und
ſuchte mir ſo gefliſſentlich jede Minute auszufüllen,
daß es mir die erſte Zeit gelang, Herr meiner
Stimmung zu bleiben. Meinen Entſchlüſſen war
der Reiz der Neuheit zu Hülfe gekommen. Dieſer
hielt nicht lange an. Statt zu jagen, ritt ich plan=
los im Walde umher; ſtatt zu leſen, ſtarrte ich ge=
dankenvoll in die Bücher, und die Wirthſchaftsge=
ſchäfte gab ich nach einigen Monaten an den Be=
amten wieder ab, dem ich ſie genommen hatte.
Die Einſamkeit rieb mich auf; hatte ich es bei
Tage glücklich dahin gebracht, nicht an Manon zu
denken, ſo träumte ich von ihr; es war ein ewiges
Hinundherzerren von Vorwürfen, Nachgeben, Ent=
ſchlußfaſſen, Unterliegen und Sichwiederaufraffen,
das unerträglich wurde. Ich nahm mir endlich vor,
eine Reiſe zu machen. Dahin kam ich vor etwa
einem Monate, als ich eines Tags bei einem Um=
herſtreifen zu Pferde die Grenzen meines Gebiets
überſchritt und, ohne es zu bemerken, auf eine gleich=
falls berittene Geſellſchaft ſtieß, die mir entgegen kam.
Ich wich ihr aus, ſah ſie kaum an, blickte im Vor=
beireiten dennoch flüchtig auf und erkannte Manon.

Sie mich gleichfalls. Ich hatte keine Kraft mehr; sie saß wie eine Göttin auf ihrem Roß und sah mich so zauberhaft an, daß mir schwindelte. Ich spornte mein Pferd und war mit einem Satze neben ihr. Sie bot mir einen Guten Tag; ich gab mir alle Mühe, unbefangen zu erscheinen; sie sagte mir, daß sie in der Nähe ein Landhaus besäße, sie lud mich dahin ein; ich blieb an ihrer Seite und mein Schicksal war entschieden. Ich ritt alle Tage zu ihr hinüber, jeden Anschein der vergangenen Zeit vermied ich gänzlich und spielte den Kalten, von der Narrheit Zurückgekommenen mit dem besten Erfolge. Welcher Erfolg aber! Hatte mich früher die Eifersucht nur gequält, so machte sie mich jetzt rasend; ich hätte ihr Pferd erschießen können, nur weil sie ihm den Hals streichelte. Sie herrschte wie eine Königin in ihrem Kreise, sie theilte ihre Gunst unter Alle; sie zog mich vor, aber das ge= nügte mir nicht; oft schloß ich die Augen, weil ich mich verrathen glaubte, denn meine Blicke hingen wie gebannt an ihrer Schönheit. Sie ahnte nichts. Ich führte sie an meinem Arme durch den Garten, wir sahen die Blumen an, sie pflückte, gab mir und Andern; ich sah ihren Fingern nach und fragte mich, ob man wachend solche Qualen erdulden könnte, ob ich nicht im Traume sei. Oft dachte ich daran, mich vor ihr niederzuschießen, es heimlich zu thun und ihr ein Tuch mit meinem Blute zu senden; ich war sinnlos... Endlich aber brach mein Herz durch alle Zügel. Ich war mit ihr allein; ich fiel ihr zu Füßen, umarmte ihre Knie und bat sie, mir einen Dolch ins Herz zu stoßen. Es war Thorheit, mich nicht einen Augenblick zu bedenken, denn ich hätte mir mein Schicksal vorhersagen können; doch ich wußte nicht, was ich that. Sie blieb kalt, ruhig, gütig, sprach lange, wovon ich kein Wort hörte, nur Das vernahm ich, daß sie, aus dem Zimmer gehend, sagte: „Wir haben uns heute zum letzten Male gesehen! Es war ein großes Unrecht von mir, Sie neu heranzuziehen; ich muß ein Ende machen!".. Ich stand und sah ihr nach, bestieg mein Pferd, ritt in alle Welt, bis ich erschöpft war... So haben sie mich gefunden.

Es ist unmöglich, die Leidenschaft wiederzugeben, mit welcher der Marquis erzählte, bei einigen Punkten das genaueste Detail gab, dann wieder absprang und in Anklagen gegen seine Schwachheit ausbrach. Er verlangte keine Antwort, nur gehört wollte er sein, und ich gab mich mit blutendem Herzen dazu her. Zu Hause angelangt, berathschlagte ich mit meiner Frau, was zu thun wäre. Es war eigentlich nichts zu thun; er ward ruhiger, war ein angenehmer Gesellschafter und gab uns die Versicherung, er hätte die Absicht, eine Reise nach Italien

zu unternehmen. So war ich ziemlich beruhigt,
als mich in einer Nacht sein Bedienter aus dem
Schlafe wecken ließ, ich möchte doch zu seinem
Herrn kommen, er glaube, er wolle sich umbringen.
Ich eilte auf sein Zimmer. Der Marquis hatte
eine Pistole in der Hand und ging, mit sich selbst
redend, so gewaltig umher, daß die Fenster zitterten. . . Er erschrak, als er mich sah. Ich nahm
ihm die Waffe stillschweigend aus der Hand, er ließ
sie fahren und lächelte.

Was haben Sie thun wollen? rief ich.

Was Sie fürchten und ich nicht! antwortete er.

Das sollen Sie nicht, so lange ich hier bin!

Wer mich verhindert hat, war bisher ich allein.
Andere haben mir nie den Willen geändert!

Sie werden es in Zukunft. . .

Lieber Freund, sagte er milder, Sie werden es
nicht! Aber sein Sie ruhig, ich werde diese Nacht
ruhig schlafen, ich verspreche es Ihnen!

Auf die Ehre eines Edelmanns?

Wie immer! Gute Nacht!

Ich ging und that die Augen nicht zu. Früh
am andern Morgen ließ ich anspannen, erklärte
dem Marquis, ich hätte wichtige Geschäfte in Paris
und bäte ihn, so lange meiner Frau Gesellschaft
zu leisten. Ich hielt diese Bitte für sicherer als
das Versprechen, sich während meiner Abwesenheit

kein Leids anzuthun. So fuhr ich ab und zwar
nicht nach Paris, sondern auf das Landhaus der
Mademoiselle de Gaussin, das ich spät am Abend
erreichte. Es war Alles erleuchtet. Ich ließ mich
anmelden und traf sie mitten in einer heitern, be=
lebten Gesellschaft. Sie kam mir mit dem lieb=
reichsten Gesicht entgegen, aber das meinige mußte
sehr den Stempel meiner Seele tragen, denn sie
verdüsterte sich augenblicklich. Um Himmelswillen,
was bringen Sie mir! sprach sie leise und haftig...
Reden wir darüber, wenn wir allein sind, antwortete
ich und begrüßte einige meiner Bekannten, die sich
herzudrängten. Es dauerte nicht lange, so nahm
sie mich am Arm und zog mich in den Garten.
Mein Herz war voll; ich dachte über die Worte
nicht nach, beschrieb ihr die Art, wie ich den Mar=
quis gefunden, seine Leidenschaft, seinen Tiefsinn,
seine Absicht, sich das Leben zu nehmen, und schloß
damit, ihr vorzustellen, daß, wenn sie mir nicht zu
ihm folge, ein Menschenleben auf ihrem Gewissen
laften würde. Sie schwieg. Ich begann von Neuem,
zum dritten Male und merkte die Aufregung, in
die ich sie versetzte, nicht eher, als bis sie mich mit
Schluchzen bat, ich möchte innehalten.... Nun
schwieg ich. Der Mond war aufgegangen. Wir
gingen in einer gewölbten Weinlaube, welche den
Garten durchschnitt, auf und ab, sie an meinem

Arme; ich wollte oft zum Hause lenken, aber sie zog mich zurück, ohne jedoch ein Wort zu sagen. Ich zählte die hellen, runden Flecke, die die Mondstrahlen auf den Boden streuten, wo sie die Blätter durchbrachen. Die Zeit verging, wir maßen immer die Allee hin und zurück, Gott weiß, was in ihrer Seele vorging. Endlich gab sie mir die Richtung nach dem Hause an und als wir vor ihrer Thür waren, wo uns ein Lakai mit Lichtern erwartete, sagte sie nur: „Wann reisen Sie?“ Um sechs Uhr früh — „Es ist gut! Gute Nacht!“ Ich verfügte mich in mein Zimmer; um sechs Uhr ward ich geweckt. Mein Wagen stand vor der Thür, die Kammerjungfer der Mademoiselle saß auf dem Bocke und als ich einstieg, sie selbst darin. Ich küßte ihr die Hand, sie sah blaß und angegriffen aus. Unterwegs sprachen wir fast keine Silbe, das Nothwendige war gesagt und Anderes berührte uns nicht. Am Abend erreichten wir das Schloß. Es fiel mir auf, daß, als ich in den Park einfuhr, ein Bauer, welcher uns erwartete, mit Blitzesschnelle auf das Schloß zulief und daß, als wir kaum die halbe Allee durchfahren, ein Schuß fiel. So sehr war ich indeß von dem Gelingen meiner Unternehmung erfüllt, daß mir gar nicht in den Sinn kam, was er bedeute. Die Ueberraschung sollte mir nicht lange vorenthalten bleiben; wir fuhren vor,

es kam Niemand herbei; der Kutscher knallte, ich
sprang heraus, die Gaussin mir nach; das Erste,
was wir hören, ist der Schrei der Kammerjungfer
meiner Frau, welche todtenbleich auf uns zukommt
und mit dem Ausrufe: „Er hat sich todtgeschossen!"
vor uns niedersank. Wir eilten nach dem Zimmer
des Marquis, die Stube war voll Menschen, ich
wies sie Alle hinaus, schloß die Thür und stand
mit Manon allein neben der Leiche des jungen
Mannes, die auf der Erde lag. Sie sah ihn einige
Momente starr an, darauf stieß sie einen Schrei
aus, sank in die Knie und neben ihr zu Boden.
Ohnmächtig ward sie nicht. Sie ergriff seine Hände,
legte die ihren auf seine Stirn (er hatte die Wunde
mitten in der Brust), sah zu mir auf, zu ihm nieder
und fing plötzlich mit lauter Stimme zu singen an.
Das erfüllte mich mit Grausen; ich glaubte, sie
wäre wahnsinnig geworden.

Unterdessen kam einer meiner Verwalter herbei,
welcher etwas Arzneikunst verstand und gewöhnlich
das Amt eines Doctors versah, wo nicht viel zu
riskiren war. Nie werde ich den Todesschrecken ver=
gessen, der sich auf seinem Gesichte malte, als er
das Paar erblickte, den todten Marquis und die
singende Gaussin daneben. Sie schwieg jetzt, stand
auf, sah mich noch einmal lange an und verließ das
Zimmer. Ich folgte ihr nach, um ihre Befehle ent=

gegenzunehmen. Sie sagte: „Ich muß ein Zimmer für mich allein haben!“ Ich führte sie in das erste beste, ließ ihre Kammerjungfer holen und eilte zu meiner Frau. Ich hörte zu meinem Glück, daß sie auf einem Spaziergange begriffen sei, ging ihr entgegen und theilte ihr das Geschehene mit. Da wir Beide oft über den Marquis gesprochen und unter allen Möglichkeiten auch ein solches Ende sattsam erwogen hatten, war sie weniger erschrocken als betrübt. Ich geleitete sie zum Schlosse und gab wegen des Marquis meine Befehle. Die Leiche hatte man aufs Bett gelegt, sein Bedienter saß daneben und weinte bitterlich, indem er sprach: „Mein Herr sagte mir, er dürfe sich nicht eher todtschießen, als bis Sie wieder da wären. Das beruhigte mich. Da hat er heimlich mit dem Jean ausgemacht, dieser sollte aufpassen auf den Wagen. Das hat er nun gethan, und kaum kommt er mit der Nachricht angerannt, der Wagen wäre in den Park eingefahren, so steht mein Herr auf, macht ein Zeichen in das Buch, in dem er las, greift in die Tasche, giebt ihm einen Louisd’or, nimmt die Pistole vom Tisch und geht in die andere Stube; keinen Augenblick, daß er die Thür hinter sich zugedrückt, so war er todt.“

Ich machte mir Vorwürfe. Vielleicht hätte ich ihn retten können, wenn ich energischer aufgetreten

wäre. Wäre die Gäußin zur rechten Zeit ange=
kommen, so hätten wir dies Unglück vielleicht nicht
erlebt. Auch dachte ich: Vielleicht hat ihn die Vor=
sehung vor Etwas bewahren wollen, das noch schreck=
licher war; denn wenn sich auch die Sängerin ent=
schloß, ihn zu heirathen, und das glaube ich ihr,
obgleich sie es mir erst hinterher versicherte, die Ver=
hängnisse, welche ein solcher Schritt mit sich führen
mußte, wären nicht ausgeblieben und hätten ein
Elend im Gefolge haben können, gegen das alles
Andere erwünscht schien.

Ich ging zu ihr. Sie war gefaßt; man sah
ihr, so zu sagen, nicht viel an. Sie besprach mit
mir die Seelenstimmung des Marquis und seine
natürliche Anlage zu einem so traurigen Lebensende.
Doch so gefaßt sie war, fühlte ich doch, daß die
innerliche Erschütterung, die sie empfangen, sehr
stark gewesen sei und fürchtete die Nachwirkung.
Ich stellte sie meiner Frau vor, wir aßen zusammen
und zogen uns zurück.

Am andern Morgen ward mir die mit ihr vor=
gegangene Veränderung auffallend. Sie sagte, sie
befände sich wohl, ihr Aussehen hatte aber etwas
so Abgespanntes, ihr Wesen etwas so Zerstörtes,
daß der Augenschein ihre Behauptung Lügen strafte.
Sie sprach davon, bald aufzubrechen und bat, ihr
für die nächste Nacht ein anderes Zimmer anzu=

weisen. Dies geschah; wir brachten den Tag still hin und sie ging nicht eher zur Ruhe, als bis alle Anordnungen zur Abreise gemacht waren.

Am nächsten Tage kam sie nicht zum Frühstück. Die Kammerjungfer bat mich, zu ihrer Herrin an's Bett zu kommen. Sie empfing mich mit einem matten Lächeln und war so bleich und hohlblickend, daß ich meine Ueberraschung nicht zu verbergen vermochte.

Lieber Freund, sagte sie, Sie finden mich übel aussehend und wollen es nicht Wort haben?

Finden Sie das nicht natürlich?

Ja. Sie sind immer der Gefühlvolle, Zurückhaltende. Aber es hilft hier kein Verstecken. Ich fühle den Tod in mir.

Beste Freundin! — rief ich entsetzt aus.

Ich fühle ihn; denn ich habe seit zwei Nächten den Marquis gesehen. Wachend! Hier herantretend! — er zieht mich nach sich!

Ich betrachtete sie mit Aufmerksamkeit. Es lag nichts Ueberspanntes in ihren Augen, nichts Wahnsinniges in ihrer Stimme.

Als ich ihn in seinem Blute liegen sah, fuhr sie fort, ward das Gefühl, dies Unglück verschuldet zu haben, so mächtig in mir, daß ich aufschrie, weil ich es nicht länger ertragen konnte. Mir war, als riefe mir Etwas unglaublich dringend ins Ohr:

Du trägst die Schuld! Du haft ihn gemordet! Deshalb, nur um diese Stimme nicht zu hören, fing ich an zu fingen, immer lauter und lauter, doch ich übertäubte die Stimme nicht. Ich höre sie immer und immer. Nachts konnte ich nicht schlafen, ich lag und sah mir die Schatten an, welche die Möbel im Lichte der Nachtlampe warfen. Da springt die Thür auf, es entstand nur ein feiner dunkler Streifen. Durch diesen schob sich wie ein papierdünner Rauch der Marquis herein; er hatte die Augen geschlossen, er schwebte oder ging langsam auf mich zu, stand neben meinem Bette, leibhaftig wie Sie und mit geschlossenen Augen. Ich wollte ihn nicht ansehen, aber er zwang mich dazu, ich mußte die Augen auf ihn richten; da schlug er plötzlich die seinigen auf und sah mich an; das ertrug ich nicht, ich verlor die Besinnung. Vorige Nacht dasselbe Spiel. Ich ertrage es nicht lange mehr! Ich fühle, wie er mit seinen Augen das Leben aus mir saugt.

Ich suchte ihr die Erscheinung mit allen Gründen der Physik, Philosophie und Religion auszureden, sie blieb fest. . . Ich bin entschlossen abzureisen, sagte sie, vielleicht ist sein Schatten nur an dies Haus gebannt. Dagegen opponirte ich. Ich konnte sie nicht so allein reisen lassen und auch meine Frau nicht wieder verlassen, welche ihrer Niederkunft entgegensah. Ich machte ihr deshalb den Vorschlag, in das Haus meines Verwalters zu ziehen, und versprach, die nächste Nacht an ihrem Bette zu wachen. Dazu ließ sie sich endlich bereden, stand auf und wankte wie ein Schatten umher.

Am Abend, als sie sich niedergelegt hatte, rief mich die Kammerjungfer zu ihr. Ich ließ einen Tisch mit Lichtern nahe an ihr Bett setzen, eine spanische Wand darum stellen und begann, nachdem ich einige Zeit mit ihr gesprochen, in einem Buche zu lesen. Sie schien zu schlafen, die Lichter brannten dunkel; ich putzte sie, trank etwas Wein und Wasser und sah die Thür an. Plötzlich — sie war von altem Holze und nicht fest — sprang sie auf; die Klinke mochte nicht recht gefaßt haben. Ich wollte leise hingehen, um sie lautlos zuzudrücken, als ich, mich nach Mademoiselle de Gauffin umwendend, sie aufrecht mit starren Augen im Bette sitzen sah. Sie streckte die Arme nach mir aus, klammerte sich an die meinigen und wies mit dem Finger gerade aus:

Da kommt er!

Es war durchaus nichts zu erblicken.

Wo? sagte ich.

Dort!

Ich machte mich von ihr los und trat an den Fleck.

Hier?

Kommen Sie, schrie sie auf, er steht vor Ihnen!

Ich war mit einem Sprunge neben ihr.

Halten Sie mir die Augen zu, ich kann es nicht ertragen! Da steht er! Er berührt Ihre Knie!

Ich drückte ihr beide Hände auf die Augen, sie athmete mit Anstrengung, aber zu sehen war nichts.

Nach einer Weile schob sie die Hände zurück. Ich muß sehen, ob er noch da ist, sagte sie leise.

Es ist gar nichts hier, beste Freundin! antwortete ich und ließ sie los. Sie blickte umher.

Er ist wieder fort! O, wenn er noch einige mal so kommt, kann er es bald bequemer haben! Wir werden dann Arm in Arm durch die Thüren schleichen.

Diese Idee machte mich schaudern. Sie legte sich zurück und erklärte, daß sie am nächsten Tage sicher abreisen und in ein Kloster gehen würde. Ich suchte ihr das auszureden. Gehen Sie nach Paris, sagte ich, dort werden Sie vergessen —

Ich habe es verdient! unterbrach sie mich; ich habe es auch verdient, daß Sie mir einen solchen Vorschlag machen. Das vergesse ich niemals! Ihn vielleicht, wenn er mich zu quälen aufhörte, aber meine Schuld — das bleibt festgeschmiedet!

Ihre Schuld ist so gut wie keine, sagte ich.

Daß er Sie liebte, war eine Fügung, daß Sie ihn nicht liebten, lag nicht in Ihrer Macht zu ändern; daß Sie ihn geheilt glaubten, war bei seiner Verstellung nur zu natürlich.

O, rief sie, kann eine Mutter sich jemals trösten, die ihr Kind ins Wasser fallen ließ? Meinen Sie, nur der böse Wille mache die Schuld aus? Könnte man da nicht alle Reue mit dem Gedanken an höhere Nothwendigkeit fortspülen? Macht Gott uns schuldig, so will er auch, daß wir die Folgen tragen. Es ist gesagt, daß ich diese Ketten ewig werde rasseln hören.

Ich hatte meine Gründe bald erschöpft. Sie verließ das Schloß, ich begleitete sie nicht. Die Geburt eines Sohnes riß mich aus allen trüben Gedanken. Ich gab diesem glücklichen Ereignisse zu Ehren Feste; die Taufe, die erste Erziehung, die Sorge um meine Frau nahmen mich so vollständig in Anspruch, daß Jeder es begreiflich finden wird, wenn ich nach dem unglücklichen schönen Wesen, an das ich freilich zu Zeiten gedachte, keine Nachforschungen anstellte. Eines Tags erhielt ich ein Packet von Paris, das bei meinem dortigen Geschäftsführer unter meiner Adresse abgegeben war. Es enthielt ein Etui und einen Brief, beides versiegelt. Ich erbrach den letztern zuerst; er enthielt nur wenige Zeilen.

Liebster Freund!

Wenn Sie dies erhalten, bin ich nicht mehr. Ich wußte, daß mich der Marquis zu sich rufen würde. Kam er auch nicht mehr, meine Nächte zu stören, ich trug etwas in der Seele, das seine Stelle vertrat. Sagen Sie Ihrer Gemahlin, ich hätte mich an nichts so gern erinnert, als an ihre Güte gegen mich. Bewahren Sie Ihren Sohn vor mei=nesgleichen. Gönnen Sie beiliegendem Bilde ein ruhiges Plätzchen. Sie brauchen das Siegel nicht zu erbrechen. Zerstören mochte ich es nicht; in falsche Hände kommen sollte es nicht. Sehen Sie es an, so denken Sie, ich hätte doch vielleicht ein Herz gehabt.

Manon de Gaussin.

Ich öffnete das Etui und das unglückliche, mir zugleich als kürzlich verstorben gemeldete Mädchen strahlte mir mit allem Zauber entgegen, welchen sie in ihren schönsten Tagen besaß. Die Thränen traten mir in die Augen und ich gedachte aller glücklichen Stunden, die ich in ihrem Hause verlebt hatte.

Cajetan.

Cajetan Mantone war aus Venedig gebürtig. Nach=
dem er dort die Malerei erlernt hatte, sandte ihn
sein Meister in seinem zweiundzwanzigsten Jahr nach
Dresden, wo das neue Palais des Königs von Polen
mit großartigen Bildern verziert werden sollte. Von
allen Seiten hatte man Künstler dazu verschrieben,
und so auch den Meister Cajetans. Dieser aber,
ein alter Mann, schlug die Einladung aus und
schickte seinen Schüler, welcher die Reise mit den
größten Hoffnungen unternahm und sich in Dresden
auf keine Weise getäuscht sah. Es herrschte dort
ein prachtvolles, stets bewegtes Treiben; man be=
handelte ihn auf's zuvorkommenste, wies ihm seine
Wohnung im Schlosse an und ließ es an reichlicher
Verpflegung und gutem Lohn nicht fehlen.

Cajetan war ein schöner Jüngling und außer
der Malerei in allen andern Künsten erfahren. Er
ritt, tanzte, sang, war zu jedem Ding anstellig und

bewahrte neben der ungebundensten Gefälligkeit zu Zeiten einen Stolz und eine Zurückhaltung, daß er überall zu Rathe gezogen und doch nirgends mißbraucht ward. Die ihm aufgetragene Partie der Malereien vollendete er bewunderungswürdig rasch und effektvoll; alle Arbeit schien ihm ein Spiel und jedes Spiel doch wieder eine Arbeit, so sorgfältig brachte er zu Ende, was er übernommen hatte.

So kam es, daß er neben seinen Arbeiten im Schlosse mancherlei Portraits malte, und unter diesen das eines jungen Edelmanns, der sich in der Folge enger an ihn anschloß und zuletzt sein Freund wurde. Da jeder von beiden fest auf seinem Standpunkte verharrte, Cajetan als Maler, dem seine Gaben völlige Unabhängigkeit, ja Ueberfluß gestatteten, der andere als der einzige Sohn eines Vaters aus vornehmer Familie, der ihm durch seinen Reichthum mühelos eine sichere Stellung in der Gesellschaft bereitete, so gingen sie unbefangen neben einander her und suchten sich auf im Gefühle, daß ein jeder das werth sei, wofür er sich gab und wofür er genommen wurde.

Das Bildniß ward nach Hause geschickt. Die Güter des alten Barons lagen in dem Theile des Kurfürstenthums, welcher später zu Preußen geschlagen wurde. Man war so entzückt von dem Werke, daß sehr bald die dringende Aufforderung erfolgte, mit dem Maler selbst zu kommen, damit er den alten Herrn und dessen Tochter, die Schwester seines Freundes, portraitire. Cajetan bedurfte einiger Erholung und nahm die Einladung gern an; der junge Baron war durch Verhältnisse für den Moment zurückgehalten.

So finden wir denn den Venetianer eines Tages zu Pferde auf der Landstraße, gefolgt von seinem Bedienten, welcher das Gepäck im Mantelsack führte. Es war im Frühjahr 1750. Die Welt war schön, wie sie es seit ihrer Erschaffung alle Jahre ist zu der Zeit, wenn im Mai der Schnee geschmolzen ist und die warmen Lüfte die Knospen aus den Bäumen gelockt und ihre zarten Blätter entfaltet haben. Ueberall wogte das Korn in grünsilbernen Wellen weit über die Hügel, und die Dörfer lagen eingeschneit von den Blüthen der Kirschbäume, die sich unzählig zwischen den niedrigen Dächern durchdrängten. Dann kamen wieder lange Wege durch den Wald, wo am hohen Mittag hie und da noch der Thau an den Gräsern hing, die zwischen feuchten Baumwurzeln sproßten, und Bäche in räthselhafter Eile quer über den Weg stürzten, über blanke Steine hinweg. An den Tannen hingen die hellen, matten Triebe des Jahres sanft gebogen von den Zweigen herab, deren dunkles vorjähriges Nadelwerk scharf dagegen abstach. Es war eben im Frühling.

Am späten Nachmittage des vierten Tages sah Cajetan das Schloß vor sich liegen, das er erreichen wollte. Jetzt steht nur noch der eine Flügel unversehrt da, während ein Theil der Mitte und der andere längst abgebrochen sind. Die hohen Buchen, welche den Hügel umgaben, auf dem es sich erhob, wurden von dem rothen, vielspitzigen Dache überragt, und unzählige goldblinkende Wetterfähnchen und Spitzen, auch blitzende Fensterscheiben der höchsten Erker leuchteten über den gewölbten Gipfeln der Baumgruppen.

Der Weg führte durch den Garten, nach damaligem Geschmacke mit geschnittenen Hecken durchzogen, die hohe, schmale Wege bildeten, über denen sie bald in fortlaufenden Lauben zusammenstießen, bald als Pyramiden, Obelisken, Kugeln und andere Gestalten emporstrebten. Dazwischen plätscherten Springbrunnen, oft versteckt und nur mit der Krone ihrer Strahles über das Laubwerk ragend, und fernhin durch offene Alleen blickten Wasserspiegel oder weite grüne Plätze, mit weißen Statuen bevölkert, zu denen die einsamen, schnurgeraden Gänge einmündeten.

Cajetan übersah das alles, fast ohne die Augen zu erheben. Das ewige Reiten in der Frühlingsluft hatte ihn ermüdet; nach langen Tagereisen schlief er die Nächte wenig und überwand die allzu-

große Müdigkeit durch vermehrte Anstrengung. Als
er endlich ankam, gab ihm das Gefühl, die Reise
hinter sich zu haben, eine solche Schläfrigkeit, daß
er fast träumend vorwärts ritt und, als er zu der
breiten, bequemen Treppe des Schlosses gelangte,
absprang und hinaufstieg, ohne ein Wort an die
Bedienten zu adressiren, welche herbeigelaufen kamen
und ihm dienstwillig die Zügel aus der Hand nahmen.

Vor der Hausthür angekommen, fühlte er sich
indessen gehemmt und ein wenig aufgemuntert. Ein
kräftiger Mann in hohen Jagdstiefeln, den drei-
eckigen, goldbesetzten Hut etwas mehr auf der linken
Seite des Kopfes tragend, trat ihm entgegen. Sein
Rock war grau und einfach mit Tressen besetzt; sehr
feine Spitzen lagen um die starken, aber schönen
Hände.

„Wer sind Sie?“ — Ich bin Cajetan Mantone
und hierher eingeladen.“ — „Sein Sie willkommen.
Ich bin der Baron.“ — Cajetan hatte italienisch
gesprochen und der alte Herr hatte ihm in derselben
Sprache geantwortet; man redete sie sonst an den
deutschen Höfen neben der französischen, wie heute
die französische neben der deutschen.

Es wurden noch einige Worte der Artigkeit kurz
und bündig zwischen beiden gewechselt, und der
junge Maler trat in die für ihn bestimmten Zimmer.
Sein Bedienter packte aus. Man fragte nach seinen

Befehlen, meldete das Diner auf sieben Uhr an und ließ ihn allein. Cajetan bekümmerte sich um nichts und legte sich auf den Divan, welcher die getäfelten Wände des Zimmers rings umgab.

Er war in hohem Grade das, was man bei uns mit einem unschönen Worte einen Stimmungsmenschen zu nennen pflegt. Seine Natur ließ ihn oft ganz in sich versinken; wie ein Kind, willenlos und schwach in seinem Innern, vergaß er alles, Zukunft und Vergangenheit, aber die Phantasie nahm ihn bei der Hand, führte ihn in wunderbaren Gängen umher, zeigte ihm, was er niemals geahnt, und verlieh ihm, was er nie gewünscht hatte. Die Jahres- und Tageszeit, der Ort, wo er sich befand, oft nur der zufällige Blick auf etwas ganz Unbedeutendes übten diesen Zauber auf ihn aus, und stets gab er sich der Ruhe, die ihn dann überkam, ganz und gar hin, keine Macht stärkte ihn gegen solche Lockung. Keine Arbeit griff er an, ehe ihm nicht die fremde Gewalt so den richtigen Weg gezeigt hatte, dem er mißtraute, so lange er ihn nur in kalter Berechnung gefunden.

Das Zimmer, in welchem er lag, mit den gebräunten, glänzenden Wänden, der Duft des feinen Holzes, aus dem die Tische und Stühle geschnitzt waren, die Stille, die um ihn waltete, alles umwob ihn mit zauberhaften Gedanken. Kaum wußte er, daß ihn sein Diener ankleidete, er fühlte das kühle Wasser in den Händen und auf dem Antlitz, und war so wenig sein Herr, daß er in einem einsamen Flusse zu schwimmen glaubte, der, Gott weiß wohin, floß.

Wiederum trat ein Diener ein und meldete das Diner. Cajetan fragte den seinigen, ob er in Ordnung sei, und folgte in den Saal hinunter, wo ihn der Baron in ausgesuchtester Toilette empfing. Sein Wesen war ungemein höflich und zuvorkommend.

Wäre Cajetan helleren Blickes gewesen, so würde er dennoch sogleich bemerkt haben, daß die feine Art, wie der alte Herr ihn als seines Gleichen behandelte, mehr eine bewußt ertheilte Gunst als ungekünstelte Natürlichkeit war. Aber auch darin lag nichts Beleidigendes für den Venetianer.

Nach einigen Minuten öffnete sich die Glasthüre zur Linken, und die Schwester seines Freundes trat ein. Sie war nicht sehr geschmückt, aber reich gekleidet. Ein paar sanfte, gepuderte Locken berührten zu beiden Seiten die weißen Schultern, nicht zitternd, sondern sich leicht mit den Wendungen des Halses bewegend, wie der Rauch einer ausgeblasenen Kerze sich in zarten Windungen hin und her biegt.

Cajetan verbeugte sich mit Ehrerbietung, saß ihr dann gegenüber zur Linken ihres Vaters und blickte zu ihr hinüber durch den Schimmer der Wachslichter, den Glanz des silbernen Geschirrs mit den dampfenden Speisen und durch all die Träume, die auf seinen Augenliedern lasteten. Das dauerte eine lange Zeit. Nach Tisch verschwand das Fräulein; er folgte ihrem Vater in ein anderes Zimmer, wo der Kaffee servirt wurde. Der brachte ihn etwas in Aufregung und zur Vernunft. Er hörte die Ansichten über das vollendete Porträt, über das bald zu beginnende des Fräuleins, umging mit dem Leuchter in der Hand den alten Herrn von allen Seiten, um die vortheilhafteste Position für die Beleuchtung herauszufinden, und da er sich vornahm, einen guten Eindruck zu machen, damit er durch diesen festen Zweck die Schläfrigkeit überwände, ward er so liebenswürdig, daß ihm sein vornehmer Wirth die Hand drückte, als wäre er wirklich seines Gleichen.

So war es Nacht geworden. Sie traten aus einer der vielen Glasthüren, welche auf die rebenumwachsene Veranda führten, und stiegen die wenigen Stufen zum Garten hinab. Der Mond ging auf; die zarten Wasserfäden der Springbrunnen flimmerten vor Cajetans Augen und der blaue Nebel kam aus der Tiefe der Baumgänge auf ihn eingeschwommen. Er stützte sich rückwärts mit dem Arm auf eine große Marmormuschel und sah nach den erleuchteten Fenstern des Saales. Der Baron ging auf und nieder.

Da trat das Fräulein heraus, das Kleid ganz

wenig aufgeschürzt, so daß auf der Höhe, auf der
sie stand, ihre Schuhe mit den hohen Hacken sicht=
bar wurden, als wäre die ganze Gestalt die reizendste
Silhouette. Sie kam herunter und auf ihn zu.

„Sie sind müde, Signor Cajetan?" — Er sah
sie an und schwieg; aber es war ihm, als hätte er
geantwortet. — „Ich glaube, Sie schlafen," sagte
sie nach einer Weile und lachte. Das heißt, sie
sprach so, als sollte das Lachen seine Unart wieder
gut machen. — Der Venetianer sah sie an und
schwieg wieder. — „Papa," rief sie, „er ist wahr=
haftig eingeschlafen!"

Der Baron trat heran. Cajetan sah ihn nicht,
aber das Mädchen sah er, das leise Rauschen des
Wassers zauberte ihm die weite See vor Augen,
der Garten ward eine unbetretene Wildniß und sie
eine Nymphe, die am Strande ging, wo er einsam
stand. „O, sie geht fort, wenn ich sie nicht bitte
zu bleiben!" sagte ihm die Phantasie. „Laß sie
nicht entfliehen! Halte sie, fleh' sie an! — Was soll
ich ihr sagen? — Sprich mir nach," flüsterte die
Phantasie, und er lauschte ihren Worten, ohne zu
wissen, daß sein Mund sie wiederholte.

> Von Silberwolken eine zarte Schnur,
> Die sich im Mondlicht Liebe eingesogen,
> Kommt auf der Lüfte sanftem Hauch geflogen,
> Dich zu begrüßen, schöne Creatur!

O Nymphe, folgen muß ich deiner Spur,
Und steigst du rückwärts wieder in die Wogen,
Hast du mich in's Verderben nachgezogen,
Denn sterblich, o Geliebte, bin ich nur.

Doch, weil du einmal meinem Aug' erschienen,
Gedenkst du Aphrobitens, die zum Hirten
Anchises im Gebirge hold sich neigte;

O, welche Macht des Weltalls zürnte ihnen? —
Ihr, daß der Jüngling ihr das Herz verwirrte,
Ihm, daß er einer Göttin Gunst erreichte?

Er sah das Mädchen nicht an, während er redete,
er sprach fast mit geschlossenen Augen, und der
Mond strahlte ihm in's schöne Antlitz.

> Una fila di nuvile d'argento,
> Inammorate al lume di luna,
> Vanno per l'aria, portate di vento,
> Per salutarti, bella creatura.

„Er schläft," wiederholte sie, als er geendet,
nahm ihres Vaters Arm und wandte sich von ihm.
Cajetan sah ihr aufdämmernd nach, erstieg die Veranda und ließ sich in sein Zimmer führen, wo er
bald in tiefem Schlafe lag.

Am andern Tag stand er fröhlich auf, packte
seine Farben aus, während er frühstückte, und ging,
um nach den Pferden zu sehen. Er fand den Baron
vor den Ställen stehend, umgeben von einer Schaar

hauptentblößter Stallknechte, welchen er jedes Wort
mit einer Schwenkung der kurzstieligen Peitsche nach=
drücklich machte, deren straffen Strang er in der
Hand hielt und die er wie ein Kapellmeister vor
seinem Orchester schwang.

Cajetan grüßte respectvoll, aber unbefangen. „Ich
wollte nach den Pferden sehen.“ — „Ausgeschlafen,
Signor?“ — „Gott sei Dank, ein wenig. Ich war
gestern über die Maßen ermüdet.“ — „Das schien
mir so.“

Sie gingen zwischen den langen Reihen der
Pferdestände her und betrachteten die Thiere. Caje=
tan sprach nicht als Kenner, aber mit malerischem
Geschmack, und traf so oft die Meinung des Barons
auf den Kopf, zu welcher er auf ganz anderem Wege
als dieser gelangt war. Einige der schönsten Pferde
wurden herausgeführt und an der Longe im Kreise
umhergeleitet; es war ein herrlicher Anblick. Der
Maler schickte nach seinem Skizzenbuch und begann
zu zeichnen.

Der Baron sah ihm dabei auf die Arbeit, griff
plötzlich danach und blätterte in den Zeichnungen.
Es war auch Geschriebenes darin. Cajetan sah, daß
er einen Moment dabei verweilte, und nahm ihm
das Buch ohne Umstände wieder aus den Händen.
Der alte Herr sah ihm in die Augen, Cajetan that,
als verstände er den Blick nicht; beide aber mußten

recht gut, worauf es ankam, und jeder acceptirte die Lage der Dinge.

„Es ist gut, Signor Mantone," sagte der Baron darauf gleichgültig. „Wenn Sie genug an den Pferden haben, führe ich Sie zu meiner Tochter." — „O, dann nur gleich," erwiederte er aufstehend, „denn an den Pferden hätte ich doch nie genug." — „Gut."

Sie gingen und fanden das Fräulein in dem zum Atelier bestimmten Zimmer. Eine Staffelei war aufgestellt und die Geräthschaften lagen umher. Cajetan sah sich das junge Mädchen an, genau, bat da oder dorthin zu treten, trat näher, ferner und betrachtete sie ohne alle Umstände mit Blicken, die nicht gefährlicher waren als der Händedruck eines Handschuhverkäufers. Endlich war die rechte Lage gefunden, wobei der Vater natürlich zu Rathe gezogen ward; als dieser jedoch, nachdem Cajetan den Röthel in die Hand genommen und leicht einige Conturen anzugeben begonnen hatte, im Zimmer auf und ab gehend, so oft er an die Staffelei kam, still stand und, ihm über die Schulter sehend, einige Secunden mit hm, hm, hm, hm ausfüllte, sagte der Künstler beim dritten Mal ruhig und ohne aufzusehen: „Mich genirt das beim Arbeiten, Herr Baron." — „In der That?" — „Ja, in der That." — „Es ist gut!" — Der alte Herr ging damit, und nach einiger Zeit kam eine

Kammerfrau, welche sich mit ihrer Stickerei an's Fenster setzte.

Die beiden sahen sich jetzt ununterbrochen in die Augen. Cajetan zeichnete eifrig, rieb mit Semmel aus, stand auf, ging um das junge Mädchen herum, setzte sich wieder und sprach kein Wort. Sonst pflegte er zu singen, zu brummen oder zu pfeifen bei der Arbeit; dies erlaubte er sich hier nicht.

„Arbeiten Sie immer so stumm?" fragte sie nach einer geraumen Zeit. Ihr Name war Caroline. — „Nein, gnädigstes Fräulein, ich singe meistens. Das aber würde sich Ihnen gegenüber nicht schicken." — „Singen Sie immerhin, ich erlaube es." — „Nein, es würde sich doch nicht schicken." — „Wenn ich es erlaube, schickt es sich," antwortete sie lebhafter; „ich werde Ihnen nichts erlauben, das sich nicht schickte." — „Es würde sich dennoch nicht schicken." Er ar= beitete daher ohne Unterbrechung fort und gab nicht unmittelbar Antwort, sondern erst nachdem er einige Striche gezeichnet hatte.

„Ich finde Ihre Antwort unartig," rief Caroline und erröthete augenblicklich, weil sie fühlte, daß sie diese Bemerkung nicht hätte machen sollen. — „Warum?" fragte er lachend und mit einem Accente, dem man anfühlte, daß er das Gespräch wenig mehr als mechanisch führte.

Caroline hatte glühende Wangen. Sie glaubte

indem sie zu reden begann, Cajetans schweigender Verlegenheit einen Dienst zu leisten, und sah sich durch die wenigen Worte, die gewechselt waren, schon zu wirklichem Eifer fortgerissen, während er das eine wie das andere übersehend nur seine Zeichnung in den Gedanken hegte.

Plötzlich aber fühlte er es. „O, Sie werden roth, ich habe Sie erzürnt! Und ich hatte doch nicht Unrecht. Wenn ich nun hier singen oder brummen wollte, wie ich sonst gewohnt bin, wenn ich allein arbeite, würde ich Sie da nicht, gnädigstes Fräulein, wie eine Wand, oder einen Tisch, oder einen Stuhl. ansehen müssen, die mir gleichgültig sind und die ich vergesse? Es wäre nicht unschicklich für Sie, es anzuhören, sobald Sie sagen, daß ich es thun soll, aber wahrlich unschicklich für mich in meinem Herzen, wenn ich gehorchte. — Signora, da drüben, Sie haben mich angehört, war ich im Unrecht?"

Die Frau sah von der Arbeit auf und lachte. „Sie spricht nicht italienisch," sagte Caroline, dießmal von neuem beleidigt, daß er, ohne ihre Antwort abzuwarten, sich an die Frau wandte.

Aber in demselben Augenblick trat der Baron wieder ein, und Cajetan trug ihm sogleich den ganzen Fall vor, ohne indessen den Rothstift ruhen zu lassen, und nur die Leinwand betrachtend. — Der Baron gab ihm Recht, indem er sich auf den besondern

Fall gar nicht einließ, sondern im Allgemeinen behauptete, Stillschweigen sei das beste.

„Durchaus nicht!" rief der Venetianer. „Ich stecke dann mein Werkzeug wieder ein, denn wenn das Fräulein nicht redet, wird das Bild todt und langweilig, und ich kann nichts dafür."

„Uebrigens schon recht ähnlich, besonders daherum." Und dabei tupfte der alte Herr mit vorgestrecktem kleinen Finger auf die Zeichnung.

„Bitte um Vergebung!" Cajetan nahm Semmel, wischte die ganze Stelle mit einem Strich aus und erklärte, er zeige seine Porträts unter keinen Umständen, bevor sie vollendet wären. — „Es ist gut, Signor Mantone!" Mit diesen Worten warf der Baron die Glasthüre zu, daß die Scheiben zitterten, und kam nicht wieder. —

Die Sitzung ward stillschweigend beendet, dann gefrühstückt, ausgeritten, dinirt, Karten gespielt und zu Bett gegangen. Der junge Maler war aufmerksam gegen den Herrn, ohne sich in seiner Höflichkeit unter ihn zu stellen. Dafür war die bald wieder eintretende Rauhheit des Barons ehrenvoller für Cajetan, als die zuerst zur Schau getragene förmliche Rücksicht. Caroline war schweigsam. Sie las italienische und französische Bücher, machte Musik, besorgte das Hauswesen und war stets vollauf beschäftigt.

Nach einigen Sitzungen fing der Maler an, die

Farben aufzusetzen. Er stand im Atelier, ordnete mit dem Spatel die Palette und pfiff ein venetianisches Lied; es klang ganz fein und schmelzend. Bei Carolinens Eintreten unterbrach er sich, fuhr aber ruhig in seiner Beschäftigung fort. Sie saßen beide auf ihren Plätzen. „Heute, gnädigstes Fräulein," begann er, „fange ich an, ernstlich zu malen." — „Wie lange wird das dauern?" — „Einige Wochen, — oder auch nur vierzehn Tage, wenn ich gut bei Laune bin. Ich denke —" Sie gähnte. — „Wollen wir heute lieber nicht malen?" — „Ich sehe keinen Grund." — „Sie scheinen ermüdet."

Dieses Gähnen war keine Müdigkeit, sondern die wohlberechnete Eröffnung einer Schlacht gewesen. Cajetans Auftreten am ersten Abend, seine träumerischen Blicke zu ihr hinüber, dann das Sonett im Mondenschein, Alles hatte Caroline mit einem Zauber berührt, den sie niemals zuvor empfunden. Eine solche Natur, so losgelöst von allen Verhältnissen, so frei, so in sich vollendet, überall Wärme, nirgends Starrheit, überall Bewegung, verschlossen wie eine Blüthe, die die Sonne aufsaugt, ohne sich ihr doch zu öffnen, dabei Jugend, Kühnheit und alle Gaben der Anmuth, solch eine Natur war ihr niemals nahe getreten. Unbewußt waffnete sie sich gegen ihn. Schlaflos lag sie in der ersten Nacht und glaubte sich in der Lage, ein leidenschaftliches Herz sanft abweisen zu müssen. Wie sehr enttäuschte sie die Nüchternheit des folgenden Tages! Nur für sich selbst schien Cajetan seine Gaben zu besitzen; seine selbstgenügsame Ruhe regte sie auf, sie wollte ihn fühlen lassen, daß sie verletzt sei; er aber nahm lächelnd ihre Dornen hin und gab sie ihr als Rosen zurück; freilich Rosen, aber nicht wie eine arme Seele, die zwei, drei Knospen in einer Scherbe zum Blühen brachte, und ihr Herz mitschenkt, wenn sie sie darbringt, sondern leicht, wie der Schah von Schiras, dessen Palast unendliche Rosengärten umgeben.

„Malen Sie nur," sagte sie und gähnte von Neuem. — „Ruhen Sie sich erst ein wenig aus." Er bemerkte das gleichgültig, legte die Farben hin, setzte sich auf die niedrige Bank des Fensters, das er geöffnet hatte, und sah hinaus.

Da stand eine Silberpappel im Garten. Die Sonne beschien sie, ein leiser Schauer der Luft wandte von Zeit zu Zeit ihre Blätter um, welche dann die weißschimmernde Kehrseite zeigten, wie Taubenschwärme, die grau am Himmel schwebend, plötzlich umkehren und eine Wolke schneeiger Sterne scheinen. Und die Rosen blühten; um den Baum lag ein Beet, das sich weithin zog, nah genug um all die Blüthen zu sehen, und die vollblätterigen von den Knospen zu unterscheiden und von denen, die weder das Eine noch das Andere waren.

Eine süße Vergeßlichkeit bezwang ihn; er schien sich ein Käfer mit goldenen Flügeldecken, der da umherschwirrte, und der Duft zitterte vor seinen Angen in verschlungenen Strömen aufwärts. Er schlug die Arme untereinander, mit leise zurückgebeugtem Kopfe sah er in den blauen Himmel, zu dem die zarten, letzten Zweige der Bäume emporschwankten. So hatte er in Venedig am Strande des Meeres als Kind auf dem warmen Sande des Lido gelegen, wo die Seemöven über ihm hinschwebten und die See mit gelindem Donner ihn umgab. Er öffnete die Lippen und sang, leise zuerst, dann immer lauter, und es war ihm, als strömte der Athem der Sonne sehnsüchtig in seine Brust ein, um Gesang zu werden.

Das Mädchen stand auf die Lehne ihres Stuhles gestützt und horchte. Es trieb sie etwas, fortzugehen, und hielt sie etwas zurück. Sie wußte wohl, daß er sie nicht mehr bemerkte; das machte sie traurig. Aber während er sang, fielen ihr ungerufen die Worte des Sonetts wieder ein:

„una fila di nuvile d'argento" —

und es war, als sagten es ihr unsichtbare Lippen vor, wie Cajetan es damals gesagt, bis zum letzten Worte, und sie lauschte ihnen andächtig.

Da trat ihr Vater in's Zimmer. Er sah und

hörte den Venetianer. Er blickte auf Caroline, die
nichts sagte. „Bravo Signor!" Cajetan senkte die
Augen, verließ lächelnd seinen Sitz, entschuldigte
sich wegen des Gesanges und nahm die Palette
wieder. Bald waren sie allein. „Haben Sie nun
ausgeruht, gnädigstes Fräulein?" Und er sah ihr so
kühl entgegen, daß sie erstarrte.

An jenem Abend hatte sie geglaubt, sie selbst sei
die Nymphe, die er nannte; o der Täuschung! Sie
schien sich heute eine arme Magd, der ein hoher
Herr ein paar freundliche Worte am Wege zuruft,
und fortreitend bald vergißt, daß sie dagestanden.
Nun lag ihr ein anderer Sinn im Sonette: sie war
es, die dem Gotte nachblickte, der sich in die Wogen
stürzte, in die sie ihm nicht folgen konnte. Die ge-
lassene Frage: „Haben Sie ausgeruht?" schien ihr
eine unglaubliche Verhöhnung ihres Daseins; sie
ward plötzlich wieder roth, und noch ehe ihr die
Thränen ausbrachen, war sie aufgesprungen und
davon.

Auch Cajetan erhob sich, als sie verschwunden,
aber indem er etwas am Bilde entdeckte, das fehler-
haft war, vergaß er sogleich alles Andere, nahm die
Farbe in den Pinsel und malte weiter. So saß er
einige Stunden, dann ritt er aus, kleidete sich zum
Diner und fand den Baron allein.

Schweigend aßen sie die ersten Gerichte. „Wo

ist das gnädige Fräulein?" fragte endlich Cajetan. — „Haben Sie sich mit meiner Tochter gestritten?" — „Ich, Herr Baron?" — „Nun, dann ist es etwas Anderes. Sie hat Kopfschmerzen und will allein essen." — „Ich bemerkte, schon ehe ich zu malen begann, daß das Fräulein nicht ganz wohl sei. Sie gähnte zweimal. Das hat sie sonst nie gethan. Ich habe ein Auge für solche Kleinigkeiten, es war zum erstenmal." — „Sie hat gegähnt? — „Zweimal." — „Dann müssen Sie's in etwas versehen haben. Wenn sie mir etwas zu verstehen geben will, worin ich ihrer Meinung nach Unrecht habe, gähnt sie immer. Ich frage dann auch gleich ohne Weiteres, was ich wieder gut machen soll." — „Aber, Herr Baron, das ist eine Unmöglichkeit. Wir reden fast nie zusammen." — „Dann hat sie Ihnen das vielleicht übel genommen." — „Darf ich den Herrn Baron bitten, dem gnädigen Fräulein zu versichern, daß es gerade jetzt für das Gelingen des Bildes unumgänglich sei, daß die Signora eine gute Laune bewahre?"

Abends kam Caroline zum Kartenspiel und erklärte dem Maler aufs freundlichste, sie sei nicht im mindesten böse auf ihn. Am andern Morgen war wieder Sitzung. Sie machte ein vergnügtes Gesicht. Cajetan aber steckte plötzlich den schon gefärbten Pinsel wieder zu den übrigen, sah bald das junge

Mädchen, bald das Gemälde an, stand auf, sah sie wieder und wieder an, und brach endlich in die Worte aus: „Das ist eine Hexerei!"

„Was, Herr Mantone?" — „Sie haben seit gestern ein so völlig anderes Gesicht, daß ich entweder mein Bild noch einmal beginnen oder Sie bitten muß, wieder auszusehen wie all die früheren Tage."

In der That, Caroline war ein wenig blässer, ihre schön geschnittenen Lippen ein wenig schärfer, energischer, trotzdem daß die Mundwinkel freundlich lächelten, die Augen ganz anders blickend, und die Augenbrauen nicht mehr wie ein dunkler Regenbogen über der dunkeln Sonne, sondern wie ein Schatten über den matten Wimpern liegend.

„Ich kann nicht helfen," sagte sie milde, und ihr Mund lächelte wieder; aber der allein. — „Nein? Waren Sie heute schon im Garten draußen? In der frischen Luft?" — „Ich glaube kaum." — „Gehen wir dort einige Schritte? Die Allee liegt ganz im Schatten. Wir müssen frische Luft auf den Wangen haben, ehe ich die Farben anrühre."

Sie gingen nebeneinander im breiten, schattigen Gange, das Rosenbeet bald zur Rechten, bald zur Linken neben sich. Der Tag war bezaubernd. Die Wege lagen so rein und unberührt da, nichts regte sich als die kleinen Vögel, die hin und her flogen,

und die Zweige zitterten, von denen sie rasch auf=
geflattert waren.

Am Ende der Allee lag ein Teich, mehr breit
als tief, aber groß genug, um mit einer Gondel be=
fahren zu werden. Aus der Mitte von jeder seiner
vier geraden Seiten sprang ein Halbrund von Erde
in ihn ein, auf dem große Linden standen, und ihre
tief herabhängenden Aeste tauchten in das Wasser
mit den Spitzen. Hohes Gebüsch von Erlen; fast
ein Wald zu nennen, schloß ihn übrigens dicht ein.
In dem Wurzelwerk nisteten wilde Enten, die man
eingewöhnt und denen man Nester gebaut hatte.

Auf diesen Teich gingen Cajetan und Caroline
zu. Sie standen am Ufer, wo die Gondel angelegt
war; sie blickten auf die Fläche des Gewässers, das
wie der glatte Boden eines Saales mit grünen
Wänden unbeweglich zu ihren Füßen lag. Der Vene=
tianer sprang in die Gondel, die hin und her schwankte,
setzte sich an ihrer Spitze nieder und wiegte sich von
einer Seite zur andern, daß das Wasser sich mit
langen Reihen sanfter Wellen erfüllte, die sonnblin=
kend weiter eilten, von denen gedrängt, die ihnen
nachgesandt wurden. Dann stimmte er ein Lied an,
wie es die Gondoliere seiner Vaterstadt sangen; die
Töne verklangen langsam in dem großen Raume,
und er sah nach den Sonnenstrahlen, die sich durch
die eine schattige Wand der Bäume drängten und

deren Wiederschein zerrissen über die strömenden Wellen tanzte.

Da war es, als rückte ihm das andere Ufer näher. Er sah sich um. Caroline saß ihm gegenüber an der andern Spitze der Gondel, die weit ab vom Ufer schwamm. Sie sah ihn an: so hatte sie ihn niemals angesehen.

„O Signora," rief er aus, „ich werde hineinspringen müssen, denn die Ruder liegen am Ufer."

Sie war blaß und faltete die Hände. Sie sah ihn an; es empörte sie, daß er nichts von den Flammen ahnte, die ihr das Herz umspielten; aber er war so schön.

„Singen Sie," sagte sie. — „O, ich kann nicht singen, wenn Sie es mir befehlen." — „Setzen Sie sich hierher, Cajetan, hierher, neben mich."

Der Italiener kam zu ihr. Plötzlich schien er zu begreifen, was sie fühlte; es sprang wie Feuer in sein Herz, er kniete zu ihren Füßen, sie streckte die Hand aus und er ergriff sie.

„O Signora," rief er mit Heftigkeit, „denken Sie daran, wer ich bin und wer Sie sind!" — „O, kein Mensch sind Sie, Cajetan, kein Mensch bist du — der ein Herz hat!" Sie riß die Hände los, bedeckte ihre Augen und schluchzte. — Er umfaßte ihre Knie und küßte ihr das Kleid; sie ließ die Augen wieder frei und weinte fort; ihre Lippen waren den seinigen so nah, ihre Wangen den seinigen, und ihre Thränen glänzten in seinen Augen.

„Was willst du, daß ich thun soll?“ fragte er leise und blickte rings umher. Nichts regte sich, sie waren allein. — „An mich denken sollst du, wenn du singst, wenn du glücklich bist, an mich, Cajetan!“ — „O, an dich!“ sagte er und spielte mit ihren Fingern. Die seinigen waren von der Malerei hie und da gefärbt, die ihren weiß und schmal; er faltete sie in einander und sagte lächelnd: „Siehst du, das paßt gut zu einander.“ — „Habe ich mein altes Gesicht wieder, Cajetan?“ fragte sie und setzte glücklich hinzu: „O, ich fürchte, nun doch vielleicht ein ganz anderes.“ — „Nein, Liebste, seit ich dich zuerst sah, sah ich dich, wie du mich heute anblickst.“

Cajetan hob eine von den Querbänken der Gondel aus, und indem er sie als Ruder gebrauchte, waren sie sogleich wieder am Ufer. Die Arbeit ward aufgenommen, die Farben flogen auf die Leinwand, er malte und sah sie an; wunderschön war das Mädchen, wie sie dann und wann scheu nach der Kammerfrau blickte und ihm mit den Augenliedern zunickte. Welch ein Feuer, das unter ihren Wimpern hervorbrach! Himmel! welch ein Glück, das da versteckt lag!

Doch auch Cajetan fühlte sich verändert. Dem alten Baron gegenüber, im Gefühl, eine Art von

Unrecht begangen zu haben, war er von einer Liebens=
würdigkeit, wie er sie vorher nicht hatte ahnen lassen.
Statt stolz abwehrend seine Stellung zu behaupten,
wie er bisher gethan, wußte er von nun an auszu=
weichen, nachzugeben, zierlich zu wenden und eine
reizende Behaglichkeit in's Gespräch zu bringen. Er
hatte sich vorher für einen Mann gehalten, welcher
eine Arbeit ausführt, für die er empfängt, was ihm
gebührt, die er übernommen hat, nicht weil er ihrer
bedurfte, sondern weil es ihm beliebte, wie einem
freien Manne; jetzt aber, wo er die Gastfreundschaft
des alten Herrn verrathen zu haben schien, ordnete
er sich unter und suchte durch seine besten Kräfte
wieder gut zu machen, was er verschuldet.

Caroline hatte auf ihn vom ersten Anblick an
völlig den Zauber ausgeübt, welchen das Sonett be=
kundete, das er träumend zu ihr sagte. Dann aber,
erwacht und zur Besinnung gekommen, beschloß er,
keinen Gedanken an sie aufkommen zu lassen, der
seine Ruhe störte. Es war ihm die kurze Zeit ge=
lungen. Freilich, als er an jenem Morgen am Fenster
sitzend in Gesang ausgebrochen war und sie in Thrä=
nen, da war es doch ihr Dasein, das ihn begeisterte,
auch wenn er sie nicht vor Augen sah; aber daß sie
um ihn weinte, wie wagte er das zu denken!

Das erste, wovon er ihr erzählte, als sie sich
allein fanden, war von seinen Verhältnissen, von

seiner anfänglichen großen Armuth, wie er dann von
seinem Meister aufgenommen, erzogen und unterrich=
tet worden, daß er nun so weit sei, sorgenlos zu leben
und zu arbeiten, was ihn am meisten anzöge. Er
sprach von seinem vergangenen Leben, als wäre es
das ihrige, weil ihr doch sein zukünftiges gehörte;
er wiederholte ihr unendliche Male, daß er sie liebe,
aber sein Glück sah er an wie einen überraschend
gefundenen Schatz, an dem er sich freute, ohne ihn
ferner zu bezweifeln.

Heimlich gestand sie sich oft, daß es schöner wäre,
wenn er sich zu Zeiten ängstlich zeigte, ob sie ihn
auch noch immer liebe. Er ging so sicher, sie war
so glücklich neben ihm, aber sie hatte trübe Gedanken,
wenn er fern war; Cajetan lebte nur im Momente.
Mit ihrem Lebensblute hätte sie die Gewißheit er=
kaufen mögen, daß er niemals vor ihr geliebt hätte,
nie nach ihr lieben würde; ihm genügte es, ihre Hand
in der seinen zu halten und zu wissen, daß ihr Herz
sein eigen war; Himmel, wie sollte er so, versunken
in ihren Anblick, bedenken, ob sie je anders gewesen,
ob sie jemals anders sein würde? Hatte er als Kind
gehungert, so verstand er darum doch nicht, jetzt sein
Gold zu zählen; er sah nur, ob seine Börse voll
oder leer sei, es bekümmerte ihn nicht, ob er hin=
eingriff, um zu nehmen, oder hinzuzuthun. Er wußte
nur, daß Caroline ihn liebte; sollte er, so im Reich=

thum begraben, sich erinnern, daß er einst gedarbt, daß er einst wieder arm sein könnte? — Und das Bild gelang ihm immer schöner. Dem alten Herrn ward die Erlaubniß plötzlich gegeben, es zu betrachten; er sah es mit Entzücken an, und die Kammerfrau zu ihm wie zu einem Heiligenbild empor.

Cajetan saß und malte. Caroline sprach vom Fenster aus mit ihrem Vater, welcher von außen herangekommen war. Als er gegangen und sie sich zu ihrem Freunde umwandte, arbeitete er nicht und saß nachdenkend da.

„Was denkst du, Cajetan?" — „Ich sah dich vor deinem Vater stehen. Er dauerte mich." — „Mein Vater?" — „Ich dachte an die Zeit, wo ich dich besitzen werde, und er dich nicht mehr." — Sie ward finster. — „Was wird er denken, wenn er dann einsam älter wird und unser sich erinnert?" — „O," sagte sie, „laß die Gedanken!" — „Er wird mich verwünschen, Caroline, und dich vielleicht noch mehr." — „O laß die Gedanken!" — „Er wird dich verfluchen — vielleicht —." — „O laß die Gedanken!" rief sie ängstlich.

„Wie, denkst du, sollen wir verhindern, daß alles das nicht geschehe?" sagte er nach einer Weile." — „Cajetan," rief sie, „wie du mich quälst!" — „Aber wie soll es werden?" sprach er heftig und sprang auf. „Soll ich ihn fragen, ob er dich mir zur Frau geben will? Das Bild ist vollendet; ich kehre nach Venedig zurück. Willst du hier sein, während ich dort bin?" — „Nein, das will ich nicht!" — „Dann sage mir, was geschehen soll!"

Sie saß eine Zeit lang sinnend. Allmählich schwanden die Wolken von ihrer Stirn; sie war schön, wie eine Nymphe. „Weißt du, wir gehen heimlich von hier — wir flüchten!"

„Ich bin euer Gast, Caroline, ich bin deines Bruders Freund; ich bestehle deinen Vater und betrübe deinen Bruder, wenn ich das thue. Und es wäre zum ersten Mal in meinem Leben, daß ich das versuchte. Ich habe nie einen Menschen betrogen. — Ich werde Alles deinem Bruder schreiben." — „Nein!" rief sie erschreckt. — „Warum Nein?" trage ich einen ehrlosen Namen? Ich werde ein berühmter Maler sein!" — „Das wirst du! Aber Carl darf es nicht wissen." — „Dann also dein Vater." — „Auch der nicht."

„Also ein Lügner und Betrüger?" murmelte er. — „O Cajetan," sagte sie sanft, „wenn du verschmachten willst, und eine Frucht hängt zu dir vom Zweige, fragst du da, wem sie gehört? Du greifst nach ihr, du streckst die Hand aus — o, deine Hand! — du denkst, daß es Sünde wäre, dein schönes Leben zu opfern, weil dir nicht geschenkt ward, was es enthielt, weil du es raubtest?"

Er schwieg und begann wieder zu malen. Es war stille und die Zeit verging. — „Es fehlt etwas hier," sagte er; „stelle dich einmal so — nein, das ist es nicht — aber es fehlt etwas."

Sie trat heran und sah, wie er malte.

„Jetzt hab' ich es!" rief er. — „Hast du's gefunden, Liebster?" und damit lehnte sie sich auf seine rechte Schulter. Er hatte Farbe genommen, und da ihn der Druck ihrer Arme hinderte, machte er eine leise Bewegung, um sich von ihr frei zu machen; da sie aber dennoch ihre Arme auf ihm ruhen ließ, stieß er sie ganz sanft von sich und malte.

„So sollte es sein! — Nicht so, Geliebteste?" — Er wandte sich strahlend nach ihr, doch was sah er? Funkelnd mit den Augen stand sie einige Schritte von ihm und starrte ihn an. — „Caroline!" schrie er auf.

Sie antwortete nicht. Er ergriff ihre Hand, die sie losriß. — „Himmel, was ist dir? — deine Hand!" — „O nichts, nichts" antwortete sie und ging hastig auf und nieder. Er folgte ihr.

„Nichts, Caroline? Ich will es wissen, auch wenn es nichts wäre! Ich muß es wissen!" — „Wirklich nichts," sagte sie ganz sanft und streckte ihm nun die Hand entgegen. — „Sage mir, was das war?" — „Nichts, Liebster, gewiß nichts!"

Er verließ das Zimmer und ging in den Garten.

Er fühlte eine Scheidewand zwischen sich und ihr, und im Dunkel lenkte sich sein Auge auf <u>Einen</u> finstern Fleck. Er hatte gewußt, was sie nicht sagen wollte, auch wenn er fragte, und was er wußte, erschreckte ihn.

Sie wichen sich aus den Tag über. „Caroline", sagte er am andern Morgen, „du warst beleidigt, weil ich dich abwehrte von mir. Du warst es, weil du dachtest, der Tochter des Barons von — durfte der das ein geringer Venetianer anthun? Wäre ich deines Gleichen gewesen, du wärest böse geworden — aber nicht so. Ist es das nicht?"

Sie erröthete tief. „Ja, das war es," sagte sie; „aber du vergiebst mir, Cajetan? Ich kann nicht lügen. Mir war das noch nie geschehen. Aber du vergiebst mir?"

„O, was hätte ich dir zu vergeben!" antwortete er trübe aber leidenschaftlich. Aber höre dieß! Wenn du meine Frau bist, bist du kein gnädiges Fräulein mehr, sondern eine Malerfrau von Venedig. Und es können Tage kommen, wo die Sonne sich verfinstert. Ach, das Leben ist nicht glänzend, Caroline!" — „Glänzend oder nicht, schaudern wollt' ich, wenn es anders wäre. Einsam wollen wir zusammen sein, nicht wahr? versteckt, ganz ungesehen? Nur wir beide, keiner sonst, nur du und ich, Cajetan?"

Er lächelte und sprach nicht weiter. Es überkam

ihn plötzlich ein unendliches Mitleid, mit sich, mit ihr, mit der ganzen Welt. Er kam sich so arm vor, und wußte nicht warum. Dann griff er in seinen Busen und hatte zwei Ringe in der Hand, von denen er einen dem Mädchen gab. Diesem war der Tag eingekratzt, an dem sie sich gesagt, daß sie liebten. Dazu schenkte er ihr eine feine, lange Kette, wie sie in Venedig gearbeitet werden; denn sie durfte den Ring nicht am Finger tragen.

Caroline steckte ihn dennoch an; er hatte einen einfachen goldenen Knoten, der einen Diamanten umschloß; Cajetan hatte ihn selbst gearbeitet. Plötzlich trat der Baron ins Zimmer, sie zuckte leicht mit den Fingern, als wollte sie eine Faust machen und so das Geschenk verbergen. Doch that sie das nicht, zog vielmehr den Reifen ab und gab ihn Cajetan offen zurück mit den Worten, der Ring gefiele ihr sehr gut. Der Baron bat ihn sich aus und betrachtete ihn. „Er ist von einem verstorbenen Freunde des Signor Mantone," sagte hastig Caroline. Das schnitt dem Maler in's Herz. „Er starb etwa vor einem Jahr," setzte er hinzu; „das Datum steht auf der inneren Seite." — „Ich bemerke es, Signor; und so frisch, als wäre es heute hineingeschrieben." — „Ich habe den Ring nie am Finger getragen, sondern an einer Schnur um den Hals, daher mag es kommen."

Caroline steckte ihn nun wieder an. „Er nimmt sich so doch nicht übel aus, Papa?" Und als ihr Vater gegangen war, zog sie ihn behende auf die goldene Kette, schlang sie um den Hals, und der Ring glitt dicht an das Herz, das gegen ihn klopfte.

Das Bild war bis auf das letzte vollendet. Cajetan sollte abreisen; der Baron wollte sich im nächsten Herbst von ihm in Dresden malen lassen, wohin er Caroline zu bringen gedachte, um sie bei Hofe vorzustellen. Zu Mittag des letzten Tages kam eine ansehnliche Gesellschaft aus der Umgegend im Schlosse zusammen. Das Gemälde ward betrachtet und unmäßig belobt; Cajetan wußte alles so hinzunehmen, als verstände es sich von selbst, daß das Bild gut sei, und daß er nur gute Bilder zu malen pflege. Es ist mit diesen Schmeicheleien wie mit den Wespen bei süßen Früchten; sie sind lästig, aber die Früchte wissen doch nun ganz sicher, daß sie nicht sauer sind, und selbst die Götter schlürfen den Weihrauch der Altäre ein, und bedürfen seiner, weil er ihnen das Herz erfreut.

Mit Caroline sprach er nicht ein einzig Mal, sie war stets in Anspruch genommen. Auch als am späten Abend die Gäste wieder fortgefahren waren, sah er sie nicht. Er ging allein im Garten umher und bedachte seine Lage.

Das Schloß bestand aus einem mittleren Theile

und zwei Flügeln, welche jenen zu beiden Seiten im stumpfen Winkel berührten und den vordern Hof abschlossen. Der Garten lag auf diese Weise halbmondförmig um das Gebäude und seine Reben rankten sich hoch an ihm empor. Im linken Flügel lagen die Zimmer, welche man ihm angewiesen hatte, im rechten wohnten der Baron und das Fräulein. Er ging langsam an ihren Fenstern vorüber, ob sie vielleicht erleuchtet wären. Sie lagen dunkel da, doch die des Barons waren hell und standen offen. Es ward laut gesprochen; deutsch, was der Venetianer nur in der Nähe verstand, wenn er aufmerksam horchte; doch stand er still. Der Baron sprach allein und heftig; von Zeit zu Zeit glaubte er ein Wort Carolinens zu vernehmen, und sein eigener Name klang oft und deutlich zu ihm hinab.

Er war aufgeregt und ward es immer mehr. In einem plötzlichen Antrieb erfaßte er das Spalier des Weines, und am dunkeln Laube rasch und sicher aufklimmernd, war er bald am Fenster, aus welchem die Sprache erklang. Das üppige Weinlaub hing fast in's Zimmer und gestattete ihm, unbemerkt hineinzuschauen und beide zu erkennen. Auf dem Tisch stand ein hoher silberner Leuchter mit zwei Kerzen, neben ihnen, mit der Hand auf den Tisch gelehnt, Caroline, groß, schlank, blaß; er sah sie so deutlich. Mitten im Zimmer stand ihr Vater, beide Hände in der Luft und gewaltig redend. Da klang es wieder „Mantone", und als hätte es ihm der Venetianer befohlen, sprang die Sprache aus dem Deutschen in's Italienische über; nun vernahm er jedes Wort.

„Ja, Mädchen," rief der Baron, „meinst du, ich hätte euch nicht beobachtet vom ersten Tage an? Meinst du, mir wäre etwas verborgen geblieben? Ich sah, was zwischen euch beiden vorging; aber es schien mir kein Unglück. Du hast eine kleine Unterhaltung gehabt, ihm die Zunge gelöst; zum Teufel, ich habe nichts dagegen. Du wirst bald in die Welt eintreten; es war eine kleine Vorübung. Du wirst schwimmen lernen, mein Kind; das war nur so ein wenig im Sumpfe umhergepatscht, wie die jungen Enten, ehe sie auf den Teich kommen. Aber in Dresden, wenn er dir da begegnet und wagt einen Schimmer von den Mienen anzunehmen, die er hier gemacht hat, ho!"

Cajetan horchte und beobachtete mit rasender Aufmerksamkeit Carolinen, welche schweigend und mit dunkeln Augen ihren Vater ansah.

„Was ich dir über dich und unser Haus gesagt habe, wiederhole ich nicht. Morgen reist er ab. Du wirst dafür sorgen, Mädchen, daß keine Scene entsteht. Du wirst? Antworte!" — „Es wird nichts geschehen, Vater!" — „Gut, du wirst dein Wort

nicht brechen. Du wirst dafür sorgen, daß ich ihn
so höflich aus der Thür gehen lasse, wie ich ihn
empfangen habe?" — „Ich werde das." — „Du
wirst nicht daran gedacht haben, daß er dir mehr
wäre als ein Spielwerk. Ein schöner Bursche: dazu
war er gut; aber nicht weiter. Du hast ein gutes
Italienisch mit ihm reden können. Hat er dir von
der Ehe gesprochen? nur des Scherzes halber?" —
Sie antwortete nicht. — „Wahrhaftig," rief er,
höhnisch den Gedanken aufnehmend, „du eine Sig=
nora Mantone! Zum Teufel Mantone! Ein Schurke,
der den Namen führt! Mantone!"

Cajetans Augen verschlangen Caroline. Sie
wird aufspringen, rief es in ihm, aber sie regte sich
nicht. Ein Sprung, er war im Zimmer und stand
zwischen ihnen.

„Hier steht der Schurke, der den Namen Man=
tone führt! Was verlangen Sie von ihm?" — Caro=
line stieß einen Schrei aus und sank auf einen Sessel.
Der Baron betrachtete, beide Hände in den Taschen,
den Italiener, dessen Augen blitzten.

„Signor," sagte er ruhig, „es war ein glück=
licher Zufall, daß ich mich mit meiner Tochter in
Ihrer Sprache unterhielt, und daß Sie so gewandt
im Klettern sind. Sie haben auch wohl den Anfang
der Dinge da drüben gehört und ich habe nichts
hinzuzufügen!"

„Ein Schurke, der den Namen Mantone führt!“ rief Cajetan und griff auf den Tisch, als läge da eine Waffe. — „Das war es, Signor,“ antwortete kühl der alte Herr. „Wer in fremden Häusern die Gastfreundschaft mißbraucht, wie Sie, wie nennt man den? der die Tochter verführt? — ich will nicht erwähnen, daß Ihr Stand nicht der meinige ist — nun, wie nennen Sie den? — „Sie haben Recht,“ antwortete Cajetan, „ich bin's in Ihren Augen. Caroline,“ sagte er schneidend, „laß deinen Vater wissen, daß ich's nicht bin.“ — Sie schwieg. — „Caroline, sage deinem Vater, ob ich ein Schurke bin!“ donnerte er. — Sie schwieg. — „O,“ dachte er, wenn sie jetzt sagte, wie sie mich in der Gondel zu sich rief, wenn sie jetzt den Muth hätte, meine Ehre zu retten! aber sie schweigt!“ Und der Gedanke, daß es unmöglich gewesen wäre, an jenem Tage Carolinen zu widerstehen, der Gedanke, daß er nicht mit ihr hatte entfliehen wollen, sondern offen handeln, und ihr Anblick, so kalt, so schweigend, während er sie nicht verrathen wollte, das gab ihm die Ruhe wieder.

„Herr Baron,“ begann er, „Sie nannten mich einen Schurken. Ich sage nichts dagegen, nichts. Morgen verlasse ich Ihr Haus. Ich habe seine Gastfreundschaft mißbraucht; verzeihen Sie es mir. Satisfaction werden Sie von einem Manne nicht fordern, der nicht Ihres Standes ist." — „Nein, Signor."

Ohne das Mädchen eines Blickes zu würdigen, schritt er aus der Thüre und suchte sein Zimmer auf. Er glaubte aufgeregt zu sein, aber er war ruhig, ruhig, wie er lange nicht gewesen. Indem er allein in der Dunkelheit saß und sein Erlebtes bedenken wollte, fühlte er mit einer Art göttlichen Wohlbe= hagens, daß alles, was an ihm im Schlosse vorüber= gegangen war, wie Staub von ihm abfiel. Die Liebe lag erdrückt von der Verachtung unter seinen Füßen und er trat darauf. Er setzte sich an das Spinett, das Caroline auf sein Zimmer hatte tragen lassen, öffnete das Fenster weit und accompagnirte sich die Lieder, die er in Venedig sang, horchte sich selbst zu und war entzückt vom eigenen Gesange. Er glaubte in seiner Vaterstadt zu sein, im Kämmerchen in seines Meisters Hause, er hörte die Gondoliere vorbeirudern, es war, als klänge ihr Gesang, antwortend dem sei= nigen, von ferne zu ihm herüber, und die Tauben= schwärme von St. Marco flatterten auf; aller Schmerz flüchtete mit ihnen, ferne, ferne. Dann ward er müde, warf sich auf's Bett und schlief ein. — Sein Bedienter weckte ihn. Er wollte unent= kleidet bleiben, um morgen in der Frühe gleich bereit zu sein; er solle nach den Pferden sehen.

Ein Diener des Barons kam mit einem höflichen

Billet und fünfzig Goldstücken darin. Cajetan nahm das Geld und ließ es aus einer Hand in die andere fließen, schrieb dann einige Worte dankenden Empfangs, warf die Dukaten auf den Tisch und löschte wieder seine Kerze.

Aber ein drückender Traum überkam ihn; er erwachte, und all seine Ruhe war so plötzlich verschwunden, wie sie gekommen war. Caroline stand in reizender Schönheit vor ihm, eine unaussprechliche Sehnsucht überkam ihn, daß er glaubte vergehen zu müssen, wenn er sie nicht sähe. Er bedachte alles, entschuldigte alles, wahnsinnig erschien er sich, daß er sie verlassen wollte. Thränenströme stürzten aus seinen Augen und er zitterte in Raserei.

Und gar nicht vermochte er sich die Ruhe wieder zu geben. Es war tiefe Nacht, er sprang auf, riß das Fenster auf und starrte zu den Sternen, die kalt auf ihn herniederlächelten. — Da klopfte es leise an die Thür.

„Sie ist es!" Er sprang hin und öffnete. Beim Himmel, sie war es! — „Komm," sagte sie, und ergriff im Dunkel seine Hand; er fühlte, daß es die ihrige war; er sah sie wie einen Schatten verschwommen neben sich und folgte. Sie gingen durch viele Thüren. Sie schloß die letzte hinter sich. „Hier wollen wir reden, Cajetan," sagte sie. „Setze dich hierher." Es war ganz finster. Er tappte und fand

einen Sessel, er merkte, daß sie sich neben ihm nieder=
ließ, und hielt ihre Hand in der seinen.

„Liebster," flüsterte sie, „du zürnst mir?" —
„O, zürnen, zürnen!" rief er, „ich liebe dich! Ich
bin wahnsinnig, weil ich dich liebe." Er umfaßte
sie, schlang beide Arme um sie und bedeckte ihren
Mund mit Küssen.

„Cajetan," sagte sie, „ich habe großes Unrecht
gethan." — „O, das wäre unmöglich, Caroline!" —
„Ich will dir beichten. Ehe du kamst, hatte mir der
Vater lange über unsern Stand, über meine Geburt
und den Glanz unseres Hauses geredet — siehst du,
ich darf es dir nicht verhehlen — und von deiner
niedrigen Herkunft. Deshalb schwieg ich, als du
verlangtest, daß ich reden sollte, deshalb, nicht aus
Furcht. Ich muß es dir bekennen."

„Du hattest Recht," sagte er und legte die Hand
auf ihre Schulter. — „Nein, Cajetan, es war eine
abscheuliche Schwachheit, und du fühltest das und
warfst es mir vor und hattest ein Recht dazu. Ver=
gieb mir!" — „Laß uns nicht daran denken,
Liebste!" — „Vergieb mir!"

Er sprang auf und trat mit ihr an's Fenster,
„Du vergiebst mir?" wiederholte sie. — „Ja, Ge=
liebte, ja, ja." Er hob sie wie ein Kind empor,
nahm sie in die Arme und sah ihr in die Augen,
aber es war ganz finster. „O, Caroline, ich war so

traurig und bin so glücklich jetzt!" — „Und du ver=
giebst mir?" — „Bei meiner Seligkeit, das thue ich!"

„Gott sei gedankt, daß du so gesprochen hast,
Cajetan! Und nun höre eins. Morgen früh reisest
du ab. Ach, es ist bald Morgen! Du reitest bis in
das nächste Dorf, eine Stunde von hier; dort wartest
du. Mein Vater ist morgen ganz auf der andern
Seite im Walde und jagt. Abends um sieben Uhr
kommst du zurück und hältst hinten am Park. Da
komme ich, da reiten wir fort zusammen, wohin du
willst, soweit du willst, nur mit dir, mit dir!"

Sie standen bei einander und schlangen die Arme
um sich. — „Hast du auch alles genau verstanden?"
— „Alles. Um sieben Uhr am Parke, da wo die
Eiche steht?" — „Nun führe ich dich zurück."

Noch einmal suchten seine Lippen, was seine
Augen nicht sahen, ihren Mund, ihre Wangen, ihre
Augen. Sie zog ihn fort. Zum letztenmal streckte
sie die Hand durch seine Thüre, die sie schon hinter
ihm geschlossen hatte, und erwartete glückselig das
Licht des Tages.

Er schlief noch einmal, träumte nichts; es war
sechs Uhr, als man ihn weckte. Er war bald mit
dem Packen fertig, sah das geliebte Zimmer noch
einmal an und stieg hinunter. Im Saale empfing
ihn der Baron. Das Bild war da noch aufgestellt.
— „Dieses Werk wird Ihnen viel Bestellungen ein=

tragen," sagte er und betrachtete es mit gelassener Kennermiene. „Sie werden es erst im Winter firnissen?" — „Erst im Winter. Ich hoffe gutes Wetter zur Reise zu haben, Herr Baron." — „Es steht darnach aus. Ich brauche es zu meiner Jagd nicht weniger."

Das Frühstück ward servirt. Bald vernahm man Pferdegetrappel vom Pflaster des Hofes. Der Bediente hielt den Steigbügel und reichte Cajetan die Reitgerte auf einem silbernen Präsentirbrett; der Baron verbeugte sich höflich von der Treppe, Cajetan sich vom Sattel herab, setzte die Sporen ein und sprengte fort. Er durchschnitt den Garten, dessen thauige Wiesen dampften, er sah wieder den verhängnißvollen Teich durch die Stämme schimmern, wie am ersten Tage, er dachte an nichts, als an Caroline, an die Flucht mit ihr, es war ihm, als wäre die Welt eine weite, weite Ebene, über die er sein Lebelang mit ihr dahin geflogen. Ihre Locken flogen, ihre Worte hörte er. Das Schloß verschwand, das Dorf war bald erreicht, und die Pferde standen im Stalle des Wirthshauses.

Nach einer ruhelosen Nacht versank er noch einmal in Schlaf, zeichnete dann allerlei in sein Skizzenbuch und zählte die Stunden bis zum Abend. Und da die Gedanken ihn so lieblich umschmeichelten, war die Zeit des Ausrittes rascher da, als er erwartet hatte. Nun gab er seinem Bedienten die nöthigen Weisungen und trabte allein den Weg durch die Felder zurück, den er so oft mit Carolinen und ihrem Vater in gleicher Weise geritten war.

Aber es ging eine Veränderung in ihm vor. Je näher er dem Schlosse kam, je drückender ward ihm zu Sinne. Erst war es ein allgemeines Gefühl, endlich stieg eine Gestalt aus dem Nebel: es war die Carolinens. Er fürchtete sich vor ihr; er hielt sein Pferd unwillkürlich an, dann spornte er es und sprengte vorwärts.

Nun lag der Park wie eine dunkle Linie vor ihm, und hinter seinen Bäumen der bergige Horizont in luftigem Blau. Noch einmal hemmte er sein Pferd. Er gedachte des Blickes, als er sie damals von sich abwehrte, er gedachte ihres Geständnisses, daß ihres Vaters Worte Eindruck gemacht auf sie. Wieder fürchtete er sich und ein Abglanz des Grimmes stieg in ihm auf, mit dem er am Abend zuvor an ihr vorübergegangen war von ihrem Vater. Er sah nur ihr fremd erzürntes Antlitz, nur eine schreckliche Schönheit, und immer drohender, drohender. Aber er ritt vorwärts. Da hielt er an der bezeichneten Stelle und sah auf seine Uhr; es war dreiviertel auf sieben.

Furchtsam blickte er umher; nicht ob man käme, ihn zu verfolgen; er fürchtete sich, daß sie käme, und zog sein Pferd an, das aufstampfte. — Er hoffte, sie käme nicht.

Da schlug von ferne die große Uhr im Schlosse die volle Stunde. Nichts regte sich, niemand war da. Er glaubte sich von aller Pflicht befreit; keinen Blick mehr zurück in den Park werfend, spornte er das Pferd und jagte in rasendem Galopp rückwärts. — Aber er täuschte sich; in demselben Moment sprengte Caroline aus den Gebüschen über den niedrigen Graben, welcher hier die Grenze des Gartens ausmachte; ein Schlag mit der Gerte setzte ihr leichtes Thier in Carriere, und plötzlich hörte er sie hinter sich.

„Cajetan," rief sie, „ich bin's!" Er hörte es wohl, aber vorwärts. — „Cajetan!" — Er wollte es nicht hören. Da war sie ihm zur Seite und griff in seine Zügel. Er sah sie nicht an und suchte sich loszureißen.

„Cajetan," rief sie schneidend, „fliehst du vor mir?" — „Ja!" antwortete er und sah sie nicht an, und die beiden sprengten neben einander über die Ebene.

Doch er mußte den Kopf wenden zu ihr. O, so hatte er sie nicht gesehen an jenem Morgen! Ihre Augen funkelten, der Wind riß in ihren Locken, die wie Schlangen ihr nachflatterten, der Mund schrecklich halb geöffnet und die Nasenlöcher athmeten Zorn aus.

„Halt, Verräther!" rief sie und riß an seinem Arme. Er gab nach, dann stieß er ihre Hand zurück und trieb sein Pferd an. Sie war verschwunden neben ihm — eine Minute nur; ein Knall, und eine Kugel pfiff an ihm vorüber, dicht am Kopfe des Pferdes her, das ächzend eilte, denn Cajetan spornte es ohne Unterlaß.

Die Kugel gab ihm die Besinnung wieder. Er zog die Zügel an, lenkte das Pferd langsamer galoppirend im Kreise rückwärts und kam im Schritt auf sie zu.

„O, Cajetan," rief sie ihm entgegen, „dir galt die Kugel nicht! dem Pferde, glaub' es mir, dem Pferde!" — „Warum nicht mir?" fragte er dumpf. „Warum zieltest du nicht besser? Was soll ich? Ich erwartete dich, du kamst nicht. Ich hatte ein Recht fortzureiten." — „Geh hin!" antwortete sie. „Gieb mir die Hand zum Abschied! — Thue das noch! — Ja, du hattest ein Recht, zu entfliehen." Sie streckte die Hand aus und hielt ihr Pferd an.

Cajetans Blicke weilten auf ihr. Ruhe wallte wieder um sie her wie eine Wolke von Schönheit. Er gedachte der Nacht, wo er sie an's Herz gedrückt. Er sah sie die Hand ausstrecken und seinen Ring daran.

„Auch das nicht, Cajetan? Wohl. Du hattest mir verziehen, aber ich hätte dich nicht darum bitten follen. Es ist wahr, du durfteſt nicht verzeihen. O, Cajetan!"

Sie ſah ihn an, er ſie, ſie ſchwiegen beide. Plötzlich warf ſie ihr Pferd herum, und ehe der Italiener ſich recht beſinnen konnte, ſah er ſie, dunkel von der Abendröthe, die den Himmel erfüllte, ab= ſtechend, dahineilen. Er ſah ihr nach, bis ſie ver= ſchwand, dann lenkte er langſam zum Dorfe um. Schweigend ritt er ſeine Straße, und die Nacht und die Entfernung trennten die beiden Herzen, die ſich liebten.

Das Kind.

Nous naissons avec un caractère
d'amour dans nos coeurs, qui se
développe à mesure que l'esprit se
perfectionne, et qui nous porte à
aimer ce qui nous paraît beau, sans
que l'on nous ait jamais dit ce que
c'est.   PASCAL.

Auf einem im nördlichen Deutschland gelegenen Gute lebte Herr von —, ein angesehener Landwirth, mit seinen beiden Töchtern, von denen die ältere, etwa zwanzig Jahre zählend, so ziemlich für sein Ebenbild galt; denn sie glich ihm in den Gesichts= zügen, war mehr ruhig, praktisch und verständig, während ihre jüngere Schwester, lebhaft, neckisch, unruhig und ein wenig extrem in ihren kleinen Nei= gungen, die Welt so recht aufforderte, den zwischen den beiden Mädchen bestehenden Unterschied zu be= merken und zu beurtheilen. So galt denn die gute Therese für kühl, zurückgezogen und haushälterisch, Emma dagegen ward mit den Attributen kindisch, ausgelassen und unpraktisch belegt, und dennoch, lernte man die Schwestern genauer kennen, so war der Abstand nicht eben so groß, nur daß die eine mehr dem Vater ähnlich war, aus der andern aber die früh verstorbene Mutter herausleuchtete. Ja,

wären sie beide in ihrer aufblühenden Schönheit
nicht stets zusammen gewesen, so hätte man vielleicht
weder an der einen noch an der andern etwas besonders Auffälliges gefunden und sich damit begnügt,
zu sagen: welch ein angenehmes, liebenswürdiges
Mädchen! ob sie wohl Vermögen hat? ob sie viel
Geschwister hat? und was man bei solchen Gelegenheiten zu sagen und zu fragen pflegt, ohne darum
ein prosaischer Mensch zu sein. Auf die letzte Frage
sei denn gleich bemerkt, daß Heinrich, das älteste
Kind, zu der Zeit, wo unsere Erzählung beginnt,
sich in Italien befand, wohin ihn sowohl der Rath
der Aerzte als seine eigene Zuneigung zum Studium
der schönen Künste getrieben hatten.

Es war am Ende eines heitern Herbsttages.
Die untergegangene Sonne ließ die reine Luft noch
nicht erkalten, aber aus dem Moose des Waldes stieg
es kühl und feucht zwischen den Stämmen auf. Deshalb eilte man, das freie Feld zu erreichen, und wenn
wir zwei dunkle jugendliche Gestalten quer durch die
Büsche eilen sehen, dem gelblich rothen Lichtstreifen
entgegen, der zwischen Himmel und Horizont gelagert,
immer offener durch die Verwirrung des Waldes
schimmerte, so wissen wir, wer die beiden sind. Auch
den Vater erkennen wir, der mit gewichtigen Schritten langsamer nachfolgt, den Herrn aber neben ihm,
welcher zwar eben so fest wie er, doch zu Zeiten vor-

sichtiger auftrat, denn oft versank der Fuß im Boden, der sumpfig und mit reichen Kräutern bedeckt zwischen den Wurzeln lag, nannten wir noch nicht. Es ist ein langjähriger, aber jüngerer Freund des Gutsherrn, der zuerst eine Reihe von Jahren Diplomat war, dann große Reisen gemacht hat, wochenlang auf das unterhaltendste aus jedem beliebigen Erdtheile zu erzählen im Stande ist und in seinen Koffern eine Menge überaus merkwürdiger Seltenheiten, die zuweilen fein und seltsam parfümirt sind, mit sich führt, denen gegenüber freilich kein gewöhnlicher Dieb, wohl aber ein Sammler von Curiositäten in die bedenklichsten Gelüste verfallen könnte. Doch seine Freigebigkeit wäre dem sicherlich zuvorgekommen; er verschenkte nach rechts und links, und seine Schätze blieben trotzdem unerschöpflich wie sein Gedächtniß, seine Skizzenbücher und seine Liebenswürdigkeit.

An diesen drei Eigenschaften zehrte man auf dem Gute nun bereits länger als vierzehn Tage. Die praktische Therese ließ sich die indischen Hütteneinrichtungen bis auf den Nagel an der Wand expliciren; Emma, das gute Kind, führte stets die verschiedenartigsten verzuckerten ausländischen Früchte in der Tasche mit herum und hing sich auf den Spaziergängen vergnügt in den Arm des Freundes von Papa, den sie zuerst ohne Umstände Onkel an-

geredet und geduzt haben würde, wenn nicht There=
sens Vernunft diese beiden Zutraulichkeiten gleich
im Keime erstickt hätte.

Man langte zu Hause an. Man hatte Thee ge=
trunken und sich müde gesprochen. Auf dem Lande
sind baldige Trennungen immer angenehm; Herr
von R — packte seine chinesischen Malereien auf
Reißpapier zusammen, die Mädchen huschten fort,
und Papa ging in seine Stube, in der alles mög=
liche an den Wänden hing oder auf den Tischen und
dem Boden umher lag, Büchsen, Pistolen, Jagd=
taschen, Zündhütchen, Riemenzeug, Fruchtproben,
Backsteine, Korbflaschen, Cigarrenkisten und Bücher
über Gartenbau oder Pferdekrankheiten. Der wackere
Mann suchte sich aus verschiedenen Packeten die beste
Cigarre heraus, zündete sie an, und nach wenigen
Secunden hörten die Mädchen seinen Schritt auf
ihre Stube zukommen, und seine Stimme, welche
„Emma" rief.

„Ach, um Gotteswillen, was ist?" rief diese,
„was ist, Papa?"

„Komm noch auf einen Augenblick zu mir her=
über, Kind."

„Auf der Stelle."

Sie hatte schon den Kamm aus dem blonden
Haar gezogen und die vollen Flechten aufgelöst,
nahm aber flugs einen großen Shawl, hüllte sich

hinein und erschien so bei ihrem Vater, welcher sich
in die dunkelste Sophaecke gesetzt hatte und rauchte.

„Hier bin ich, Papa." — „Liebes Kind, da liegt
ein Papier auf dem Tisch, da, neben der Brief=
tasche." — „Ja hier." — „Es ist ein Brief, Emma,
den ich vorgestern bekommen habe. — „Ja, ich sehe,
vorgestern." — „Wie so?" — „Nun ich habe in
der Eile ein bißchen das Datum gelesen, er ist ja
ganz offen." — „Gut, so lies auch das Uebrige."

Sie setzte sich auf die Tischkante, hielt den leich=
ten silbernen Leuchter in der einen und den Brief
in der anderen Hand und studirte.

„Ach, du allmächtiger Himmel!" rief sie plötzlich
aus; „die Emma hier bin ich doch nicht?" Dabei
lachte sie hell auf, ward roth bis an den Nacken
und las eifrig weiter. Nun kam sie an die Unter=
schrift: von R—, und warf das Blatt auf den Tisch.
— „Papa!" — „Nun, mein Kind?" — „Will er
mich denn auf der Stelle haben?" — „Auf der
Stelle bekommt dich Keiner," erwiederte ihr Vater
ruhig, „dazu bist du noch zu jung. Ich habe ihm
das vorläufig gleich gesagt, du mußt erst wenigstens
deine vollen neunzehn Jahre haben, ehe an der=
gleichen zu denken ist, und du bist erst siebzehn."
— „Siebzehn und ein halbes, so gut wie achtzehn!"
rief sie lebhaft.

„Also du bist es zufrieden, mein Kind?" —

„Es ist nur. sonderbar," antwortete sie nach einer Weile und setzte sich auf einen Stuhl, der mitten in der Stube stand, „daß es mir nie im Traum eingefallen wäre." — „Dagegen habe ich gar nichts, das ist recht gut," versetzte der Papa, und fügte nach einigen Rauchwolken hinzu: „das kann ich nur loben." — „Ja, aber im Wachen auch nicht, Papa! Herr von R. hätte mich auf den Arm nehmen können, um mir auf einen Baum oder über eine Mauer zu helfen, und ich würde mir gar nichts dabei gedacht haben." — „Nun, was hättest du denn auch denken sollen?" — „Meinst du denn, Papa, ich ließe mir das jetzt von ihm gefallen, nach dem Briefe?" rief sie. — „Mir kommt es aber so vor, als könntest du die Hochzeit kaum erwarten."

Plötzlich sprang sie auf, nahm Leuchter und Brief und sagte, an der Thür stehend: „Ich muß durchaus erst mit Therese sprechen. Gute Nacht, Papa; morgen werde ich dir das Nöthige mittheilen." Dies fügte sie mit einiger Gravität hinzu, um das Lachen zu unterdrücken, das wieder ganz vom schönen Kind Besitz genommen hatte; denn sie stand da, mehr wie ein Kind, dem bescheert worden ist, als wie ein Mädchen, um dessen Hand ein Mann angehalten hat. Die Idee, Therese den Brief zu zeigen, erfüllte sie gänzlich, wie die Sonne einen Rosenbusch, und sie jagte durch die Zimmer hin, daß der Leuchter verlöschte und sie mit einem Donnerschlage gegen die Thür ins Zimmer stürzte.

„Lies, lies, lies!" rief sie, entfaltete das Papier und hielt es ihrer Schwester hin. „Lies!" Dabei drehte sie sich drei Mal auf den Fußspitzen um und um, sprang zu gleichen Füßen auf den Sopha, kauerte sich in die Ecke und folgte athemlos mit den Augen denen ihrer Schwester, welche den Brief begierig durcheilte und dann mit einem Ausdruck zu Emma hintrat, der dieser plötzlich alles Blut aus den Wangen verjagte.

„Himmel, Therese, du nimmst das wohl ernsthaft?" — „Wie soll ich es denn anders nehmen?" — „O, weißt du —" Das Kind sah mit seinen guten braunen Augen empor, sprang auf, fiel Theresen um den Hals und rief: „Ich nehme ihn nicht, auf keinen, keinen Fall! Nein, Therese, niemals, ich schwöre dir, ich nehme. ihn nicht!"

Sie zog sie neben sich. „Siehst du, es wird mir jetzt schon immer ganz übel bei den Rosenperlen und den Sandelholzkasten; wenn ich das nun mein ganzes Leben lang riechen sollte, das wäre gar nicht zu ertragen. Gieb mir einen guten Rath. Nicht wahr, Therese, wir nehmen ihn auf keinen Fall?"

„Liebes Kind," sagte sie (sie nannte Emma immer Kind), „dazu kann ich nichts sagen. Wenn du ihn lieb hast, so nimm ihn, wenn du ihn nicht lieb hast,

nimm ihn nicht." — „Ich habe ihn aber nicht lieb."
— „Dann nimm ihn also nicht." — Damit brechen
wir das Gespräch ab, das unendlich war und von
Zeit zu Zeit von dem Refrain: „Aber ich habe ihn
nicht lieb" — „dann nimm ihn also nicht" — unter=
brochen wurde, bis sie darüber einschliefen.

Am andern Morgen war Herr von R. nicht am
Frühstücktisch erschienen. Das Kind saß allein in der
Stube, Therese war hinausgegangen, als er eintrat.
Emma mit einem Sprunge auf und an die Thür.

„Liebe Emma," sagte er ruhig, „ich sehe, daß
Ihnen der Papa gesagt hat, worüber ich ihm ge=
schrieben." Damit ging er langsam auf sie zu, und
das arme Kind hielt die Thürklinke mit beiden Hän=
den ängstlich fest und konnte nicht los davon, wie
ein Vogel an der Leimruthe.

„Warum wollen Sie so rasch fort von hier, liebe
Emma?" redete er weiter. „Sie brauchen ja nur
Nein zu mir zu sagen oder etwas ähnliches und ich
werde dann fortgehen, wenn Sie es wünschen, oder
denken, es wäre nichts vorgefallen."

Das Kind schlug die langbewimperten Augen zu
Boden und zitterte, aber der Griff der Thüre war
unbarmherzig und ließ nicht los.

„O", stotterte sie, ich bekam nur so einen Schreck."
— „Vor mir? Setzen Sie sich doch nur einen Augen=
blick da auf den Stuhl. Ich verspreche Ihnen, daß

ich mich dort am Fenster halten und nicht einen Schritt zu Ihnen hin thun werde." — Er ging auf's Fenster zu und sie schlich zu dem Stuhle, weil sie einen unaussprechlichen Zwang fühlte, dem Manne gehorsam zu sein.

„Also Sie erschraken, liebe Emma?" — „Nein", stotterte sie fast unhörbar und sagte dann etwas freier: „Ach, Herr von R., ich bin noch so jung." Dies war eine Folge ungeheurer Anstrengung; sie wollte durchaus etwas sagen, das ihm ihre Sclaverei verbergen sollte, und sprach es aus.

„Ja wohl," antwortete er lächelnd, aber mit einem Accente von Wehmuth, „und ich bin schon so alt? — Nein," fuhr er lebhaft fort, „das wollten Sie mir nicht sagen. Es ist wahr, Sie sind noch sehr jung; deshalb hat es auch noch zwei lange Jahre mit uns Zeit, und mehr, wenn Sie wollen." — „Ach ja", antwortete sie, und sah voll der tiefsten Dankbarkeit zu ihm empor. Denn daß dieser Mann, von dem ein bloßer Blick sie vermocht hatte, wie ein furchtsames Hündchen in die Ecke zu kriechen, daß er von freien Stücken ihr zwei Jahre und mehr schenken wollte, dies kam ihr so gut und großmüthig vor, daß sie alles hätte vergessen und ihm dankbar die Hand küssen können, wie ihrem Papa, der ihr eine unerwartete Freude machte.

Es wäre Unrecht, etwas gegen Herrn von R.

zu sagen. Er war in der Mitte der dreißiger, er war gut und sanftmüthig, war interessant, er hatte nichts in seinem Wesen, daß man ihm nicht gern die Hand gedrückt hätte. Seine Augen waren nicht unheimlich, seine Haare nicht sorgfältig zusammen gekämmt, um einen kahlen Kopf zu verdecken; nichts von alledem, aber doch Eins: man fühlte ihm das an, was er auch nicht leugnete, daß er lange, lange in lauter Ländern gewesen war, die nicht sein Vater= land waren, unter Menschen gelebt hatte, die nicht seine Freunde oder Verwandten waren, Dinge vor Augen gehabt hatte, die er zuerst neugierig betrachtet und hinterher gleichgültig verlassen hatte, und seine Seele trug den Stempel dieser Heimathlosigkeit. Man sieht einen englischen Koffer mit Vergnügen an, in welchen eine Menge der verschiedenartigsten Bedürfnisse so eingepaßt sind, daß keines das andere drückt und jedes leicht zu finden ist, daß alles auf's beste, festeste in einander eingreift und von einem einzigen kleinen blanken Schlüssel verschlossen wird, den man an der Uhrkette tragen kann; man sieht das gern an und möchte es auch wohl besitzen, aber auf immer seine ganze Habe so zusammengepreßt vor sich stehn zu haben, das möchte doch Keiner. Man will ein paar Wände, ein sonnige Fenster und Blumen davor, die man aufkeimen sah und deren Blüthe man erwartet. Daran hing es bei

Herrn von R —: seine Seele war eines der gemüth=
lichsten Necessaires von allem, was man wissen und
erfahren kann, blank und comfortabel; und sein Herz,
das sich nie ganz ausgedehnt, nirgends in friedlicher
Stille angesiedelt hatte, das sollte zum ersten Mal
einem Anderen völlig angehören! Ach und das arme
junge Herz, dem dieses Glück zugedacht war, fühlte
nichts als einen ungewohnten zitternden Respect vor
dem, der es ihm zu Füßen legte.

Er verließ nun doch das Fenster, er setzte sich
erst etwas fern von dem Kinde nieder, immer
sprechend, und saß dann neben ihm. Er sprach
natürlich, er gestand frei, wie traurig er mit sich
allein gelebt und welche Hoffnungen er auf sie ge=
setzt hätte. Sie hörte, horchte; er sprach so einfach,
so bescheiden, so resignirt; ein Mitleid überkam ihre
Seele, das grenzenlos war, sie sah seine Einsamkeit,
sie hätte alles thun mögen, ihn ihr zu entreißen;
sie hörte zum ersten Mal, daß es in ihrer Gewalt
stehe, eines Menschen ganzes Leben glücklich zu
machen: wie wäre es da möglich gewesen, seine
Bitte abzuschlagen? Ihre Augen füllten sich mit
Thränen, bis sie ihn schluchzend bat, innezuhalten,
denn er erzählte von seinem Leben, nicht um sie zu
rühren, sondern stellte ihr einfach seine sonnenlosen
Jahre voll Gedanken an die Heimath vor die Seele.
Freilich, daß er einmal in Neapel in die französische

Gesandtin verliebt gewesen und ihretwegen ein Duell gehabt hatte, das erzählte er nicht, und einiges andere dergleichen verschwieg er gleichfalls, aber es war kein Unrecht dabei, und was brauchte das Kind das zu wissen? Emma aber, wenn sie sich in diesem Augenblick erinnert hätte, auch nur aus der Ferne einen Bauernjungen zu freundlich angesehen zu haben, sie hätte es ihm jetzt gestanden, als er neben ihr sitzend, still fortsprach, ohne sie anzusehen. Es that ihr wohl, daß er vor sich auf den Boden sah, sie hob ihre Blicke, und seine Stirn schien ihr vornehm zu sein und sein Haar auch, das so zwanglos an ihr hergestrichen war.

So also standen die Dinge: der Schmetterling war gefangen. —

Die beiden Schwestern lagen wieder in der dunkeln Kammer und sprachen miteinander. Zuerst aber schwiegen sie still. Therese löschte das Licht aus und jede hörte, wie die andere athmete. Da stand das Kind leise wieder auf und tappte zu seiner Schwester, umarmte sie und legte seine Wange an die ihrige. Emma war den ganzen Tag anders gewesen als sonst. Sie war mit ihrem Verlobten lange Zeit spazieren gegangen, dann hatte sie schweigsam dagesessen; sie sah aus wie eine Rose, die man gepflückt und eine Stunde in der Hand getragen hat, nicht verwelkt, aber weich und abgemattet.

„Therese", sagte sie, „du gehst mit mir? Albert kauft ein Gut hier in der Nähe, und du gehst mit mir. Er hat es mir schon versprechen müssen. Nicht wahr, du bleibst bei mir?" — „Ja Kind", antwortete Therese und sprach mit gedämpfter Stimme; das trieb Emma die vollen Thränen in die Augen. „Ach, Therese," rief sie traurig, „wenn ich denken soll, daß ich dich nur einen Augenblick nicht habe, dann sterbe ich vor Sehnsucht." — „Kind, du wirst nicht sterben." — „Ja gewiß, du schwörst mir, daß du bei mir bleiben willst." — „Ja, wenn du willst." — „Warum fragst du, ob ich will? sage ich es nicht? Bist du traurig? bist du mir böse, Therese? Habe ich etwas Unrechtes gethan? Siehst du, er ist so gut, so einsam; er hat keine Geschwister mehr und kaum eine Heimath. Ach, er ist so gut, Therese!" — „Gewiß, Kind, er ist so gut, und ich gehe mit dir, und nun schlaf' ein, damit du morgen nicht schlecht aussiehst."

Emma blieb aber bei ihr sitzen. Plötzlich sprang sie auf, fing an zu schieben und zu rücken und ruhte nicht eher, als bis ihr Bett neben dem Theresens stand. Sie legte sich hinein und hielt ihrer Schwester Hand in der ihrigen; so schliefen sie ein.

Eine Woche verging. Das Leben ward ein wenig einförmiger, da die beiden Verlobten sich mehr angehörten, als den übrigen, und Therese mit dem

Vater die Sache praktisch angriff. Mehr als zwei Jahre war freilich eine lange Zeit. Albert beredete den Vater zu einer Reise nach Rom, wo man den Winter mit Heinrich zusammen zubringen wollte. Herr von —, der außer in Sachen der Landwirth-schaft selten Widerspruch erhob und jetzt mehr als jemals in der Stimmung war, mit allem zufrieden zu sein, gab seine Einwilligung nach kurzen Debatten. Albert wußte die Reise himmlisch darzustellen; er war überall gewesen, kannte Weg und Steg im Sü-den und malte die Dinge lockend aus, die ihrer dort warteten, holte seine Skizzenbücher, zeichnete, verglich die Briefe des Bruders mit den Reisehandbüchern; es war nicht zu Athem zu kommen vor Erwartung. Man wollte so bald als möglich fortgehen. —

Vorher aber sollte ein Gut in der Nachbarschaft angesehen werden, dessen Besitzer verkaufte, weil er sich in einer anderen Gegend ansiedeln wollte. Auf die Ankündigung des Besuches erfolgte eine Antwort, welche zugleich die Einladung zu einem Balle ent-hielt. Es war eine Art Abschiedsfest. Das Ernte-fest war verschoben und damit eine Zusammenkunft der ganzen Umgegend verbunden; da das Schloß zudem viel Räumlichkeiten enthielt, so konnte die Mehrzahl der Gäste dort übernachten.

Die beiden Schwestern waren entzückt über die-sen glücklichen Zufall. Das Kind, das eigentlich den ganzen Tag nicht aus dem Tanztakte kam und nie eine Treppe hinabstieg, ohne dies in Galopp, Walzer oder Mazurka auszuführen, lebte auf bei dem Gedanken an die Kleider, die man möglicherweise anziehen könnte. Nun ward berathen, gekramt, genäht, es war eine Aufregung, die unbeschreiblich ist. Dazu erschien Albert mit einem geheimnißvollen Koffer, in dem prächtige türkische Stoffe lagen, leicht und mit Gold gestickt, genug um vier Schwestern statt ihrer zwei zu kleiden. Da probirte man, wählte, verwarf das Gewählte, ergriff es dennoch wieder, und als zuletzt alles zusammen gefunden war und die Schwestern, eh' der Anzug verpackt wurde, ihn zur Probe anlegten, das war ein Anblick, zu dem die gesammte Dienerschaft andächtig sich versammelte, denn so etwas war seit Menschengedenken nicht erlebt und gesehen.

Das Kind war unvergleichlich. Was für ein Hals, was für Schultern, welch ein Lächeln, welche Augen unter den vollen Flechten! Lieber Himmel, warum darf man nicht sein Lebtage so einhergehen und den Göttern ähnlich sein!

Man fuhr ab, kam an, man fand ein allerliebstes Stübchen zum Ankleiden; es ging wie der Blitz. Wenn die Thür sich öffnete, dröhnte die Musik herauf, wenn sie sich schloß, schwieg wieder alles. Nun war die letzte Nadel festgesteckt. Sie glichen sich beide wie zwei Strahlen aus einem Sterne, sie faßten sich an der Hand und traten ein. Alles war schon in voller Bewegung. Albert hielt sich etwas hinter dem Vater, weil von der Verlobung noch nichts declarirt war; eine ungemeine Zufriedenheit überkam ihn bei Emmas Anblick; es war kein Zweifel, so wie sie da kam, konnte sie in jedem Salon, an jedem Hofe auftreten, und dennoch war kein Titelchen Falsch an ihr.

Es dauerte nicht lange, so hatten sie alle Tänze vergeben. Albert beanspruchte bescheidentlich nur einen Contretanz und hielt sich überhaupt mehr unter den Zuschauern. Auch war der Anblick kein übler, denn die Mehrzahl der jungen Damen, welche hier tanzten, hatten bereits ihre Schule in der Stadt durchgemacht und verstanden aufzutreten. So ging es überall nach Wunsch; die Wangen wurden immer blühender, die Lust immer größer, die beiden Schwestern waren mit Herz und Seele dabei, und jeder andere Gedanke ward unbarmherzig bei Seite geworfen. Therese, wenn sie umherschwebte durch das Geräusch, wußte weder, daß ihre Schwester verlobt sei, noch daß sie nach Italien reisen wollten, auch nicht, daß der Ball jemals ein Ende nehmen würde; das Kind aber war völlig im Taumel. All die ernsten Momente, die es erlebt hatte, flogen wie Spreu von seinem Herzen ab, und in einer Art

Wonne, sich frei zu fühlen, ging es dahin wie ein Schwimmer, der zum erstenmal in's Meer kommt, wo die Wellen mächtiger sind, wo sie aber auch leichter tragen. Ihr Bräutigam galt ihr, als die Reihe an ihn kam, nicht mehr als jeder andere; er drückte ihr einmal lose die Hand, sie drückte sie ihm wieder und sah ihm selig in die Augen, aber dachte sie an ihn dabei? — sie sah die Lichter flimmern und hörte die Musik.

Der Cotillon kam heran. Sie war zu diesem Tanze mit einem jungen Manne engagirt, der ihr bei der ersten Vorstellung kurz seine Bitte vorgetragen hatte und dann zurückgetreten war. Er kam nun und bot ihr den Arm, um sie zu ihrem Sitze zu führen. Sie nahm ihn lächelnd, sie sahen sich in die Augen, ganz unschuldig eines dem andern, es war nicht anders als stände jedes einsam an einem stillen See im Walde und fände im Spiegel seine eigenen Blicke wieder. Er schien höchstens vier oder fünf Jahre älter als sie. Die Musik erneute sich, die Paare eilten an ihnen vorüber, das Kind sah ihnen nach und dachte an nichts.

„Gnädigstes Fräulein!" sagte ihr Tänzer und stand vor ihr; die Reihe war an ihnen. — „Ach!" rief sie und sprang auf, und als sie dahintanzten, blickte alle Welt ihnen nach, bis die Tour vollendet war und sie wieder auf ihrem Platze saßen.

„Sie finden Vergnügen am Tanzen?" sagte der junge Mann. — „Ich tanze für mein Leben gern," antwortete sie. „Wissen Sie," setzte sie nach einem Weilchen hinzu, „wir kommen so selten an die Reihe, wir sollten uns einmal heimlich einstehlen; wäre das nicht erlaubt?" Und dabei warf sie den Kopf übermüthig ein wenig zurück, sah ihn etwas von der Seite an und lachte. — „Auf der Stelle, gnädigstes Fräulein!" — Es hatte niemand daran Anstoß genommen, aber als sie sich wieder setzten, hörten sie eine Stimme hinter sich flüstern: „Tanzest du auch nicht zu unbesonnen, liebste Emma?"

Sie sahen sich beide um. Albert hatte hinter ihnen Platz genommen, wie man im Theater hinter einander sitzt. „O nein," rief sie lebhaft. — „Was sagte der Herr zu Ihnen?" fragte ihr Tänzer und wußte selbst nicht, warum er fragte. „Er wird doch unsere Extratour nicht tadeln?" — Emma antwortete freundlich: „O, er meint, ich tanzte zu viel. Es ist ein Freund von uns." Dabei sah sie Albert an und lachte wieder. „Aber er irrt sich. Der hat mich noch nicht tanzen sehen; und mit Ihnen tanzt es sich so gut, Sie walzen vortrefflich."

Seit langer Zeit hatte sie sich nicht so glücklich gefühlt. Sie zog eine Camelie aus ihrem Bouquet und reichte sie Albert. „Wer nicht tanzt," sagte sie „bekommt kein ganzes Bouquet, nur eine Blume aus besonderer Vergünstigung." Albert steckte sie in's Knopfloch und war sehr zufrieden.

„O, wenn Sie Ihre Blumen vertheilen, gnädigstes Fräulein —" sagte ihr Tänzer und stockte plötzlich, denn Albert sah ihn an. Er wandte sich nun gegen diesen und fuhrt fort: „Ich hoffe, Sie erlauben, daß ich das Fräulein auch um eine Camelie bitte?"

„O, um das ganze Bouquet," antwortet höflich, aber eiskalt der Verlobte Emmas, „sobald Sie es erhalten."

„Nun, also um das ganze Bouquet, gnädigstes Fräulein; wollen Sie es mir schenken?" — Emma zog schon die goldene Nadel heraus, mit der es angeheftet war, und hielt es in der Hand. „Sie müssen mir aber ein anderes dafür verschaffen," sagte sie. „Ich bringe Ihnen hernach in der Blumentour das meinige, aber Sie dürfen dann die Schleife keinem andern geben, denn sonst haben Sie zwei Herrn." — „Ich werde mich schon hüten vor zwei Herrn!" rief sie; „hier ist es."

Sie hielt es noch fest, er nahm es ihr aus der Hand, blickte auf Albert und steckte es darauf in dasselbe Knopfloch, in welches dieser seine Camelie gesteckt hatte. Eben tanzte Therese vorüber. „Therese," rief Emma, „bist du vergnügt?" Ihre Schwester nickte ihr zu und war schon weit fort.

Aber die langen Kerzen waren endlich doch herunter gebrannt und der Tag fing an durch die Bäume des Parkes in den Saal zu schimmern. Man trennte sich, und es war schon Mittag, als manche müden Augen noch nichts vom Sonnenschein wußten, in dessen Wärme sich die Gäste allmählig wieder zu sammeln begannen. Albert war mit dem Papa und dem Gutsherrn schon früh ausgefahren, um sich in dem Felde umzusehen. Therese und Emma gingen durch den Garten, und das Kind dachte nicht daran, daß es hier einst als Frau von R. auftreten und befehlen sollte. Nicht eine Ahnung stieg ihm auf, es hatte noch lange nicht ausgeträumt und den Kopf noch voll Musik und Tänze. Ein junger Mann kam auf die Schwestern zu, er hatte ein Bouquet im Knopfloch, Emma erkannte ihn auf der Stelle.

„Haben Sie gut geschlafen, gnädiges Fräulein? Und Sie?" zu Therese gewendet. „Himmlisch!" rief Emma; „ich tanzte jetzt noch, wenn es die Musik nur aushielte. Es ist so Schade, wenn erst die wahre Lust kommt, ist alles zu Ende." — Darauf eine Antwort, die eben so nach dreiundzwanzig Jahren klang, wie die des Kindes nach siebzehn. Die drei gingen umher, sprachen, lachten und waren seelenvergnügt.

Der junge Mann besaß ein schönes Gut in der

Nachbarschaft, war reich und noch unter Vormund=
schaft, aber er konnte so ziemlich thun, wozu er Lust
hatte. Nachdem er einige Jahre studirt und dann
auf Reisen gegangen war, kam er nun zurück, um
sein Eigenthum anzutreten.

„Wer war denn der ältere Herr gestern Abend
hinter uns, dem Sie die Camelie gaben, gnädigstes
Fräulein?"

„Therese?" rief Emma, blickte ihre Schwester
schelmisch an und lachte laut auf. Sie lachte eigent=
lich immer, wie sie immer tanzte, das heißt, ihr
freundliches Gesicht war stets in Bewegung, und
da sie immer gut und glücklich war, schien ihr Aus=
druck nur eine unendliche Variation desselben lieb=
lichen Themas; sie lachte, wie die Nymphen lachen,
wenn sie sich im Walde jagen. Es war nicht Un=
besorgtheit, nicht Uebermuth, nicht Ausgelassenheit,
aber es war, als hätten die Grazien von alledem
ein paar leichte Fäden in den Schleier mit einge=
webt, in den sie des Kindes Seele hüllten. Und
Emils jugendliches Herz (Emil war der Name des
jungen Mannes) schien sein Gewand aus demselben
Stoffe empfangen zu haben, daß sie sich beide er=
kannten und begrüßten, wie zwei Vögel, die das=
selbe Gefieder tragen und sich doch im Walde zum
erstenmale begegnen.

Therese ging mehr schweigend neben ihnen her.

Sie setzten sich endlich auf eine Bank, die unter einer breiten Linde stand. Bald sprang das eine auf, bald das andere und kehrte wieder zurück, dann wollte Emil auf den Baum klettern, und nachdem er die niedern Aeste betreten, das Kind überreden, auch herauf zu kommen, wogegen Therese protestirte, aber unschuldig und so, daß sie am Ende selbst Lust bekam, denn die Aeste hingen tief bis zum Rasen herab und boten sich auf das bequemste dar. Wie wenig bedarf es zur Unterhaltung, wenn junge Leute zusammen sind! Es ist ein elektrisches Feuer in der Jugend, erquickender als die geistreichsten Gedanken. Was braucht es mehr als Wärme? was braucht die Sonne mehr, als die Erde, um sie zu überscheinen, und die Erde mehr, als erwärmt ihr Geschenk zurückzustrahlen?

So ging eine Stunde hin; da zeigte sich in der Ferne ein Fuhrwerk. „Es ist Papa," rief Therese, „ich erkenne ihn!" und sprang fort. Die beiden andern blieben auf dem Platze zurück. Es war am Ausgang des Parks, wo er an das freie Feld grenzte und der Fußweg in ihn einlenkte.

„Ihre Blumen hebe ich auf," sagte Emil, als sie allein waren. Das Kind schwieg eine Minute lang oder zwei, dann sagte es plötzlich, als hätte er eben erst gesprochen. „Zum Andenken an den Ball?" — „Haben Sie die ganze Zeit darüber nachgedacht?"

sagte er. — „Warum nicht?" Sie sah ihn an. „Es war doch schön gestern Abend, ich will mein Leben lang daran denken." Und darauf, ein wenig verwundert über sich selbst, fügte sie hinzu: „denn es wäre doch undankbar zu vergessen, wo man vergnügt war." — „Nun dann haben wir wenigstens beide dasselbe, an das wir unser Leben lang denken werden," erwiederte er.

Emma stand auf, denn der Wagen war ganz in die Nähe gekommen, und Emil ging dicht an ihrer Seite ihm entgegen. Albert sah sie jetzt erst, sprang heraus und kam rasch auf sie zu. Der junge Mann grüßte ihn, er erwiederte kalt die Verbeugung, und indem er neben Emma trat, fügte es sich, daß er ihn unschuldigerweise von ihr fortdrängte.

„Steh' ich Ihnen im Wege?" fragte Emil so gleichgültig, daß die Frage scharf klang. Albert antwortete nicht, Emma nahm seinen Arm, sie schritten absichtlich ein wenig rascher voran, um allein zu sein, und Therese folgte mit Emil langsamer nach.

„Ist der Herr ein Onkel von Ihnen, gnädigstes Fräulein?" — „Nein, ein Freund von Papa." — „So? und von Ihnen beiden ebenfalls?" — „Natürlich." — „Und von Ihrer Fräulein Schwester noch etwas mehr als von Ihnen?" — Therese pflückte eine kleine Blume am Wege ab und gab keine Antwort. — „Es war wohl indiscret, so zu fragen, gnädigstes Fräulein?" — „O nein." — Therese blieb stehen, sah ihn an und sagte: „Ich will Ihnen etwas im Vertrauen mittheilen, eigentlich dürfte ich es nicht, aber Sie verschweigen es auf Ihr Ehrenwort?"

„Sagen Sie es nicht!" rief er aus und ergriff plötzlich die Hand des Mädchens. „Nein, sagen Sie es dennoch. Nicht wahr, sie ist mit ihm verlobt?" fragte er mit leiser Stimme. — „Ja, das ist sie," antwortete Therese. — „O," rief er leidenschaftlich, „ich hatte es geahnt! Aber da Sie mir so viel Vertrauen zeigen, will auch ich Ihnen etwas sagen: ich verehre Ihre Schwester so sehr, wie ich nie in meinem Leben jemand geliebt habe, nie jemand lieben werde." Er sprach es rasch und hastig aus, und nachdem er es gesagt und Therese es schweigend aufgenommen, gingen sie, ohne ein Wort weiter zu wechseln, den Weg fort, bis sie die Gesellschaft erreichten.

Der Kauf war so gut als abgeschlossen. Nach dem Diner fingen die Equipagen an zu rollen und Abends war unser vierblättriges Kleeblatt wieder zu Hause. Die Stuben sahen zuerst ein wenig trist und leer aus, aber am andern Morgen war alles wieder im alten Geleise. Albert ging fleißig mit seiner Braut spazieren, Therese nahm sich des Haushalts um so eifriger an und bereitete die Reiseeinrichtungen vor, denn die Zeit des Fortgehens rückte immer näher.

Ueber Emil hatten die Verlobten nicht gesprochen, nicht einmal der Name war genannt worden. Aber Emma war so offen und so bezaubernd freundlich gegen Albert, daß dieser ihn bald vergaß. Nur Eines war seltsam. Es gab Zeiten, wo das Kind einsam im Garten ging, stehen blieb, weiterschritt, sich an einen Baum lehnte und in die Luft sah oder einem Käfer lange mit den Augen folgte, der am Stamme hin und her kletterte. Therese schien das allein zu sehen; auch bemerkte sie, daß ihre Schwester oft die Treppe ganz langsam hinaufstieg und eben so hinab, während sie sonst immer drei, vier Stufen auf ein= mal zu nehmen pflegte. Auch sie hatten nur ein einziges Mal über Emil zusammen geredet. Es mochte acht Tage nach dem Balle sein, als Therese, die Nachts nicht schlief, Emma unruhig sich bewegen hörte, bis diese ganz leise ihren Namen nannte. „Therese, schläfst du?" — „Nein, Kind, warum schläfst du nicht?" — „Ich wachte nur zufällig auf; gute Nacht." Nach einer Weile: „Therese!" — „Ja, Kind?" — „Weißt du, als wir damals am Morgen im Garten waren und Albert dazu kam, gingst du mit dem Herrn hinter uns her. Habt ihr da noch lange gesprochen?" — „Nein, nicht lange." — „Ich dachte, ihr hättet euch noch allerlei erzählt." —

„Was sollten wir uns erzählt haben? wir waren ja gleich am Hause." — „Nun, der Weg war doch lang." — „Ja, aber er schwieg still." — „So, er schwieg still?"

Sie schwiegen wieder; darauf begann das Kind von neuem: „Weißt du, Therese —?" — „Ja?" — „Weißt du, was mir immer so sonderbar ist? Als Albert im Cotillon plötzlich hinter uns saß, war mir das gar nicht recht zu Anfang, und doch bin ich nie so glücklich gewesen, als da ich ihm die Camelie gab und hinterher. Albert ist so gut." — „Gewiß, das ist er." — „Ich freue mich so auf Rom, ich wollte wir wären schon auf der Reise." — „Das werden wir bald genug sein." — „Ja, recht bald; gute Nacht."

Diesmal schliefen sie beide ein und träumten, die eine von Italien, die andere von ihrer Schwester Ausstattung.

Albert hatte bei seinen Reisen in fremden Län=dern einen scharfen Blick für die Dinge gewonnen. Wir nehmen es diesmal nur im äußerlichsten Sinne. Wenn er mit Emma spazieren ging, schien es ihm öfter, als rauschte seitwärts etwas in das Gebüsch, wie ein Wild, das aufspringt und davon eilt, und doch meinte er, es wäre eine Männergestalt gewesen. Das Kind lachte und behauptete, die Bauernkinder stellten Sprenkel oder suchten Nüsse, denn man war ja im Herbste. Aber als er einmal allein durch das Feld ging, begegnete ihm Emil auf breitem Wege, sah nach links ab und ging unbefangen an ihm vorüber. Was sollte das bedeuten? Die Güter lagen doch fast eine Meile auseinander. Eines Abends endlich, als Albert so im Zwielicht den Garten durchstreifte, hörte er deutlich, daß etwas von der niedern Mauer, welche ihn umgrenzte, herabsprang, und plötzlich stand wieder der junge Mann vor ihm, that aber an ihm vorüber einige Schritte in einen Rasenplatz und rief laut, wie man einem Hunde ruft.

„Herr von M . . ." sagte Albert und trat an ihn heran, „wenn ich nicht irre?" — „Ja, ganz recht, guten Abend. Mein Hund ist da oben durch die Staketen in den Garten gerathen, ich hörte ihn plötzlich anschlagen und sprang rasch über die Mauer, um ihn herbeizulocken. Das Thier ist oft, als kennte es meine Stimme gar nicht mehr."

„Pflegen Sie hier in der Umgegend zu jagen? wenn ich fragen darf." — „Nein; ich war hier in der Nähe und hatte da zu thun. Es fiel mir ein, den Rückweg zu Fuße zu machen, der Bediente mit den Pferden ist voraus." Dies antwortete er nachlässig und halb abgewandt, pfiff und drohte dem Hunde, der aus der Ferne herangesprungen kam.

„Sie haben wohl öfter hier in der Nähe zu thun?" fragte Albert höflich, aber mit etwas zweifelndem Accent. — „Warum?" antwortete Emil und streckte dem Hunde die Hand hin, an der er in die Höhe sprang. — „Weil ich sie öfter hier gesehen zu haben glaube. Gingen Sie nicht neulich oben bei der Buchenschonung an mir vorüber?" — „Das ist nicht unmöglich." — „Es ist Schade, daß Sie dann nicht einen Augenblick bei uns eingetreten sind." — „Ich werde das nächstens einmal thun, wenn Sie nichts dagegen haben." — „Leider werden Sie nur wahrscheinlicherweise in diesem Falle mich und die Familie meines Freundes nicht mehr zu Hause finden, denn wir reisen übermorgen nach Italien. Gute Nacht." Mit diesem Wunsche, dem eine äußerst verbindliche Verbeugung folgte, wandte sich Albert ab und setzte langsam seinen Weg fort.

Der junge Mensch stand einen Augenblick wie einer, dem ein Schuß dicht vor den Ohren unerwartet abgeschossen wird. Er ließ Emmas Verlobten ein Dutzend Schritte thun, sprang ihm nach und stellte sich ihm in den Weg. „Nach Italien reisen Sie?" — „Ja, Herr von M . . . ." — „Und die jungen Damen ebenfalls?" — „Auch die jungen Damen, deren Bruder bereits dort ist, wie Sie vielleicht gehört haben." — „Und Sie gehen auch mit ihnen?"

Albert zögerte, hierauf zu antworten. Es war noch hell genug, um sich erkennen zu können. Emil

athmete, wie wenn er eine weite Strecke in rasen=
dem Laufe zurückgelegt hätte. Er sah ihm in die
Augen und Albert firirte ihn durchdringend, sein
Blick schien mit dem seines Gegners kämpfen zu
wollen, dieser aber leistete ihm Widerstand. „Ja
wohl, ich gehe gleichfalls dahin, und mit meinem
Freunde, und mit seinen Töchtern," sagte er lang=
sam. „Warum? — interessirt Sie das?" — In
dieser Ruhe lag etwas Schneidendes — denn sie
wußten beide genau, einer vom andern, was er
dachte und wollte — etwas beleidigend Herausfor=
derndes. Emil besann sich nicht lange. „Sie sind
mit Fräulein Emma verlobt?" rief er aus. Er ver=
stand es nicht, auf Umwegen den Kampf zu be=
ginnen, er ging gerade auf's Centrum los.

Albert war durchaus nicht aufgeregt, sondern in
der That so ruhig, wie er sprach und auftrat. Kal=
ten Blutes überlegte er mit sich: „Drehst du ihm
einfach den Rücken zu, wie einem jungen Menschen,
der dir gegenüber fast noch ein Kind ist, oder giebst
du ihm eine Antwort, auf die ein Paar Pistolen
folgt, oder endlich suchst du ihn so sanft als mög=
lich bei Seite zu schaffen, wie man einem Bettler,
den man bei'm Stehlen ertappt hat, doch ein Stück
Brod giebt und ihn leise zur Thür hinausschiebt, der
Bequemlichkeit wegen?" Dies schien ihm das beste
zu sein. „Ja, ich bin mit Fräulein Emma verlobt,"

antwortete er milde. — „Und Emma liebt Sie?“ — Das klang noch leidenschaftlicher. — „Danach fragt man nicht!“ antwortete er schärfer. — „Ich frage aber danach!“ — „Ich höre es, Herr von M.!“ — Albert hätte auflachen können, so komisch kam ihm das Gespräch vor. — „Und ich sage, sie liebt Sie nicht!“ rief Emil, den es in immer größere Aufregung setzte, daß man ihm so kühl und ruhig abwehrend Rede stand. Ueber den Accent aber, mit dem er diesmal gesprochen hatte, triumphirte das kalte Blut des Mannes nicht. Es durchfuhr ihn etwas und klopfte ihm in den Schläfen. „Was giebt Ihnen das Recht,“ fuhr er auf, „mir hier über eine Dame Aufschlüsse zu geben, die Ihnen unbekannt ist, und von der Sie selbst annehmen, daß sie mir sehr nahe steht? Glauben Sie, ich wäre der Mann, um mich auf dergleichen Gespräche ein= zulassen? Gehen Sie. Werden Sie zehn Jahr älter als Sie sind und antworten Sie sich dann selbst in meinem Namen, was Sie als Erwiderung hier ver= dienten! Gute Nacht, Herr von M.“

Mit diesen Worten wollte er ihn stehen lassen, aber es huschte etwas Weißes heran; kein zahmes weißes Reh, das über den Weg sprang, nein, das hätte nicht so unschuldig ausgelassen aufgeathmet: das Kind war es, das sich an Alberts Arm hing und wie durch Zauberei plötzlich zwischen beiden Männern stand.

„Komm, liebste Emma," sagte ihr Verlobter und wollte kurz mit ihr umwenden. Aber das Mädchen ließ Alberts Arm los, unbewußt, als wollte sie ihn nicht zurückhalten, und sah den an, der ihr so nahe gegenüber stand. „O, Sie sind es!" rief Emil, und die Thränen stiegen ihm in die Augen. Dann kniete er vor ihr nieder, so leicht, so schlank, als wäre es zum erstenmal, daß ein Mann vor einer Frau kniete, als hätte niemals auf dem Theater ein Held vor seiner Dame diese Stellung angenommen.

Das Kind schwieg und sah ihn an, und es war ihm, als wäre die von der Dämmerung verhüllte Gestalt des Jünglings leuchtender als die untergehende Sonne, so geblendet ruhten seine Blicke auf ihm. Aber auch Albert sah plötzlich klarer, als er vordem gethan; er fühlte, daß hier der Punkt war, wo eine Schlacht verloren wird, oder gewonnen. Seine Besonnenheit blieb ihm treu; er ergriff still des Mädchens Hand, legte sie wieder in seinen Arm und sagte mit gleichgültigem Ton: „Wir gehen jetzt, liebe Emma;" dann zu Emil gewandt mit befehlender Stimme: „Sie erwarten mich hier, Herr von M., wir haben zusammen zu reden."

Emil blieb unbeweglich auf seinem Platz, Emma wandte sich mit Albert dem Hause zu, wo er sie in das offen stehende erleuchtete Gartenzimmer führte und zu einem Sessel geleitete. „Ich gehe jetzt wieder zu Herrn von M. hinaus," begann er, „und sage ihm, du wünschtest, daß er fortginge. — Oder soll ich nicht? Soll er lieber bleiben? Du bist frei; es kommt nur auf ein Wort von dir an."

Frei! Lieber Himmel, sie saß da und dankte Gott, daß ihr der Athem nicht ausblieb, denn die Kehle wollte ihn durchaus nicht mehr durchlassen.

„Soll ich ihm das sagen, Emma?" wiederholte er.

„Ja."

Aber er ging noch nicht. „Liebste Emma," fragte er noch einmal sanft, „thut es dir nicht leid, daß ich ihn so fortschicke?" Sanft sprach er das, sanft, als wenn ein Wagen voll Federn über uns ausgeschüttet wird, der uns erstickt.

„Nein, es thut mir nicht leid," antwortete sie und sagte mechanisch nach, was er gesprochen hatte, denn sie selber hatte keine Gedanken und keine Worte.

Er ging also. Emil stand noch da, wo er vor Emma gekniet hatte, sein Hund drückte sich dicht an ihn. Tausend Gedanken durchschossen seine jugendliche Seele, wie Blitze in einer schwülen Nacht sich kreuzen, planlos hin und her. Er sah Albert wieder erscheinen und schwor sich, keinen Zoll breit nachzugeben.

„Gehen wir ein wenig auf und nieder," begann dieser ruhig. — „Wie es Ihnen angenehm ist." — „Und seien Sie so freundlich mich anzuhören, denn ich habe ziemlich weit auszuholen." — „Desto besser."

Emil war darauf gefaßt gewesen, lebhaftere Worte zu hören. Bedurfte er all des Muthes, mit dem er seinen Gegner hatte empfangen wollen? Nein, Herr von R. fing an von sich selbst zu erzählen, wie er damals dem Kinde von sich gesprochen; alles brachte er wieder vor, und wie er auf Emma seine ganze Zukunft gebaut hätte, wie Emil ihm nun alles entreißen wolle, er, den er nie beleidigt. Er erzählte nur; kein Wort der Anklage, keine Bitterkeit, keine Ironie, nur die einfachen Begebenheiten. Und als er die Ereignisse des gegenwärtigen Abends eben so gemessen und ohne Leidenschaft wiederholt hatte, da plötzlich brach er ab, ergriff des jungen Mannes Hand und fragte bewegt: „Was würden Sie jetzt thun an meiner Stelle? Reden Sie offen, wie ich es gethan habe! Sie sind viel jünger als ich. Ich kenne die Welt, ich bin unzähligen Charakteren begegnet, ich habe manchen Mann in Momenten gesehen, wo nichts verborgen bleiben konnte, jeder Nerv sich anspannte, jeder Gedanke seine Bewegung forderte: so lernte ich die Menschen kennen, und es bedarf jetzt nicht erst langen Studiums für mich, um den zu enträthseln, den ich mir gegenüber habe. Glauben Sie mir, ich bin nicht oft so rückhaltlos gewesen, wie heute gegen

Sie, aber ich fühlte, daß ich an Ihr Edelstes mich
wenden durfte, daß ich Ihnen außerdem schuldig
war, auch nicht eine vielleicht erlaubte Maske anzunehmen, mich aufgebrachter zu stellen, als ich in
der That bin. Ich bin es nicht. Ich begreife Sie;
alles, was ich bis heute von Ihnen sah und hörte,
hat Ihnen nur meine Hochachtung erworben, und
als Sie mir vorhin so leidenschaftlich in den Weg
traten, da sprach Ihre Erregung eben so sehr für
Sie, als jetzt Ihre Ruhe, mit der Sie mich anhören. Ich habe Ihnen wörtlich wiederholt, welche
Fragen ich eben dort im Zimmer an meine Verlobte gestellt und wie sie mir geantwortet hat. Ich
gebe Ihnen mein Ehrenwort, daß Ihnen kein Wort
vom Gespräche verborgen blieb. Emma liebt Sie
nicht. Urtheilen Sie jetzt frei: was würden Sie
thun, wenn Sie an meiner Stelle wären — was
werden Sie thun in der Ihrigen?"

Emil fühlte das Beschämende dieser Worte, aber
dennoch empfand er dunkel, daß es darauf abgesehen
war, ihn zu beschämen, und ein leiser Unwille darüber, daß auf diese Weise seine Ehre in's Spiel
gezogen war, hielt den Rest des Muthes aufrecht,
der ihn sonst völlig verlassen haben würde. Und
als eine Stille eintrat und er mit seiner Antwort
zögernd neben ihm weiter schritt, da ward ihm immer mehr offenbar, daß diese Offenherzigkeit nichts

gewesen als die klügste Politik, und dieser Miß=
brauch des Gefühls erbitterte ihn. „Würdest du zu
so plötzlicher Sanftmuth umgesprungen sein?" fragte
er sich, „du? wenn es sich um die Geliebte gehan=
delt? um Emma?"

„Ihre Antwort," sagte Albert. — „Gut, ich
will offen sein," rief jener aus; „sei dem allem
wie ihm sei, ich liebe sie dennoch und Sie lieben
sie nicht!"

„Trennen wir uns hier," erwiederte nun schnei=
dend sein Gegner. „Vielleicht kommt Ihnen einmal
der Gedanke, wie ich gegen Sie war, und wie Sie
mir vergolten haben." Er wollte ihn verlassen, aber
Emil hielt ihn zurück. „Sie haben die Wahrheit
verlangt, ich habe sie ausgesprochen. Sie sagen,
daß sie mich nicht liebt; ich aber liebe sie, da giebt
es kein Ende — kein Aufhören. Eher wollte ich
mein Leben lassen, als die Hoffnung, sie einst zu
besitzen. Sie sind ruhig gewesen, Sie sind kühl
und gemessen, mir steigt das Blut zum Herzen und
in die Stirn; es wäre wahrlich keine Kunst, mir
jetzt vorzuwerfen, daß ich wahnsinnig sei — wenn
ich's nicht wäre, das wäre ein Vorwurf!"

„Gute Nacht, mein Herr," antwortete trocken
Albert, drehte sich und ging in gewöhnlichem Gange
auf das Haus zu. Nach ein paar Dutzend Schritten
wandte er sich um und sah den jungen Menschen

noch immer da stehen, schwarz vom hellen Abend=
himmel abstechend.

„Er wird zur Besinnung kommen. Uebermorgen
reisen wir ab." Mit diesen Gedanken trat er in
den Saal, wo Therese und ihre Schwester nähend
bei der Lampe saßen und unschuldig aufblickten, als
er heran kam.

Am andern Morgen bat Therese Albert um
einige Minuten und erzählte ihm, Emma habe ihr
den Vorfall am vergangenen Abend mitgetheilt, und
sie ihr nun auch nicht verschwiegen, was Emil ihr
am Morgen nach dem Balle im Garten sagte.

„So, das hat er dir gesagt, und das hast du
ihr erzählt, Therese?"

„Ja, ich hielt es für meine Pflicht; denn wir
nennen sie freilich das Kind, aber sie darf hier
keines mehr sein — selbst wenn sie eins wäre,"
setzte sie hinzu.

„Wie verstehst du das, liebe Therese: selbst
wenn sie noch eines wäre? Wenn sie eines ist,
so bleibt sie eines, es mag nun das Gegentheil
noch so nothwendig, und vorgefallen sein, was da
will."

„Dann aber," antwortete das Mädchen und
erröthete leise, „könnten Dinge vorfallen, die sie
aufhören ließen ein Kind zu sein, und es ist die
Frage, ob sie dann eine Verpflichtung hätte, zu

halten, was sie als Kind versprach, oder ob sie als Kind überhaupt etwas versprechen konnte."

„Was sind das für Philosophien?" rief Albert und ward unruhig. „Hat dir Emma Eröffnungen gemacht, zu denen dies die Einleitung sein soll?"

„Nein."

„Glaubst du aber, daß sie etwas verschwiegen haben könnte, wozu dies die Einleitung wäre — möglicherweise?"

„Das weiß ich nicht."

„Das heißt, du willst es nicht aussprechen."

„Lieber Albert, du wirst ernsthaft und ohne allen Grund. Sei gewiß, sähe ich in dem, was geschieht, ein Unrecht, so würde ich nicht darüber schweigen; dazu habe ich das Kind zu lieb. Was Emma denkt, weiß ich wirklich nicht, sie sagte kein Wort, als ich ihr erzählte, was ich dir gesagt habe. Auch stehst du ihr darin jetzt ja viel näher als ich, und wenn du es für Recht hältst, wirst du sie fragen. Und nun bin ich zu Ende."

Er hielt ihre Hand in der seinigen, wie man einen Bekannten bei'm Gespräch am Rocke festhält. Sie zog sie los und ging fort. „Man könnte es drucken lassen, was sie sagt," dachte ihr Albert nach, „und doch keineswegs pedantisch. Ich muß auf den Grund kommen," dachte er weiter, und als es Abend war, hatte er einen langen Spazier-

gang mit dem Kinde gemacht. Sie war vertrauungs-
voll gewesen, hatte alles eingesehen, was er ihr klar
und verständlich auseinander setzte; eingesehen, daß
sie Emil nicht liebe, daß dergleichen oft bei jungen
Männern vorkäme — man dürfe sie freilich bemit-
leiden, aber es ginge vorüber — eingesehen, daß
sie ihm nicht wieder begegnen dürfe, daß er sich
bald beruhigen und seiner Zeit mit einer andern
Frau glücklich werden würde. Gewiß, das war
Alberts Meinung, und war sie es vorher nicht ganz
gewesen, so war sie es doch nun fest und unum-
stößlich, nachdem Emma ihn so treu angehört und so
unschuldig geglaubt hatte. Er war zu stolz, um zu
lügen, und das Kind? Mit acht Jahren war es den
Sperlingen mit einer Hand voll Salz nachgelaufen,
weil man ihm gesagt, es könne sie fangen, wenn sie
sich's auf den Schwanz streuen ließen; warum sollte
es mit siebzehn nicht glauben, daß ein junger Mann,
der so gut und so schön war, nicht einst glücklich
werden sollte? Und da Albert es so sicher aussprach!
Wie sollte es denken, sein eigenes unschuldiges Per-
sönchen sei irgend jemand zu seinem Glücke nothwendig, es könnte jemand sterben vor Sehnsucht nach
ihm, oder nur Thränen vergießen? Wunderte es sich
doch immer wieder heimlich über Alberts Herablas-
sung und konnte nicht recht begreifen, warum er alle
Tage so lange Gespräche mit ihm führte.

Man war in der Stadt; die Koffer standen ge=
packt; am nächsten Morgen sollte die Reise ange=
treten werden. Man logirte bei einer reichen alten
Tante, einer Schwester des Vaters. Am letzten
Abend erklärte Therese, sie werde bei ihr zurück=
bleiben. Eine Revolte entstand. Des Vaters Gegen=
gründe besiegte sie, Alberts Bitten wich sie aus,
Emmas Thränen überwand sie, freilich mit schwe=
rem Herzen, und am andern Tage, als der Zug
abbrauste, sah sie ihm einige Minuten nach und
rollte dann neben ihrer Tante allein vom Bahn=
hofe in die Stadt zurück, saß Abends hinter der
großen silbernen Theemaschine und sprach mit all
den alten und jungen Herrn, welche der geistreichen
alten Frau allabendlich die Cour zu machen pflegten,
so behaglich und lebhaft, daß ein jeder von ihnen,
wenn er sie das nächste Mal nicht wieder gefunden
hätte, der Meinung gewesen wäre, es sei alles an=
ders geworden und fehle etwas Langgewohntes,
Anmuthiges und Unentbehrliches im Hause.

Als Emil an jenem Abende von seinem Streif=
zuge zurückkehrte, war es tiefe Nacht. Er hatte
Umwege gemacht, er war noch einmal in den Garten
gedrungen und hatte den Fleck aufgesucht, wo Em=
ma gestanden, sich da auf den Boden gesetzt und
denken wollen. Er wollte fort, es zog ihn wieder
zurück; oft meinte er, sie riefe seinen Namen, er

stand dann und lauschte, aber es war der Wind, der durch die Gebüsche zur Seite des Weges fuhr, die aufrauschten und dann wieder schwiegen, wie geheimnißvolle Wesen, die wohl sprechen könnten, wenn sie wollten, aber sie wollten nicht; und die Wolken gaben ihm keinen Trost, die vor den Sternen vorüberglitten, wie trostlose Gedanken, formlos, trübe, verschwommen, aber drückend und gewaltig.

Er kam zu Hause an. Das große Gebäude stand noch leer und uneingerichtet da; es hatte vor ihm niemand da gewohnt, und er sich absichtlich dieses etwas vernachlässigte Gut ausgewählt, um Arbeit vor sich zu haben. In seinem Zimmer lagen die Sachen noch wirr durcheinander. Sein Bediente erwartete ihn; er schickte ihn zu Bett und dachte selbst nicht an schlafen. Er fing an Bücher zu durchblättern, hielt hier und dort mit den Augen ein Wort fest, das ihn lockte, und ließ es wieder los. Wie kahl, wie jammervoll grausam standen die Buchstaben da auf den Blättern! und alle die schönen Worte waren wie leere Flaschen, oder wie unauflöslich fest verpfropfte, kein Tröpfchen Trost aus ihnen zu gewinnen.

Emma liebte ihn nicht. Er hatte keinen Grund, an Alberts Wahrhaftigkeit zu zweifeln, war sie doch vor seinen Augen von ihm fortgegangen, und er sah nicht, daß er sie zwang; es war Wahnsinn, an sie zu denken.

Am andern Morgen schien die Sonne hell. Er ging durch den Garten, wo schon die braunen Blätter in den Wegen lagen, während die grünen noch an den Zweigen hielten. Die Bäume standen so ruhig da, keiner wich und wankte von seinem Platze, keine Sehnsucht, die sie fortzog, und weit umher das flache Land, hier schattig, dort hell; es lag so todt da, er meinte ein Erdbeben müßte aufbrechen und alles durcheinander werfen.

Seine Geschäfte unterbrachen diese öden Gedanken, aber sie verscheuchten sie nicht. Es drängte ihn fort. Nicht die Verzweiflung, daß alles verloren sei, sondern die Hoffnung, daß er dennoch siegen werde, ließ ihn nicht zu Athem kommen. Drei Tage hielt er den Kampf aus, am vierten ritt er hinüber, er mußte Emma noch einmal sehen und sprechen. Diesmal kam er direct vor das Haus; aber die Laden des untern Geschosses waren dicht verschlossen, die Hühner irrten im Hofe umher, und eine Flucht Spatzen schnurrte vom Boden auf in die tief belaubten Kastanien. Das war alles, was er von Leben sah; es fiel ihm nun ein, daß sie abgereist sein müßten. Die Haushälterin sagte ihm, sie würden wohl noch in der Stadt sein, wo sie sich eine Woche hätten aufhalten wollen. Wie schoß ihm das freudig durch das Herz! Sie waren noch zu erreichen, er mußte sie sehen; es war kein Haltens mehr, halb im Trabe, halb galoppirend erreichte er sein Haus wieder, traf die nöthigen Anordnungen, packte seine Sachen ein und war so selig, als hätte ihm Emma geschrieben, daß er eilen solle, um sie noch zu sehen.

Angekommen in der Stadt, hatte er bald die Wohnung der Tante erfragt und gefunden. Es war noch am Vormittage, aber wäre er mitten in der Nacht gekommen, seine Eile schien ihm ein Recht gegeben zu haben, ungesäumt anzuklopfen, als hätte er die wichtigsten Nachrichten zu überbringen. Er fragte sogleich nach dem gnädigen Fräulein und wartete, denn man meldete ihn auf diese Frage ohne weiteres an; er ward angenommen und die Thüre des Salons vor ihm geöffnet.

Als er eintrat, fand er Therese, welche den Kopf in die Hand gestützt an einem Fenster saß. Sie erhob sich, er ging auf sie zu und verneigte sich. Es war der Tag nach der Abfahrt der Reisenden. Emil hatte fest erwartet, daß man ihn zu Emma führen würde; deshalb blieb er plötzlich wie erschrocken vor Theresen stehen, und als ihn diese anredete, stotterte er: „Ich hatte gehofft Ihre Schwester zu finden."

„Das thut mir leid," antwortete sie, matt lächelnd. „Sie sind gestern Morgen abgereist."

„O, sie ist abgereist!" murmelte er nach und trat an das Fenster, von dem Therese einige Schritte zurückgetreten war. Es gingen unten die Leute so eilig vorüber; drüben sah ein alter Herr heraus und sein Hund neben ihm, und unten saßen ein paar Kinder neben einander auf der Schwelle der Haus= thür und sangen Steinchen. Er sah das eine Weile mechanisch an, ja es machte ihn lächeln, als zu den Kindern ein anderes kam, das ein Stück buntes Glas hatte, durch das sie nun sämmtlich nach der Reihe die Welt ansahen und strahlend vor Ver= gnügen waren.

„Gnädigstes Fräulein," begann er, sich zu The= resen wendend, der sein Stillschweigen nicht auf= fiel, „sie sind nach Italien gereist, nicht wahr?"

„Ja," antwortete sie, und stellte sich neben ihn, die Stirn, wie er, den Fensterscheiben zugewandt; er war ihr angenehm in diesem Augenblicke, weil sie ihn so gut begriff. — „Soll ich Ihnen einmal etwas sagen," fuhr er fort, immer noch als führe er das Gespräch nur in Gedanken, wie man oft in sich Zwiegespräche führt und die andern ant= worten läßt, was man am treffendsten selber beant= worten kann, „soll ich Ihnen etwas sagen, etwas das so wahr ist, als daß Sie und ich hier stehen?"

— Als sie nicht antwortete, fuhr er fort: „Und dies ist, daß Ihre Schwester Herrn von R — nicht liebt und er sie nicht. Ich will mein Leben lassen, wenn das nicht die Wahrheit ist!"

Therese fand sich vollkommen in seine Weise. „Was hilft uns beiden das?" antwortete sie und sah gerade aus.

„Also Sie wissen es auch? Sie wissen es?" rief er feurig. „Sie wissen es?" — Therese erwachte. „Wozu nützt dies Gespräch?" sagte sie. — „Ich werde Emma nicht loslassen, ich kann es nicht!" rief Emil aus. „Ich muß es wissen, ob mein Gefühl wirklich die Wahrheit ist. Er soll mir so nicht fortnehmen, was mein ist; ich reise ihnen nach! Ich muß die Wahrheit wissen!"

„Lieber Freund," sagte Therese und behielt seine Hand, die er ihr reichte, als wolle er Abschied nehmen, um auf der Stelle abzureisen, „und wenn das Kind Albert nicht liebte, wäre es nicht vielleicht doch besser so, wie es ist? Bedenken sie das. Ich habe es auch bedacht."

„O, ich weiß, daß das nicht Ihr tiefstes Gefühl ist, daß Sie so sprechen lehrt," rief der junge Mensch. „Es ist etwas Künstliches in Ihnen, das so redet. Nicht wahr? Sie möchten, daß kein Unheil entstände? Es soll kein's geschehen! Sie möchten, daß Ihre Schwester glücklich wird; sie soll es

werden! Sie meinen, Emma wäre so jung, so
biegsam, ein Mann. wie ihr Verlobter würde sie
am sichersten durch das Leben führen. O, ich bitte
Sie, wenn Sie jemals geliebt haben, giebt es eine
Sicherheit, die größer wäre, als das Glück derer,
die sich lieben und sich gefunden haben? Ist nicht
alles andere leere Berechnung, Schein, Jammer,
zerbrechend, wenn das Schicksal wirklich kommt,
statt nur spielend heranzutreten? Sehen Sie mich
an, es ist keine Lüge; Sie glauben es, wie ich es
glaube!"

Das Feuer war ihm in die Wangen gestiegen
und glühte in seinen Worten. Therese wußte nur
zu gut, was er meinte; sie schwieg und er gefiel
ihr unaussprechlich, er war ihr wie ein Bruder,
und indem sie seine. Hand hielt, schien durch seine
Fingerspitzen ein Gefühl der Verwandtschaft in sie
einzuströmen. Er ließ sie nun los, schritt den Saal
hinunter und kam zurück, sah einige Bilder an und
setzte sich dann neben sie auf den Divan, auf den
sie sich gesetzt hatte. Sie sprachen nicht weiter.
Nach weniger Zeit nahm er seinen Hut und sagte:
„Morgen reise ich. Ich kann mir bis dahin mei=
nen Paß und das Uebrige besorgen." — Sie fand
es ganz natürlich. — „Aber Sie kommen noch
einmal, ehe Sie fortgehen?" sagte sie an der
Thüre, bis zu der sie ihn begleitete. —/„Ja," rief

er, und es beglückte ihn, daß sie so stillschweigend seine Pläne billigte, „ich komme noch ein-, zweimal, so oft ich kann. Lassen Sie mich abweisen, wenn Sie mich nicht brauchen können, aber ich komme wieder." Damit trennten sie sich.

Therese fing an, ihr Zimmerchen in Ordnung zu bringen, das sie sich im Hause zu ihrem besondern Versteck ausgesucht hatte. Sie stellte sich alle Möbeln nach ihrem Geschmack um, jedes Stück bekam eine andere Stelle, und als alles zurecht gerückt war, sah es aus, als hätte es nie anders stehen können. Sie packte ihre Schreibmappe aus und pflückte die welken Blätter aus den Blumentöpfen, die sie an's Fenster hatte tragen lassen. Mitten aus dieser Arbeit lief sie an's Clavier, schlug es auf und fing an zu singen. Sie hatte mehr eine klare, weiche, als eine mächtige Stimme, und eine Nachtigall, die es gehört, wäre gern näher gekommen, um zu hören, statt aufgescheucht davon zu fliegen.

— So traf sie auch am andern Tag Emil, den sie ohne weiteres allein in ihrem Zimmer annahm, weil sie sich mit einem Schlage selbstständig fühlte in den neuen Verhältnissen. Auch stand er ihr ja näher als andere. Er lehnte sich über's Clavier und sprach, während sie allmählich die Hände in den Schooß legte und ihm Antwort gab. Sein ganzes Wesen athmete Frische, und es lag in ihm noch die jugendliche Erwartung der Zukunft, die vielen so früh verloren geht. Er erzählte, wie er Emma zuerst gesehen, wie die Umgebung um sie immer mehr nebelhaft verschwommen wäre und ihr Bild allein klar geblieben. Er hatte alles bemerkt, was Schönes an ihr war, er sprach voll Enthusias=mus von ihr wie von einem schönen Bilde, und stockte dann wieder mitten in der Rede, weil er zu deutlich fühlte, daß sie mehr als ein Bild sei. The=rese vergaß die Verlobung, die Reise, die Befürch=tungen, sie betrachtete Emil als wäre er in Wahr=heit längst mit Emma vermählt, als wäre das ab=gethan und hätte sich diese Unruhe schon in die schönste Gewohnheit aufgelöst. Und doch, welche Luftschlösser, die sie beide erbauten! Erst als er ge=gangen war, fühlte sie es doppelt deutlich: die stolzen Gebäude lösten sich in Wolken auf, immer grauer und grauer, bis ein trüber Himmel einzig zurückblieb, unter dem sie traurig allein stand.

Unterdessen eilten die Reisenden ihrem Ziele ent=gegen. Es waren die ersten Tage des Novembers, das Wetter köstlich, die Eisenbahnen so pünktlich, die Reise ging von statten, wie eine aufgezogene Uhr abläuft. Die beiden Herren befanden sich vor=trefflich in Emmas Gesellschaft, die sie auf das reizendste unterhielt, ohne sie einen Augenblick zu

geniren. Das Kind hatte an allem Interesse, erröthete, froh verwirrt, wenn ihm Fremde vorgestellt
wurden wie einer großen Dame, sprach aber doch
sehr gewandt und klug mit ihnen und erzählte
Albert mit Wonne, was es beobachtete, war es
nun ein Gespann prächtiger Pferde, oder ein selt-
samer Thurm, oder eine Katze auf der Gasthaus-
treppe; jeder Regen, jeder Sonnenschein entzückte
es, und nur wenn es Abends allein an Therese
dachte, fielen ihm die Thränen auf das Kopfkissen,
bis es darüber einschlief.

Auf dem Markusplatze von Venedig fingen die
Lichter an aufzublühen, und die Sterne über ihnen,
die den reinen Himmel durchbrachen. Gelblich in's
Grüne, Rothe, Violette schimmernd, aber feurig
rein in einander übergehend, war seine Farbe, und
sie spiegelte sich auf den Wogen des Meeres, die
schaumlos anschwellend in langen Reihen dahin-
zogen, zu den Marmorstufen der Paläste, die sie
anplätscherten, zu den schwarzen Masten der stillen
Schiffe, an deren Schärfe sie sich theilten, und fern
in die Weite zum Horizonte, der schwarz war und
sich in Duft verlor.

Die drei fuhren in einer Gondel mitten durch
die schweigende Pracht des Abends, weit genug
von der Stadt, um ihrem Treiben entronnen zu
sein, und doch nahe genug, um die Musik auf dem

Plaße wie ein liebliches Gesumme zu vernehmen, mit dem die Winde spielten. Die Gondel flog so sicher dahin, das Kind war so glücklich. Seine Hand ruhte in Alberts Arm, in der andern hielt es einen Veilchenstrauß, der ihm am Morgen von einem blumenverkaufenden Mädchen zugeworfen ward und dessen Blüthen größer waren, als sie bei uns wachsen. Seine Seele war frei und glatt wie der Himmel, in dem sein Auge versank, nur keine Sterne darin, doch auch keine Wolken.

Viele Gondeln fuhren umher, manche ganz nah vorüber, rechts oder links ausweichend, wie Schwalben, die über die Fläche huschen, spitz, schlank und flüchtig. Plötzlich fühlte Albert, daß die Hand des Mädchens zitterte und sich seinem Arm entzog. Eine Gondel streifte an der ihren vorüber, ein paar dunkle Gestalten saßen darin: es war nicht möglich, auch nur eine Spur ihrer Gesichter zu erkennen. „Was ist dir Emma?" fragte er. Sie schwieg. „Du zitterst?" — „Ja, ich zitterte." Man merkte es ihrer Sprache an. — „Gieb mir deine Hand wieder!"

Doch sie schlug die Arme untereinander, plötzlich aber warf sie die Veilchen in's Meer und senkte den Kopf in ihre Hände. — „Emma," fragte er wieder, „was ist dir?" — „Nichts," antwortete sie und er fragte sie nicht weiter.

Sie hatte dagesessen und die Welt schwamm vor ihren Augen sehnsuchtslos und still vorüber. Da kam die Gondel, sie sah die eine der dunklen Gestalten, auf der Stelle erkannte sie sie, sie leuchtete, wie damals Emil im Garten, als sie von ihm gegangen war. Und als sie so rasch verschwand, da war es ihr, als dränge ein furchtbarer Schmerz in ihre Seele; sie hätte ihren Vater, Albert, Therese, Alles hätte sie verlassen können, nur um der dunkeln Gondel nachzuschweben, ihn zu sehen und in's Meer zu sinken. Und der Schmerz zitterte ihr in allen Adern, die Thränen stiegen ihr unaufhaltsam auf, und als Albert redete, war ihr seine Stimme so unerträglich, daß sie hätte in's Meer stürzen mögen, nur um sie nicht mehr zu vernehmen. Und einer andern Stimme lauschend, von der sie nie etwas gewußt, die aus ihr selbst zu ihr sprach, hörte sie von einer Zukunft, an die sie nie gedacht, von einer Vergangenheit, die ihr niemals klar gewesen. Zum ersten Mal dämmerte es in ihr auf, als könnte sie einen Willen für sich haben und die andern zwingen, ihn als das anzuerkennen, dem sie allein gehorchen wollte.

So dachte das Kind. Sie legten am Ufer an. Albert bot ihr die Hand: sie war schon ohne seine Hülfe auf die Stufen der steinernen Treppe gesprungen. Er bot ihr den Arm, sie nahm ihn,

aber sie dachte: „Du thust es, weil du mußt; wäre
es möglich, daß du einst nicht mehr müßtest?“

Unter solchen Gedanken schlief sie ein. Aber
seltsam: was ihr in der Gondel klar und leuchtend
gewesen war, verschwamm mehr und mehr am an=
dern Morgen, und als sie Abends wieder an ihres
Verlobten Seite über den lichterhellen Platz durch
das Gedränge der fremden Menschen ging, fühlte
sie sich geschützt neben ihm und erinnerte sich dunkel
der seltsamen Gedanken der vergangenen Nacht, der
Gedanken, die sie einst gehabt. Gestern nannte
sie einst. Sie freute sich auf Rom und auf ihren
Bruder.

Albert hatte zuerst sonderbare Vermuthungen
über den Vorfall, ihn dann aber so verstanden, als
sehnte sich Emma nach Therese, von der sie oft
sprach. Im ersten Momente berührte ihn das ener=
gische „Nichts“ sehr überraschend, hernach glaubte
er, daß er sich getäuscht hätte. Sie war am fol=
genden Tage so ganz wieder wie sonst gewesen;
mochte da das Eine Wort unerklärlich bleiben, er
vergaß es.

In Florenz wirkte die Nähe Roms schon allzu
magisch; man kürzte die Zeit ab, und als noch die
schönen Tage sich ungetrübt und warm folgten, war
man schon in Rom angelangt und in der ange=
nehmsten Wohnung heimisch geworden. Alberts

Genuß fing hier eigentlich erst an. Er kannte jedes Haus, jeden Stein so zu sagen. Emmas Bruder, Heinrich, der sich ihm auf das herzlichste anschloß, zeigte ihm was neu war und der letzten Zeit angehörte. Emma ging auf in der neuen Welt, die sich ihr erschloß, sie war unermüdlich und, ohne es zu ahnen, bald der Mittelpunkt eines Kreises der liebenswürdigsten Leute, alle ohne Sorgen, nur bemüht, auch das geringste Schöne von Grund aus zu genießen, denn die meisten erholten sich von langjährigen Mühen, aus denen sie endlich geflüchtet waren. Dies die älteren, die jüngeren aber sammelten begierig für ein langes Leben Kenntnisse und beglückende Erinnerung. Allen aber war Emma lieb, sie wetteiferten, ihr den unendlichen Vorrath der Dinge zu erklären, jedes liebliche Bild strahlte aus ihr zurück, und ihre Augen lernten allmählich das Richtige finden.

Das dauerte vom Morgen bis zum Abend. Wie rollte es sich leicht in den Wagen durch die Campagna, wie ritt es sich lustig durch die gebirgigen Wege, wie ging es sich leicht in den Gärten, und Abends, welch ein Leben! Man sprach, man hörte Musik, man tanzte, oder die Säle mit den Statuen wurden bei Fackellicht betrachtet, und dann die Stadt selbst im Mondschein, und am andern Tage sprangen schon früh

Morgens die unermüdlichen Fontainen im Sonnen=
glanze und lockten sie, ihrem Rauschen zuzuhören.

Der Winter ging so hin, er war ungewöhnlich
milde gewesen. Sie dachten, seine Strenge würde
erst in vollem Maße eintreten, als schon überall
die Knospen wieder sprangen und die Wärme
zunahm.

Man war eines Abends in der Soirée bei einer
französischen Familie, welche an bestimmten Tagen
offenes Haus hielt, und zu der sich die Welt drängte.
Plötzlich sah Heinrich seine Schwester durch die
Menge auf sich zukommen und still neben sich setzen.
Er hatte ein geräuschloses Zimmer aufgesucht, wie
das seine Art war. Emma drückte sich schweigend
an ihn und legte ihre Hand in die seine; sie war
eiskalt. Sie lehnte den Kopf an seine Schulter
und sah zu Boden, aber sie sprach kein Wort.

„Kind,“ rief er, „bist du krank?“ — „Ja,“
antwortete leise das Mädchen, „ich glaube, mir ist
nicht ganz wohl; geh mit mir nach Hause. Aber
sag’ den andern nichts. Laß’ uns so fortgehen.“ —
„Ich will’s nur irgend jemand sagen, damit sie sich
nicht ängstigen.“ Er verließ sie, kam sogleich wie=
der und ging bald mit ihr allein durch die dunkle
Nacht. Ihre Wohnung war auf dem Capitol; als
sie die Stufen hinanstiegen, hielt Emma in ihrer
Mitte inne und setzte sich auf einen Stein. „Ich

bin so müde," sagte sie, „als hätte ich Blei in den Knien." Er nahm ihre Hand und fühlte den Puls. „Fieber hast du nicht, Kind; ist dir sonst etwas zugestoßen?" — „Ach, Heinrich," sagte sie, „ich wollte, wir drei Geschwister wären noch bei uns auf dem Lande, und du wärst nicht fortgegangen, und es wäre nichts vorgefallen. Wir waren da so glücklich!" Sie fing bitterlich an zu weinen.

„Bist du's jetzt nicht, Kind? Ich dachte doch, du wärest es?" — „Komm," sagte sie, „wir wollen hinauf gehen." Sie stiegen die letzten Stufen hinan. Es dauerte nicht lange, so erschienen Albert und der Vater, ein Arzt mit ihnen. Es ward examinirt und berathen, irgend etwas Unbedeutendes verordnet, und man beruhigte sich vorläufig.

Andern Tags kam Emma wie gewöhnlich zum Frühstück. Es hatten sich schon einige Bekannte eingefunden. Sie setzte sich still hin, ihre Augenlieder sahen matt aus und waren leise geröthet, die Wangen ein wenig blässer, und es schien, als wäre sie größer geworden. Aber sie aß und trank wie sonst, setzte sich dann auf den sonnigen Balkon und sah hinab in die Orangen, die unter ihm in dichten Blättern wuchsen. Albert ging ihr nach und lehnte sich neben ihr auf die Balustrade. „Du bist nicht wohl, Emma?" sagte er. Sie sah ihn an, ganz fremd und kalt. „O ja, ich bin ganz wohl." — „Dann ift dir vielleicht etwas Trauriges begegnet?" — „Nein." — Sie erhob ſich langſam, ging in's Zimmer zurück und ſtellte ſich an's Fenſter. Wiederum ging er ihr nach und ſtand neben ihr. Sie ſteckte die Hand in die Taſche ihres Kleides und ergriff ein gefaltetes Papier darin, aber ſie zog es nicht heraus; dann, nach einer Weile, ging ſie auf den Balkon zu ihrem alten Sitze zurück; diesmal blieb Albert am Fenſter ſtehen.

„Was hat das Kind?" fragte Heinrich. Der Vater trat zu ihnen, und alle drei blickten vom Fenſter aus nach dem Balkon und ſahen das licht= braune Haar und die Hand, auf die ſie den Kopf ſtützte, unbeweglich. „Geh du zu ihr," ſagte end= lich Albert zu Heinrich. — „Laſſen wir ſie lieber," erwiederte dieſer, „es läge auch in meiner Natur, mir nichts abdringen zu laſſen, das ich nicht unge= fragt ausſpreche."

Zwei Tage gingen ſo hin; wie ein ermattender Wind flogen ſie über Emma, die keiner fragte. Am Nachmittag des dritten trat Albert in das ge= meinſchaftliche große Zimmer. Es war leer: nein, er hörte athmen, ſie lag auf dem Sopha und ſchlief. Er trat näher, die eine Hand lag unter ihrer Wange, die andere lang ausgeſtreckt; aber ſie hielt etwas, etwas Weißes, Gefaltetes. Albert ſah ſchärfer hin: ſie hielt einen Brief.

Emmas schweigendes Ausweichen hatte Albert aufgereizt; wäre nicht Heinrich gewesen, welcher ihn die Sache still abzuwarten bat, er hätte den Schleier durchrissen und wäre durchgedrungen, denn alles Zweifeln und Schwanken war ihm seiner Natur nach unerträglich. So hatte ihn der Zwang, den er sich anthun mußte, gereizt, ohne daß er es wußte, und als er jetzt den Brief sah, quoll ihm der Aerger dunkel zum Herzen; so that er, was er sonst nicht gethan haben würde, er zog leise das Papier aus Emmas Hand. Er mußte wissen was darin stand, sie war seine Braut, er hatte ein Recht, die Geheimnisse aufzuklären, die ihr Herz von dem seinigen getrennt hielten.

Aber der Brief war noch zwischen ihren Fingern, als sie bemerkte, was geschah. Mit einem Griff erfaßte sie ihn wieder, sprang auf und stand vor Albert; wahrhaftig sie war gewachsen, größer als sonst!

„Was willst du?" rief sie, und eine dunkle Röthe überflog sie. Der Schlaf hatte ihr das Haar in Unordnung gebracht, es hing ihr auf der einen Seite lang auf die Schulter herab. Ihre Augen schienen dunkler, ihre Lippen fester, aber schön war sie wie niemals. „Du hast mir den Brief nehmen wollen?" fragte sie drohend. — „Ja, das wollte ich," entgegnete er in milderem Tone als gewöhnlich. „Es schien mir dies eine unschuldige Art, zu erfahren, was dich krank machte." — „Ich war nicht krank," rief sie; „du hast es mich schon einmal gefragt und ich sagte nicht die Unwahrheit, als ich nein sagte!" — Was war das für ein Ton, in dem sie redete? — „Aber der Brief ist Schuld, daß du so blaß umhergingst!" erwiederte er heftiger; „und du hattest mir versprochen, keine Briefe zu lesen, ohne daß ich es wüßte, Briefe — du weißt von wem, Emma! Und daher kommt der!"

„Ja, daher kommt der! und ich habe ihn nicht gelesen! Denkst du, ich wäre so schwach, daß ich hinter deinem Rücken bräche, was ich dir offen versprach?" — Sie warf den Brief auf den Tisch. Er war versiegelt und unerbrochen. Albert griff nach ihm, aber sie hielt ihn schon wieder in ihren Händen.

„Nein, du rührst ihn nicht an!" — „Und er kommt wirklich von ihm!" — „Ja, und ich bin ihm begegnet. Wir haben nichts Unrechtes gesprochen, aber den Brief hat er mir gegeben und ich habe ihn nicht gelesen, aber ich trage ihn mit mir; keiner soll ihn berühren, als ich, kein anderer! Ich habe niemals gelogen, frage Therese und Papa, ob ich das je that. Unter mein Kopfkissen habe ich ihn Nachts gelegt, und in der Tasche trug ich ihn die Tage mit mir, manchmal faßte ich ihn heimlich

an, und ich war glücklich, als ich ihn berührte."
Ihre Augen glänzten von verhaltenen Thränen.

„Emma!" schrie ihr Verlobter auf und faßte
sie am Arm, „das ist Wahnsinn, was du da redest!"
— Sie riß sich mit einer Bewegung los, setzte sich
nieder, schlug die Füße über einander, kreuzte die
Arme und sah ihn an.

„Mach mir doch Vorwürfe," begann sie wieder, „sag' mir doch, ich sei dir treulos gewesen.
Ich habe den Brief nicht gelesen, aber geküßt habe
ich ihn: habe ich dir je versprochen, das nicht zu
thun?" — Die Glut ihrer Stimme erstickte in
ihren Thränen, sie warf sich wieder hin und drehte
das Antlitz der Wand zu.

Albert stand neben ihr. Einmal wollte er reden,
doch er schnitt sich das Wort selbst ab. Er wollte
gehen, aber er blieb stehn. Er wollte einen Entschluß fassen, aber wozu sich denn entschließen?
Sollte er etwas thun, etwas sagen, etwas schreiben? — Er stand da und hörte sie schluchzen.

Emil war in Rom. Albert hatte ihn an jenem
Abend in der Soirée wohl erkannt; es war ihm
lieb gewesen, daß er ihm auswich und daß Emma
so bald mit Heinrich fortging. Er glaubte damals
nicht, daß sie sich gesehen hätten. Er wußte, daß
ihn Emma eben nicht belogen hatte. Sollte er
darum den jungen Menschen fordern, erschießen,

oder ihn nur aufsuchen, mit ihm reden? Was hatte dieser so Furchtbares verbrochen? Es konnte ja in dem Briefe möglicherweise nichts als die Er= klärung enthalten sein, daß er sich zurückziehen werde. O, sich zurückziehen, wenn er sie jetzt hier gesehen und gehört hätte? Wenn er hier stände, und nun an ihm die Reihe gewesen wäre zu fra= gen? was würden Sie thun an meiner Stelle?

Da lag sie, das lieblichste Wild, das je gejagt wurde; eine Gazelle, die ermattet in der Wüste auf den heißen Sand sinkt; ein Schmetterling, dem die Regentropfen schwer auf die Flügel fallen, der taumelnd vergeblich ein Obdach sucht; ein armes Kind, das zum ersten Mal seines Herzens inne wird und so große Lasten darauf empfindet, als hätte es einen kostbaren Schatz entdeckt, aber ein Felsblock läge darauf, den es nicht bewegen könnte. Es setzt sich daneben hin und weint; da kommen im Märchen wohl mitleidige Geister aus den Fels= spalten, stoßen und rollen die Last zur Seite, daß es mit vollen Händen zugreifen und in sein Schürz= chen sammeln darf, was seine Augen begehren. Aber die Zeiten sind vorüber, wo Thränen Steine erweichten.

Wieder wollte er sie anreden; aber was sagen, was fragen, was verlangen? Und so ließ er sie allein, ging aus dem Hause, durchstreifte nachdenk=

lich die Straßen der Stadt und hatte endlich, als er interesselos die Häuser ansah, eine kleine Thüre vor sich, die ihn frappirte. Er wußte nicht warum, aber es war ihm da etwas begegnet. Der Abend dämmerte schon. Auf dem Steine vor der Thüre saß eine junge Frau; auch diese fiel ihm auf. Sie hatte ein Kind im Schooße liegen, ein anderes krabbelte neben ihr auf dem Wege umher.

Albert blieb stehen und betrachtete sie. Es war nichts Auffallendes daran; Künstler pflegen das oft und überall zu thun, die Frau kümmerte das auch nicht viel, sie war wohl schon öfter so beschaut worden, wenn sie dasaß. Aber verstohlen sah sie den Fremden doch an, und als sich so ihre Augen trafen, da fiel ihm plötzlich alles wieder ein, und auch ihr schien es so zu ergehen, denn ihre Züge bekamen einen Ausdruck zweifelhaften Lächelns, das die Lust, ihn anzureden, verrieth, und die Scheu, es zu wagen.

Vor drei Jahren war er eines Abends hier vorüber gegangen (er wußte es nun wieder, und um so lebhafter, als er sich inzwischen nie daran erinnert hatte), in derselben Hausthüre hatte ein zorniger Mann gestanden; diese Frau, die damals noch ein Mädchen war, hielt er an der Hand und wollte sie in's Haus zurückretßen, aber ein junger schöner Bursche hielt sie an der andern, und es sprühte

eine Fluth von Worten zwischen den Dreien, hier
drohend, dort bittend, und Verzweiflung zwischen=
durch, daß Albert dicht herantrat und hart fragte,
worüber sie sich stritten. Die Sache war sehr ein=
fach; der Alte wollte seine Tochter mit dem Kauf=
manne verheirathen, welcher an der Ecke seinen
Kram hatte, und wies den Jüngling ab, der zwar
kein Gut und Geld besaß, aber der schönste junge
Römer war, den Albert je gesehen hatte. Kaum
trat er dazwischen, als sich augenblicklich jeder ein=
zelne an ihn wandte, und schließlich kam nun auch
der Kaufmann aus dem Hause und schrie sein Theil
mit ein. Albert war in einer Gesellschaft gewesen,
wo man ihn gegen seinen Willen zu hohem Spiel
verführt, und wo er beide Taschen voll Goldstücke
gewonnen hatte. Er wandte sich an den Vater des
Mädchens. Es ist so leicht, moralisch und gut zu
sein und für das Rechte in Eifer zu gerathen,
wenn man ohne eigenes Interesse bei dem Handel
ist: er warf dem Manne seine Schlechtigkeit vor,
und dem Kaufmanne, daß er ein so schönes blühen=
des Mädchen einem solchen Geliebten entreißen
wolle, und zum Schluß hieß er den unglücklichen
Liebhaber den Hut in beiden Händen herhalten und
schüttete ihm das Gold hinein, das er aus der
Tasche holte. Nie hatte er einen solchen Rollen=
wechsel erlebt; das Mädchen fiel ihm zu Füßen

und küßte ihm die Hände, der Alte stand wie ge=
blendet, und der junge Mensch starr mit seinem
Reichthum vor sich. Der Krämer aber schielte ihm
höhnisch von der Seite über die Schulter und
schlich sich fort.

Dieses Mädchen war die Frau. Der Vater
war gestorben; sie lebte mit ihrem Manne im
Häuschen, sie rief ihn heraus und eine Fülle von
Segenswünschen wurde Albert zu Theil. Es waren
feurige Kohlen auf sein Haupt; erst allmählich fühlte
er, daß sie brannten, seine Stellung Emil und
Emma gegenüber trat ihm vor die Seele, unwill=
kürlich ertheilte er sich die Rolle des Krämers, der
davon schlich, mochte er sie nun verdienen oder
nicht. Es übermannte ihn, er setzte das Kind, das
er auf den Arm genommen, fast böse nieder, riß
sich von den Leuten los und suchte eine andere
Gasse auf.

Und nun kam der Rückschlag; er schwor sich,
keinen Finger breit zu weichen, Emil, der sich
zwischen ihn und seine Verlobte drängte, zurückzu=
stoßen, sei es wie es sei, und seine Entschlüsse la=
gerten sich wie eine finstere Wolke auf seine Stirn.
Es war nicht zum ersten Mal in seinem Leben,
daß er durchgesetzt hatte, was sich gegen seinen
Willen zu wenden, Miene machte.

Emma schien ihn erwartet zu haben, als er end=

lich kam. Sie ging auf ihn zu und zog ihn in eine Stube, in der sie allein waren. Ihre Züge waren traurig und ihre Stimme sanft. „Hier ist der Brief, Albert," sagte sie, „ich hätte ihn dir gleich geben sollen." Er dankte nicht, er wies ihn auch nicht zurück, öffnete ihn und las.

Gnädigstes Fräulein,

daß ich Ihnen nachreise, rechnen Sie mir nicht als Sünde an; ich liebe Sie so sehr und glaubte Sie wären unglücklich. Ich beobachtete Sie überall von ferne und in der Nähe, ohne daß Sie davon wußten. Aber Sie waren heiter und strahlend wie am ersten Tage. Ich sah Sie öfter mit Ihrem Verlobten, es schien mir kein Zug in Ihrem Wesen, der mir ein Recht gäbe, mich ferner auch nur mit einem Gedanken zwischen Sie und ihn zu stellen. Verzeihen Sie mir, wenn ich mir die letzte Genugthuung nicht versage, Ihnen zu schreiben, daß ich jetzt bereue, was ich gethan habe. Ich wünsche Glück und Segen auf Ihr Leben. Daß ich Sie ewig lieben werde, ist ein Geständniß, das Sie nicht mehr belästigen wird, und mich macht es so glücklich, nur daß Sie es wissen. Begegnen werden wir uns nicht mehr. Und auch dies noch hören Sie. Mein Herz ist so besorgt, daß es mir zuflüstert: sollte ich dennoch nicht von Ihnen vergessen sein, ja sollte all ihr Wesen nur ein Schein sein, den ich falsch deutete, sollten Sie den Wunsch haben mich zu sehen — ich werde jeden Morgen von heute ab im Coliseum sein und Sie erwarten. Belächeln Sie dies als eine Schwäche, so haben Sie ein Recht dazu, und ich schließe mit der herzlichen Bitte, sie mir zu vergeben. Ihr Verlobter, der diesen Brief dann lesen wird, wird so großmüthig sein als Sie selber.

Emil von M.

„Emma, hier ist der Brief, ich habe gesehen was darin steht. Lies ihn und laß uns morgen darüber reden." — Mit diesen Worten, die er so kalt redete, als legte er sie kahl gedruckt vor sie hin, wollte er aus dem Zimmer gehen. Aber im Umwenden sah er sie noch einmal an; ihre Augen trafen sich wieder. Nichts von Furchtsamkeit, von Bewegung lag in Emmas Blicken, sondern eine Ruhe, eine abweisende Kälte, eine Kühnheit, die ihn in seiner unklaren Hitze auf's äußerste steigerten. „Hör' es jetzt!" rief er aus, „es steht in deiner Hand, mich von dir zu stoßen, aber erblicke ich ihn jemals da, wo ich gestanden habe, neben dir, so giebt etwas anderes die Entscheidung als dein Willen!"

„Du willst ihn herausfordern?" fragte sie kalt.

„Ja, das will ich!" Er hätte die Worte schreien können, aber die Stimme versagte ihm, er stieß sie tenlos beinahe heraus, und war verschwunden. Er stürzte wie sinnlos auf sein Zimmer, verriegelte die Thür, riß die Fenster auf, stand da und preßte die Hände gegen die Schläfen, gegen die das wilde Blut anschlug. Darauf setzte er sich an seinen Schreibtisch und tauchte die Feder ein. Mein Herr, schrieb er, Sie haben es für nöthig gefunden, noch einmal an Fräulein von —, meine Braut, Mittheilungen über die Gefühle zu machen, welche Sie ein Recht zu besitzen glauben, für sie zu hegen. Ich setze Sie hiermit in Kenntniß, daß wenn Sie noch einmal den leisesten Versuch machen, diese Verhältnisse zu berühren, ich dies als eine directe Aufforderung an mich ansehen werde, unserm Verkehr auf eine Weise ein Ende zu machen, die unter uns von nun an die einzige sein wird.

Er siegelte das Blatt, ohne es nur durchzulesen, rief seinem Bedienten und übergab es ihm zu augenblicklicher Besorgung. Und alles das ward mit einer Hast gethan, die mit seiner gewohnten kühlbedächtigen Art auf das heftigste contrastirte. Seit Jahren war ihm das Blut so nicht durch die Adern geflogen, niemals war ihm das Herz so schwer gewesen, denn tief in ihm war doch ein Fleck, der ruhig und still war, wie ein dunkler, unbewegter See mitten in einem sturmerfüllten Walde. Da tönte es leise: du bist im Unrecht, du bist im Unrecht! Und manchmal ging ihm das Bild des Krämers durch den Kopf, und die Scene des Glücks, dessen Zeuge er gewesen, folgte ihm nach.

„Und wenn es ein Unrecht ist," rief er aus und sprang vom Sessel auf, „er soll nicht sagen, daß er sie mir entrissen habe; mein Wort ist gegeben, ich will es einlösen!" Unmöglich schien es ihm, sich von ihr zu trennen. Sie war nicht mehr das, was sie noch vor kurzem gewesen, nicht mehr blos ein reizendes Ding, nicht mehr blos ein Edelstein, ein Besitz, welcher dem das Leben verschönt, der ihn sein eigen nennt, aber der es nicht beraubt, wenn er verloren wird, den man vermißt, aber den man nicht entbehrt. Gerade ihre erwachende Stärke, ihre Kühnheit verliehen ihr Reize, die sie früher nie besessen; er wollte sie überwinden, lieben sollte sie ihn, daran er früher nie gedacht.

So mit sich selbst in stürmischem Verkehr hörte er nicht, daß an seine Thür geklopft wurde. Endlich ward er darauf aufmerksam und ging, sie zu öffnen. Heinrich trat ein. Er sagte nichts, wie das oft seine Art war, sondern trat an den Tisch, auf dem allerlei ausgegrabene und aufgelesene Antiquitäten lagen, die er in die Hand nahm, besah und wieder hinlegte. Dabei blickte er nur manchmal flüchtig auf Albert, welcher mit gesenkten Augen hastig auf und ab ging und sich zuletzt auf einen Stuhl setzte, dessen Rücken er von der Lampe abwandte, die dreiarmig und von blankem Messing ihre elenden Flammen leuchten ließ.

„Sprachst du nicht mit Emma allein, ehe du hinauf gingst?" fragte endlich ihr Bruder. Der Ton seiner Stimme klang gleichgültig; er war ein zarter, stiller Mensch, und wenn ihn etwas tief bewegte, so mußte er gemessen reden, denn er würde keine Worte gefunden haben, wenn er sich dem Ge= fühl ganz hingegeben hätte. Weil er deshalb da, wo es sich um gleichgültigere Dinge handelte, wohl in Hitze gerathen und sich lebhaft ausdrücken konnte, sobald jedoch sein eigenes Herz hineingezogen, an= gegriffen oder gar verletzt ward, kühl und ablehnend erschien, so nannten ihn die Leute, die ihn nicht kannten, kalt und egoistisch, die Leute nämlich denen eine tüchtige Aufregung zu den angenehmen Vorfällen des Lebens gehört, und welche die nicht begreifen, die das Bedeutende, Unerwartete stumm betrachtend im Anfange hinnehmen, sich langsam seiner Gewalt fügend, sich aber dann auch nicht gleich nach der ersten Ueberraschung von ihm abwenden und es vergessen.

Albert antwortete eben so ruhig, als Heinrich ihn gefragt hatte: „Ja, ich sprach mit ihr. Warum?"

„Als ich nach einem Weilchen in das Zimmer trat, das leer zu sein schien, und durchgehen wollte, stieß ich mit dem Fuße an etwas, das auf dem Boden lag —"

Plötzlich stand Albert vor ihm, todtenbleich seinen Arm fassend, rief er aus: „Um Gotteswillen, was ist mit ihr?" und zitterte, daß seine Bewegung den andern durchbebte.

„Sie war ohnmächtig," fuhr Heinrich fort; „ich glaubte zuerst etwas Schlimmeres. Ich machte natürlich keinen Lärm, hob sie auf, trug sie in's Zimmer daneben auf ihr Bett und rieb ihr die Schläfen mit Eau de Cologne. Sie kam bald wieder zu sich; jetzt schläft sie." — Albert hatte ihn athemlos angehört. „Gott sei gedankt! Gott sei gedankt!" rief er aus.

„Als sie dalag," erzählte Heinrich weiter, „hielt sie ein Papier in der Hand, einen Brief. Sie fragte augenblicklich darnach, als sie die Augen aufschlug, ich gab ihn ihr wieder." — „Aber du hast ihn gelesen, Heinrich?" — „Ja, allerdings; während ich neben ihr saß, nachdem sie eingeschlafen war, zog ich ihn leise unter dem Kopfkissen hervor, las ihn und steckte ihn wieder dahin. Es war nicht Recht im Grunde, aber es ist am Ende doch verzeihlich, und leichtsinnige Neugier war es nicht."

Albert schwieg. Nach einer Weile fragte er gleichgültig: „Kennst du ihn?" — „Sehr gut. Ich wollte ihn längst bei uns einführen, aber er verbat sich das und verlangte, ich möchte seiner überhaupt nicht bei uns erwähnen. Er sagte mir keinen Grund, und ich ahnte diesen nicht im mindesten." — „Was hältst du von ihm, ehrlich gesagt?" — „Ehrlich gesagt, Albert, da du es verlangst, er ist der erste junge Mensch, der mir von Herzen lieb ist. So urtheilte ich am ersten Tage über ihn, als wir uns sahen. Ich spreche das aus, weil du es wissen wolltest." — Albert fragte nicht weiter. Heinrich stand noch eine Zeit lang schweigend am Tische und sah alle die Dinge, die da lagen, noch einmal genau an, als erwartete er eine Fortsetzung des Gesprächs. Dann wandte er sich zur Thüre, sagte hinausgehend einfach gute. Nacht, und Albert blieb allein.

Um Mitternacht saß er noch da, wie Heinrich ihn verlassen hatte. Die Lampe ward immer kleiner und verlöschte endlich. Als er einmal aus tiefen Gedanken aufblickend bemerkte, daß es dunkel sei, zündete er ein Licht an, sah auf die Uhr und verließ sein Zimmer. Er ging hinunter, schlich durch die finstern Stuben bis zu Emmas Thür und hörte sie athmen. Dann zurückgehend lockte ihn die offenstehende Thüre des Balkons, hinauszutreten. Die Nacht war warm und ohne Sterne. Erst allmählig unterschied sein Auge die Linie, welche die undurchdringlich finstere Masse der Häuser vom matt dämmernden Himmel trennte. Unter ihm die Orangen rührten ihre starren Blätter nicht, und kein anderer Ton störte die Mitternacht, als das verworrene Geplätscher einer Fontaine, die er nicht sah. Manchmal schallte es aus der Ferne wie Gesang, der näher zu kommen schien, aber dann verging, statt deutlicher zu werden. — Er lehnte sich auf die Balustrade und sah vor sich hin. Alle bösen Gedanken lösten sich unmerklich von ihm ab, und eine Ruhe durchzog ihn, der sich seine ermüdete Seele dankbar hingab. Noch einmal horchte er an Emmas Thür, hörte ihren ruhigen Schlaf und suchte sein Zimmer wieder auf.

Es war gegen zehn Uhr am andern Morgen, als er herunter kam. Die Sonne schien auf die ausgespannten Rouleaux vor den offenen Fenstern. Emmas Vater saß am Tische und las mit sorg= loser Miene die deutschen Zeitungen. Sie selbst ging umher und sah ein wenig blaß aus. Albert sagte ihr guten Morgen, ohne ihr die Hand zu reichen, aber nicht unfreundlich, fragte, wie sie ge= schlafen, und darauf, ob sie Lust hätte, mit ihm einen kleinen Spaziergang zu machen. Sie sah ihn erst groß an, sagte dann kurz ja, und ging, um ihre Sachen zu holen. Er sah ihr nach, ihre schlanke Gestalt schritt so sicher dahin, nicht mehr wie ein Nymphchen, das durch die Baumstämme schlüpft und nur die Grashalme mit den Fußspitzen streift, sondern jetzt in festem Gange, und jede Falte ihres Kleides war ein Theil ihrer Schönheit.

Er führte sie an seinem Arme das Forum hinunter. Die gefangenen Könige fielen ihm ein, als er durch die Triumphbögen schritt, es kam ihm eine Ahnung von dem, was sie empfanden, als sie gefesselt dem Wagen dessen folgten, der sie besiegt. Kalt sah er die Tempel und Bildsäulen am Wege stehen. Was waren sie ihm, die er mit Enthusiasmus zuerst, mit Ehrfurcht später betrachtet hatte! Steine waren es, die nichts von ihm wußten; mochten rohe Menschen an ihnen hämmern und kratzen, kein Gedanke wäre ihm aufgestiegen, es ihnen zu wehren.

Nun traten sie in die weitausgedehnten Ringmauern, in deren Mitte einst auf Leben und Tod gekämpft worden war. Jahrhunderte hatten den Platz von Mord gereinigt und seine Pracht herabgerissen. Von den hohen Pfeilern, die sich düster gewaltig über einander aufthürmten, wallte der stille Epheu hernieder, zarte Farrenkräuter sproßten aus ihren Ritzen, Rosen und Feigen wurzelten auf ihren Vorsprüngen, friedliches Dunkel lag in den Vertiefungen, nur die Vögel flatterten da umher, und die Sonne streckte ihre Hand weit aus und milde über die Trümmer.

Die beiden gingen da einsam, es war niemand zu erblicken. Nein, stand da nicht in der Ferne eine Gestalt und kam auf sie zu? Albert schrak zusammen und es überlief ihn. „Emma," sagte er, „willst du dich ein wenig hier auf den Stein setzen? Ich sehe dort jemand, mit dem ich ein paar Worte sprechen möchte."

Sie ließ seinen Arm los und setzte sich nieder, ohne nur aufzusehen. Anemonen sproßten üppig auf dem Platze und drängten ihr ihre weißen Blüthen entgegen. Indem er sie ansah, zögerte er einen Augenblick, dann aber faßte er sich und ging Emil entgegen, den er wohl erkannt hatte. Aber als er ihm bis auf fünfzig Schritt nahe gekommen war, konnte er nicht weiter und lehnte sich an's Gemäuer, um ihn zu erwarten. Er stand da und bedachte, was er sagen wollte; er war klar und ruhig, aber es machte ihn matt, so geduldig zu warten.

Der junge Mensch, dem die Sonne in die Augen schien, erkannte ihn erst, als er dicht an ihm vorübergehen wollte. Er hielt seine Schritte an, trat ihm gegenüber und zeigte ihm die Blässe, die auf seiner Stirn lag.

„Ah, Sie waren hier?" rief er aus, „Sie? Und doch hatte ich es nicht erwartet!" Albert wollte das Wort nehmen. „Oh, sagen Sie nichts!" rief er, „nichts! Wir werden uns nicht streiten hier!

Sparen Sie der Mühe. Ich lasse mich durch nichts reizen. Aber hören Sie das: nicht wahr, triumphirend erwarteten Sie mich hier? Sie hatten ein Recht dazu. Aber das weiß ich, habe ich unbesonnen und unbefugt mich an Sie herangedrängt, so habe ich doch nicht ein unschuldiges Kind, das nicht wußte, was das Leben war, gezwungen meine Sklavin zu sein! — Nicht meine Geliebte! Nichts von Liebe, es wäre ein Hohn! Sie hätten anders an mich geschrieben, wenn Sie sie liebten, oder wenn Emma Sie liebte! Und als das arme Kind unbesonnen sich verpflichtete, und dann erst, als es gefesselt war, fühlte, daß es eine Freiheit gäbe, deren es nie genoß, da habe ich es nicht festgehalten mit Gewalt, wie Sie, als wäre das eine Pflicht, was ehedem ein Betrug war! So nenne ich es. Fordern Sie mich. Ich will da stehen und ihrer Pistole in den Lauf sehen und lachen, ja, und denken, daß mich der Wahnsinn verleitete, Sie aber das kalte Blut, die kühle Berechnung, Sie das Verbrechen. Hier steh' ich!"

Er schwieg und Albert war keines Wortes fähig. „Lesen Sie das," fuhr Emil fort und holte ein Zettelchen aus seiner Brusttasche, „das hat sie mir geschrieben heute! Ich soll nicht mehr an sie denken, sie nie wieder sehen, aber sie liebt mich! Haben Sie das gewußt? Sie liebt mich!"

„Laſſen Sie mich ſehen!" rief Albert und ſtreckte die Hand aus. — „Hier, aber Sie werden es mir zurückgeben, es iſt mein Eigenthum!"

Albert überlas die wenigen Zeilen. Er bedachte ſich in Blitzeseile. Dort war ſie, ohne ihn geſehen zu haben, hier Emil, ohne von ihr zu wiſſen. Er hatte auf ſie verzichtet, ſie auf ihn. Die Zeit könnte ausheilen, was ſo blutig zu zerreißen drohte, er durfte ſie an ſeiner Seite behalten; ſo war ihr Entſchluß, er las es von ihrer Hand geſchrieben, oder er glaubte es zu leſen. Nie war ſie ihm ſo ſchön vor die Seele getreten, nie ſo reizend; es war ihm, als hätte er ſie heute zum erſten Mal geliebt. Aber nur ein Moment ſolchen Bedenkens kam über ihn; er gab Emil das Papier zurück und ſagte milde: „Wollen Sie hier ein wenig warten, bis ich wieder komme? Thun Sie's, ich bitte Sie darum." Damit ging er an ihm vorüber und eilte zu der Stelle, wo er Emma verlaſſen hatte. Dieſe war aufgeſtanden und kam ihm langſam entgegen; als ſie beide eine kleine Strecke von Emil entfernt waren, hielt er ſie an.

„Emma," ſagte er, „ſieh dorthin! Geh' dem entgegen, der da ſteht! Was er von dir verlangen wird, was du ihm gewähren möchteſt, ſchenk' es ihm aus vollem Herzen; vergiß mich, denke nicht an mich, wenn du bei ihm biſt, ich erlaube es dir, ich befehle es dir, wenn ich darf, und glaube mir, was daraus entsteht', bedürft ihr beide einer Vor= sorge, einer Vermittlung, wendet euch an mich; das ist das letzte, das ich von dir verlange."

Als er dies gesagt, wandte er sich rasch um und verließ mit eilenden Schritten das Mädchen, das wie leblos vor ihm stand und keine Silbe zu zu erwiedern vermochte. Am Thore des Gebäudes angekommen, zwang ihn doch etwas, sich umzu= schauen, und er sah, wie sie beide in der Sonne neben einander standen; genug für seine Augen.

Fliegen wir hinweg aus dem schönen Lande, wo es schon Frühling war, fort über die Alpen, immer weiter, und mit uns die Zeit.

Es lag tiefer Schnee in den Straßen; die Sonne ging trübe auf und leuchtete bleich durch die kalte Luft. Das helle Feuer im Ofen besiegte und überstrahlte sie; doch nicht ganz. Ein freund= licher Strahl blickte in ein Stübchen, vor dessen doppelten Fenstern Blumen standen, lief quer über einen Tisch, über einen offenen Brief, der darauf lag, und über den Scheitel eines jungen Mädchens, das ihn las und laut auflachte, als sie ihn beendet.

„Therese," sagte die alte Tante, welche neben ihr stand, „ich würde nun nicht gerade lachen, denn der junge Mann ist von guter Familie und sehr liebenswürdig.“

„Das bin ich gleichfalls, Tante, das also höbe sich vorweg auf,“ antwortete sie und lachte wieder.

„Aber reich außerdem, liebes Kind,“ — „Nun, ich hätte doch auch am Ende zu leben.“ — „Kurz, du machst dir nichts daraus?“ — „Das will ich nicht sagen. Aber es ist doch kein Unglück, bei dergleichen Gelegenheiten ein wenig zu lachen? Es kann das ja ein Zeichen von Wohlgefallen sein. Lassen wir wenigstens ein paar Tage darüber hingehen.“ — „Das brächte schon jedenfalls die Schicklichkeit von selbst mit sich,“ antwortete die alte Frau, küßte des Mädchens Stirn und ging leise über den Teppich hinaus. Therese blieb an ihrem Tische sitzen. Sie hatte den Brief bei Seite geschoben. Auf dem Schreibtische lagen nicht weniger als ein halbes Dutzend blanke, große Pinienzapfen, die ihr Emma geschickt hatte. Sie nahm einen nach dem andern, roch daran, streichelte ihn und legte ihn wieder an seine Stelle.

Ein Bedienter trat mit einer Karte herein. Der Herr wartete unten. Sie las den Namen und stieß einen Schrei aus. „Gleich soll er herein kommen!“ Der Bediente ging, sie sprang auf nach der Thür und zog mit beiden Händen Albert herein. Er war ungemein freundlich und frisch von der Kälte, aber er sah ein wenig anders aus; er hatte einen gewissen Zug über den Augen und einen um den Mund, die sie sogleich bemerkte und die sogleich ihre Stimmung in der Gewalt hatten. „Hier ist ein Brief für dich, liebe Therese," sagte er. „Vor allen Dingen lies ihn erst, ich wärme mich so lange dort ein wenig." Damit setzte er sich in den großen Stuhl, welcher dem Ofen zugewandt war. Therese erkannte ihrer Schwester Hand, brach auf und las, und da sie im Stehen begonnen hatte, setzte sie sich während des Lesens nieder, und nach einer Weile stützte sie den Kopf in die Hand und sah über den Brief hinaus auf den glatten Tisch, während eine Thräne nach der andern auf das Papier tropfte. Sie schwieg, sie sah nach Albert, der Stuhl verbarg ihn, aber sie hörte seinen Athem. „Albert," sagte sie endlich, „was soll ich dazu sagen?" — „Daß es das Beste war, liebe Therese." Sie ging auf ihn zu und stellte sich neben ihn, aber er sah nicht zu ihr auf.

Er war wie sonst und doch anders. Als er im Herbste ankam, als er sich verlobte, als er sie dann verließ, lag auf ihm ein Schimmer, der etwas Beherrschendes hatte, etwas, das im Accent seiner Rede durchklang, in seinem Gange lag, in seiner Handschrift sich aussprach: Selbstvertrauen; mehr noch, Gefühl von Unfehlbarkeit. Das war von ihm gewichen. Er saß da, wie jeder andere. Sein Rang, seine Erfahrungen, seine liebenswürdige Art, die Menschen zu fesseln und zum Zuhören zu zwingen, alles war zu leerem Flitterkram zusammengesunken, und er nicht mehr stolz darauf. Er war ein Mensch wie alle andern, und hatte ein Herz wie alle andern, eines, das sich beleidigt in ihm hin und her drehte, wie ein losgerissenes Schiffstrümmer in den Wellen, die es nicht versinken lassen, aber dahin und dorthin werfen, und endlich auf den öden Strand.

„Gieb mir eine Hand," sagte sie. — „Du bist immer die alte Freundliche," antwortete er und reichte sie ihr. „Ach, Albert," sagte sie wieder, „ich sehe Alles ein, es macht mich ganz traurig. Und du? was willst du nun thun?" — „O, die Eisenbahn geht ja alle Tage ab; ich gehe nach Paris, London, Madrid, Kairo, wohin du willst. Man thut, was man gewohnt ist, wenn man nichts Nöthigeres zu thun hat. Soll ich mich etwa auf das Land setzen und alle Sonntag zum Essen hinüber fahren zu Emil und seiner Frau?" Er lachte. Dann aufstehend und sich den Rock zuknöpfend: „Ich wollte dich nur noch aufgesucht haben, Therese." — „Bleib noch ein Weilchen," sagte sie. — „Ist es dir lieb?" — „Ja, sehr lieb."

Er nahm seinen Platz wieder ein. Er sah sich um, die Stube heimelte ihn an, sie war ruhig und behaglich. Draußen hörte er die Wagen im Schnee vorüber fahren, und die Räder pfiffen noch im Frost; aber der Ofen strahlte sanfte Wärme aus. Seine Kisten und Seltenheiten fielen ihm ein, als er auf einem Schränkchen allerlei stehen sah, das er The= resen geschenkt hatte. Ein Ekel überkam ihn vor diesen Dingen, ein Ekel vor dem planlosen Umher= schwärmen durch die fremden Länder und die fremden Gesichter. Eine Leidenschaft hatte er bis auf den letz= ten Tag zu Emma nicht gehabt, aber alle Gedanken an Glück und Zukunft mit Energie an sie gekettet. Das war nun von ihm gerissen; jedermann war froh und an der rechten Stelle, er allein war überall zuviel; er konnte es nicht mehr ertragen, er mußte fort. —

„Therese," sagte er, auf die Uhr sehend, „ich habe wirklich noch einige dringende Geschäfte. Leb' wohl!" — „Du willst durchaus fort — leb' wohl!" — „Giebst du mir vielleicht ab und zu Nachricht, wie es bei euch steht?" sagte er noch. „Ich lasse dir für verschiedene Punkte meine Adresse hier, wenn du es erlaubst?" — „Und das soll dein Ab= schied sein, und vielleicht für immer?" Sie wandte sich ab, um ihre Thränen zu verbergen.

„Geht es dir wirklich so nahe? Lieber Himmel, was kann ich dir sein? was soll ich hier sitzen? was haben wir zu besprechen?" — „Ja, du hast Recht," rief sie heiter; „Adieu!" Er drückte ihr die Hand und stand an der Thüre, sie sah ihm nicht nach.

„Therese," sagte er, „thut es dir wirklich leid, daß ich fortgehe?" — Sie antwortete nichts; sie setzte sich hin, stützte den Kopf in beide Hände und weinte. — „Gutes Mädchen, du läßt mich schwerer los als die andern, die sich so leicht getröstet haben, als ich ihnen die Sache plausibel machte." Er stand neben ihr und streichelte ihr das Haar. „Adieu," rief er plötzlich, nahm ihre Hand, drückte sie und war verschwunden.

Er hatte vor seiner Abreise noch einmal zu ihr gehen wollen, aber es war ihm unmöglich, er wußte selbst nicht warum; er schrieb ihr einige Zeilen und stieg in das Coupé, ohne sie gesehen zu haben. Er saß in seinen Pelz gehüllt und war ganz allein. Die Landschaft flog schwarz und weiß an ihm vor= über, der Dampf spielte über die Felder hin, oder zwischen den tanzenden Stämmen des Waldes; er sah ihm nach und verfolgte die Krähen mit den Augen, die aus den dunkeln Gipfeln der Kiefern= bäume aufschwärmten.

Als er von Rom fortgereist war, hatte ihn nicht ein so ödes, trostloses Gefühl beherrscht, wie das war, das sich seiner jetzt bemächtigte. Es erfaßte ihn plötzlich eine wahre Zuneigung zu Menschen; er glaubte, sie ließen ihn allein stehen, während er ihnen doch selbst auswich. Auf der nächsten Station suchte er ein anderes, besetzteres Coupé auf; es saß eine ganze Verwandtschaft darin, welche eben erst eingestiegen war und zu einer Hochzeit reisen wollte. Sie verließen den Zug auf dem nächsten Anhalts= punkte wieder. Was für ein Gelächter und Ge= spaße! Jeder war nothwendig und gehörte zu der Gesellschaft. Als sie davon gingen und er aber= mals allein zurückblieb, sah er ihnen mit unend= lichem Wohlgefallen nach; ich glaube, wäre eines an ihn herangetreten und hätte ihn eingeladen, mit= zugehen, so hätte er seine große Reise nach Kon= stantinopel unterbrochen, um in dem Städtchen eine Nacht im Wirthshause zu tanzen. Je weiter er kam, je unerträglicher ward ihm zu Muthe. Aber= mals wechselte er den Sitz, fing, was er sonst nie gethan und stets vornehm abgelehnt hatte, mit den Leuten Gespräche an, nahm sich vor, liebenswürdig zu sein, und brachte es wirklich dahin, daß ein alter Herr aus der Stadt, in der er übernachten wollte, und wo man zeitig anlangte, ihn auf den Abend zu sich einlud, was mit wahrhafter Dankbarkeit von ihm angenommen wurde.

Er kam um acht Uhr. Der Mann empfing ihn zuerst allein, er saß rauchend behaglich in seiner Sophaecke, stand auf, bewillkommte ihn mit Herz= lichkeit, und ein kleines blondes Mädchen, das strickend hinter dem Tische saß, legte auf einen stummen Wink seinen Strumpf hin, bemächtigte sich des Hutes und brachte dann eine gestopfte Pfeife herbei. Albert dankte freundlich, er rauchte nicht. Nach einer Stunde ging die Stubenthür auf, es war der Sohn, der mit seiner Frau aus dem Theater kam. Sie erschrak ein wenig über den unerwarteten Gast, für den nichts in Bereitschaft war, Albert bewunderte ihre Schönheit und die stille Grazie, mit der sie allerlei besorgte, ohne die Aufmerksamkeit für ihn aus den Augen zu verlieren. Nun deckte die Magd den Tisch, man setzte sich, es kam noch ein kleineres Kind zur Sprache, aber nicht zum Vorschein, zu dem die Frau nur dann und wann fortging. Albert aß und trank, fand alles köstlich, erzählte, sprudelte über von Heiterkeit und verbreitete ein solches Wohlsein in der Familie, daß sie zuletzt dasaßen, als kennten sie sich von den ältesten Zeiten her, und endlich auf eine Weise von ihm Abschied nahmen, die ihm an's Herz ging und ihn traurig machte.

Welch ein Gefühl, als er dann in sein prächtig kaltes Wirthshauszimmer eintrat und mit seinen beiden Koffern wieder allein war! Und so sollte es ihm von nun an immer ergehen, ein ewiges Anlangen und sich Losreißen ohne Zweck und Ziel. Er nahm die Zeitung; ein Mann zeigte an, daß er sein Geschäft mit Haus und Garten verkaufen wollte. „Ich wäre im Stande," dachte er, „und kaufte es, wurde Bürger und Drechslermeister hier in der Stadt, hätte mein Gesinde und heirathete die älteste Tochter aus dem nächsten Nachbarhause.“

Therese und Emma fielen ihm ein. Er holte ein Daguerrotyp hervor, auf dem sie beide dargestellt waren, Emma noch ganz als Kind, Therese aber kaum anders als in den letzten Tagen. Sie sah ihn so klar und unschuldig an, wie sie es vor so kurzer Frist noch gethan. „Sie ist doch schön,“ sagte er sich. „Ich ging so neben ihr her und bemerkte es kaum.“ Und während er sich das sagte, stieg eine Idee in ihm auf, die ihn bald ganz einnahm. „Wäre es eine Möglichkeit?“ dachte er. „Mich, der so abgewiesen ward? der ihr so wenig bieten kann? Vielleicht!“ — Wir folgen seinen Gedanken nicht, aber wir sehen ihn nach einer Stunde heftigen Bedenkens einen Brief schreiben, einen zweiten, einen dritten, und diesen noch zu schleuniger Besorgung früh am nächsten Tage dem Kellner übergeben, der auf sein Klingeln in verschlafener Höflichkeit herbeistürzt. Wir sehen ihn einen Tag warten, ihn dann, noch ohne Antwort zu haben, dem Briefe nachreisen, und endlich sehen wir ihn wieder in Theresens kleine Stube eintreten, wo er sie wieder allein trifft.

Die Tante, der dieser Besuch sehr auffällig gewesen war, da ja Albert so weit hatte fortreisen wollen, und nun so bald wieder erschien und so sehr lange bei ihrer Nichte blieb, nahm sich endlich ein Herz und trat ein. Therese saß diesmal am Ofen, die Hände im Schooß gefaltet, Albert an ihrem Schreibtische und so sehr in seine Arbeit vertieft, daß er nichts bemerkte und ruhig fortschrieb. So traf es sich denn, daß er, ohne aufzusehen, zu Therese sagte: „Ich schreibe gleich, daß sich deine Tante sehr gefreut hat, es bleibt ihr ja gar nichts anderes übrig, und sie ist eine so vortreffliche Frau —" Hier brach Therese in lautes Lachen aus, und er sah auf.

„Bleiben Sie ruhig sitzen, lieber Albert," rief die Tante und ihr ganzes Gesicht stimmte in Theresens Heiterkeit ein, „und da doch von mir die Rede ist, so bemerken Sie nur gleich, daß die Tante sich allerdings sehr freute, aber die beiden Leute nicht belästigte, sondern nur gratulirte und sie allein ließ." Damit ging sie fort. Albert aber stand doch von seinem Briefe auf und setzte sich neben Therese, und die Zeit verging, als hätte sie nie so große Eile gehabt. Und wenn ja noch der letzte Funke des alten Schimmers an ihm gehangen hatte, er war nun ausgelöscht; wie er da neben ihr saß, war er nichts als ein guter Mensch, der ein Herz hat und eins gefunden, das ihn liebte.

Das Abenteuer.

Every thing is beautiful seen
from the point of intellect, or
as truth; but all is sour, if seen
as experience.

EMERSON.

Ich war achtzehn Jahre alt und eben erst Student geworden. Das ist ein Uebergang im Leben wie wenige. Man ist mit einem Schlage aus einem ungewissen Wesen ohne Bedeutung zu einem Manne mit Titel, Rang und gegründeten Ansprüchen umgeschaffen; man hat Geld zu seiner Verfügung, kann arbeiten, wann und wie man will, und darf den Genuß des Lebens von den Bäumen pflücken, wo ihre Früchte am lockendsten aus dem Laube leuchten.

So griff ich das Leben an. Ohne kopfhängerische, einsiedlerhafte Neigungen war ich ein vergnügter Student und wußte nur von Hörensagen, daß es eine Zukunft gebe; die Vergangenheit aber war mir ein unbekanntes Land geworden, zu dessen Ufern die Erinnerung niemals zurückkehrte.

Was konnte ich Größeres verlangen? Ein Palast, um darin zu studiren, berühmte Gelehrte, die uns „meine Herren" anredeten, die mit wunderbarer Höflichkeit Kenntnisse und Eifer bei uns voraussetzen, eine große Stadt, in der es sich frei und unbehelligt lebte, freie Abende, Nächte (wenn wir wollten), Theater — für einen Studenten giebt es keine unerfüllten Wünsche.

Doch gerieth ich keineswegs in das sogenannte wüste Treiben, ich lebte bei aller Betrunkenheit der Seele ziemlich nüchtern und verständig, und hatte neben vielen guten Freunden, mit denen ich toll und ausgelassen dahinstürmte, auch Familien, in deren Kreise ich nichts als ein gesitteter junger Mann war. Unter meinen Verwandten schien mir der liebenswürdigste mein Vetter, ein Cavallerielieutenant, ein halbes Dutzend Jahre älter als ich und, soviel es ihm seine Mittel gestatteten, mein guter Genius.

Meistentheils bestieg ich Abends mit meinen Genossen den Olymp und schaute aus der erhabenen Höhe auf die Wunder Shakespeares hinab. Doch gab es auch Tage, an denen mich mein Vetter erwartete und in seinem Cabriolet mit sich in das Schauspielhaus oder die Oper führte. Dann erstiegen wir nur Eine Treppe, gaben unsere Mäntel einem Manne mit weißer Kravatte und himmlischer Freundlichkeit und lehnten uns gegen rothen Sammt mit Goldleisten. Mir war eines so lieb wie das andere. Ueberall fühlte ich mich behaglich, und wenn ich Morgens bei einem Freunde auf dem Sopha erwachte, statt in meinem Bette, hätte ich nicht mit dem Schah von Persien getauscht (der nun einmal der Mann ist, mit dem man in solchen Fällen nicht zu tauschen einwilligt), der nicht, wie ich, mit einer Reihe Seinesgleichen Arm in Arm die Linden herabgehen konnte und die Morgensonne nicht in den Bäumen funkeln sah wie wir, die wir eine fröhliche Melodie auf den Lippen oder im Herzen trugen.

Eines Abends war ich so mit meinem Vetter im Schauspiel. Romeo und Julie ward gegeben. Ich hatte das Stück mit einer Schwärmerei gelesen, deren man nur in meinem Alter fähig ist. Was ich jedoch erlebte, übertraf alle Erwartung und Phantasie. Ich war hingerissen, bezaubert. Ich bemerkte nicht, daß Romeo von einem gewöhnlichen Menschen gespielt wurde, nicht, daß man Scenen ausgelassen und stümperhaft verändert hatte, hörte nicht, daß oft so deklamirt wurde, als gäbe es weder Prosa noch Verse mehr auf den Brettern, sondern nur ein bald murmelnd, bald brüllend, bald rasend schnelles, bald unerträglich langsam weinerliches Geräusch von Worten; ich fühlte nur den Geist, der troß aller Anstrengung, ihn zu vertreiben, dennoch über seiner Schöpfung schwebte; in einer neuen Welt war ich, jedes Wort drang in mein Herz, und mein Verstand wagte nicht, die Augen aufzuschlagen.

Waren nun auch die andern mittelmäßig, so wog

diesen Mangel die Darstellung Juliens völlig auf. Es war kein sterblicher Mensch, der so spielte, es war der Geist der Zärtlichkeit, den ich sah und hörte. Ihre Worte klangen so rein, so wahr, so treu, als wäre es unmöglich, daß ein anderer sie gedichtet hätte, als würden sie vor meinen Sinnen hier zuerst empfunden und gesagt. Jede Bewegung war lieblich, ihr Blick, ihre Arme, ihr Gehen, Stehen, alles aus Einem Geiste.

Ich war nicht allein so befangen. Die gesammte Menschenmenge um mich schien ein gezähmtes, lauschendes Ungeheuer, vom Accent jeder Silbe durchschauert. So begierig war es auf die süßen Laute, daß der Beifall nur als leises Murmeln durch den Saal flog, dann und wann; zuletzt aber erfolgte ein Applaus, wie ich niemals einen ähnlichen erlebte.

„Wenn du sie kennen lernen willst,“ bemerkte mein Vetter beim Nachhausefahren, „so ist das eine Kleinigkeit.“ — Ich lehnte sein Anerbieten ab. Es wiederstrebte mir, ein Wesen, wie diese Julie, in Verhältnissen wieder zu finden, die irdisch waren und sie zu mir herab zogen. Sie schien mir eine Heilige, mein Traum war mir zu theuer. Ich sah Shakespeares Gestalt lebendig, was lag mir am übrigen? — Das währte einige Zeit; meine Schwärmerei fing allmählich an sich mit der Neugier zu vertragen, diese gewann gleichen Antheil, Oberhand, und trieb mich schließlich zu meinem Vetter, welchen ich an sein Versprechen erinnerte.

Es war Spätherbst. Der Tag wollte sich eben in den Abend hinüber schleichen. Wir beschlossen auf der Stelle hinzugehen. Ich gerieth in dasjenige Erwartungsfieber, dem einige mehr, andere weniger unterworfen sind. Das Haus, in welchem sie wohnte, war ein ansehnliches. Wir standen an der Klingel und nannten unsere Namen. Wir wurden beide angenommen. Er ließ mich zuerst eintreten, statt jedoch bei mir zu bleiben, hörte ich seine Stimme hinter mir: „Fräulein Julie, mein Vetter Georg, Student, achtzehn Jahre, enthusiastisch entzückt von Ihnen; ich empfehle mich, denn ich muß in die Kaserne." Die Thüre schlug hinter mir zu, und ich stand allein im Zimmer. Am liebsten wäre ich wie Faust aus Auerbachs Keller hinter meinem Vetter her meinetwegen zur Hölle gefahren. Es war, als wäre mein Körper eine große Kehle und die Welt eine große Faust, welche sie zuschnürte. Unter meinen Füßen fühlte ich einen weichen Teppich, vor mir sah ich eine Verwirrung prächtigen Geräthes im halben Dunkel des Abends zusammenfließen, seidene Vorhänge vermehrten die Dämmerung. Uebrigens herrschte Stille um mich her. Ich fing an die Hoffnung zu nähren, daß ich noch allein sei und vielleicht unbemerkt umkehren könnte, als plötzlich aus einer dunkeln Ecke ein glockenhelles Gelächter erklang, unter dessen Tönen mein Muth nicht größer wurde.

„Fürchten Sie sich?" rief nun die Stimme, welche ich sogleich erkannte. Es lag so viel ermunternde Freundlichkeit in ihr, daß ich zu mir kam und einen Schritt wagen wollte, als sie aus der Tiefe eines Divans selbst auf mich zukam, zu mir trat und sich neben mich an die Wand stellte. Im Gehen sank ihr Shawl herab, und als sie dicht bei mir unter meinen Augen war, konnte ich mit Einem Blick den Reiz und die Grazie auffassen, die sie umgaben.

Sie sah mich von der Seite an und lachte. „Da Sie nicht zu mir kommen, muß ich wohl zu Ihnen kommen," sagte sie. Wir blickten in den hohen Spiegel vor uns. Da standen wir beide lächerlich genug neben einander, mit dem Rücken gegen die Thür. Es durchflog mich mein altes Vertrauen und meine Natürlichkeit kam zurück; wir lachten beide zusammen und gingen als die besten Freunde auf einige Sessel zu, welche einladend genug dastanden.

Unsere Unterhaltung war sehr einfach. Sie hüllte sich in ihren Shawl und stützte das Kinn in die Hand, dann lockte sie eine kleine weiße Angorakatze mit langen weißen Seidenhaaren herbei; wir spielten mit dem Thier, das die beste Erziehung genossen zu haben schien. Unser Gespräch handelte weder vom

Theater noch von Shakespeare, wir sprachen nur
über das Wetter, über den Herbst, über das Land,
die Stadt, Feld und Wald; aber wie ein frischer
Quell auch die werthlosesten Kiesel, über die sein
Wasser fließt, glänzend und farbig schimmern läßt,
so war alles bedeutend, was sie sagte und mich sagen
ließ. Denn in merkwürdigem Maße besaß sie das
Geheimniß, andere förmlich zu zwingen, daß sie
fein und geistreich wurden, wie sie selbst war. Sie
legte ihnen unbemerkt in den Mund, was sie zu
sagen hatten und was ihnen wohl stand. Jeder
ward zu ihrer Creatur, gelenk und behaglich, und
erschien sich selbst im vortheilhaftesten Lichte.

Ich merkte gar nicht, daß die Zeit verging. Ein
Mädchen setzte die Lampe auf den Tisch und warf
einen bedeutsamen Blick auf die prächtige Uhr, welche
dastand. „Ich muß Sie fortschicken,“ sagte sie; „wenn
Sie Lust haben wiederzukommen, so kommen Sie.
Diese Zeit ist mir die liebste.“ — Sie reichte mir
die Hand und warf mir mit der andern unversehens
die kleine Katze in den Hut, den ich in der Hand
hielt. Ich rief: „Die nehm ich mit, als Andenken!“
und eilte zur Thüre, sie lief mir nach, um mich zu
halten; ich war aber schon auf der Treppe und brachte
meine Beute unter dem Mantel glücklich nach Hause.

Als ich ankam, fand ich Licht auf meinem Zim=
mer und einige gute Freunde um den Tisch, welche

sich bei mir installirt hatten und in der besten Laune waren. Sie bemerkten im Nu das arme Kätzchen, das mir vom Arm sprang und sich verstecken wollte. Alle hinterher. Das kleine Stück Thierreich machte rasende Sprünge, ward aber zuletzt gefangen und auf den Tisch gesetzt. Ich wollte es nicht leiden, allein man that ihm nichts Böses an. Auch beruhigte es sich allmählich mit den andern und lag bald ruhig in einer Ecke des Sophas. Später jedoch fing die Neckerei wieder an; es setzte sich zur Wehre und machte einen Buckel, was ihm bei seinen langen Haaren außerordentlich lächerlich stand. Nun suchten wir es auf alle Art zu dieser Stellung zu reizen und setzten es mitten auf den Tisch. Wir standen in Hemdärmeln umher und der älteste von uns zählte höchstens neunzehn Jahre.

Da klopft es an die Thür und ein Bedienter tritt ein. Der Mensch ging ruhig auf den Tisch zu und griff nach dem Kätzchen. Holla! schrie die ganze Versammlung und nahm eine so drohende Miene an, daß er wieder nach dem Ausgang retirirte. Sein Benehmen kam uns höchst unpassend vor. Es war unter meinen Freunden ein Landjunker vom reinsten Wasser, der jüngste von uns allen, dessen reicher Vater das ganze Haus voll Bedienten hatte. Dieser trat mit seinem leichten Stöckchen in der Hand vor den Bedienten hin und fragte barsch: „Von wem kommen

Sie?“ — „Ich wünsche die Katze zu holen.“ —
„Bei wem dienen Sie? Antwort!“ Dabei schlug er
auf den Tisch, daß dem Stock die Spitze abflog. Der
Mensch sagte nun: „Der Graf von — hat mich geschickt und verlangt die Katze.“ — Ich wollte reden.
— „Sagen Sie dem Grafen,“ rief jener, „er möge
selbst kommen, wenn er seine Katze haben wolle.“ —
Ich war kälter als er, aber auch geärgert. Wer
war der Graf? Was ging ihn die Katze an? —
„Machen Sie dem Herrn Grafen meine Empfehlung,
und ich hätte seine Katze nicht.“

Der Mensch ging. Wir sahen zum Fenster hinaus. Unten hielt eine Equipage, an welche er heran
trat. Bald darauf öffnete sich der Schlag, und ein
junger Mann stieg aus, den wir nach kurzem bei
uns eintreten sahen. Er war ein schöner Mann,
jung, aber älter als wir, und vornehm von Kopf
bis zu Füßen. Er blieb in der Thür stehen, faßte
an seinen Hut und sagte: „Ich habe die Ehre bei
Herrn v. D. zu sein?“ Ich trat vor und antwortete. — „Sie haben bei einer jungen Dame das
Thier dort mitgenommen,“ fuhr er fort und lockte
das Kätzchen, welches heranschlich. „Würden Sie
meiner Bitte, es mir zu überliefern, unüberwindliche
Schwierigkeiten in den Weg stellen?“ Er accentuirte
seine Worte mit spöttischer Höflichkeit. — „Gewiß,
gewiß nicht,“ sagte ich. — „Ich thue es also hier-

mit." Er bückte sich, nahm das Thier auf, erhob
den Hut einen Zoll hoch über den Kopf, während
er uns nach einander ansah, und wandte uns den
Rücken zu. Wir waren alle still, denn jeder fühlte
sich auf dem Felde geschlagen, wo er am empfind-
lichsten war. Die dummste Unwissenheit einem Pro-
fessor gegenüber hätte uns nicht so kleinlaut vor uns
selber gemacht.

Ich war verlegen, wie ich mich wieder bei meiner Dame zeigen sollte; allein als ich nach einigen
Tagen das Wagstück unternahm, schien sie die An-
gelegenheit im besten Lichte zu sehen und ließ sich
den Hergang noch einmal vortragen. Sie war allerliebst, aber durchaus nicht niedlich, nichts Soubretten-
haftes klebte ihr an; keinen Augenblick verläugnete
sie die Julie. Zugleich aber lag in ihrem Wesen
eine Ungezwungenheit, die mich unglaublich anzog.
Sie war älter als ich, wenn auch nicht viel. Sie
liebte Schmuck und Pracht; ihr Salon war im ein-
fachsten Geschmack, aber kostbar eingerichtet. Sie
trug gern brillante Steine an ihren schlanken, schmalen Armen. Sie hatte blondes, plastisches Haar. Nie
war es in Ordnung. Bald fiel es ihr hier, bald dort
über die Wange hinab, oder wenn sie plötzlich auf-
springend etwas holte oder der Katze nacheilte, fiel ihr
der Kamm herunter, und das nicht geflochtene, nur
leicht gewundene Haar rollte ihr über den Nacken.

Mit dem vorrückenden Winter trat das Dunkel immer früher ein, und da ich stets um dieselbe Stunde kam, geschah es, daß ich sie fast nur in der Dämmerung, bei Lichte oder im Theater sah, und sie so für mich all den Reiz des Geheimnißvollen behielt, welchen ich zuerst ihr nähertretend für mich zu zerstören fürchtete. Sie bewies mir das größte Zutrauen. Wie oft legte sie ihre Hand auf meinen Arm oder ihren Arm in den meinen, wenn ich Abschied nahm und sie mich an die Thür begleitete. Nie jedoch war diese Vertraulichkeit getrennt von der innern Zurückhaltung, welche ihr in aller Zwanglosigkeit so großen Reiz verlieh. Mir kam es niemals in den Sinn, als könnte man sich in sie verlieben.

Fremde sah ich zu dieser Stunde nie bei ihr, obgleich ich wußte, daß sie sonst nicht abgeschlossen lebte. Ich bekümmerte mich nicht darum, es machte mich nicht neugierig. Auch erwähnte sie des Grafen niemals, von dem man erzählte, daß er ihr begünstigter Verehrer sei. Ich war ganz ausgefüllt von ihrer Gegenwart. Oft fragte sie mich nach meinem Urtheil über ihr Spiel, und wir sprachen lange über ihre Rollen. Sie drang tief in die Dichtungen ein, doch gab sie wenig auf das Individuelle und hob das Allgemeine hervor, dem sie aber die eigenthümlichste Betonung verlieh. Sie deklamirte oft vor mir. Wir saßen zusammen vor dem Kamin, da sprang sie manchmal auf und fiel mitten in die Scenen hinein. Ich, ohne mich zu rühren, hörte sie, sah sie in der Dämmerung und glaubte in einem fernen Lande zu sein, wo Palmen wuchsen.

Es stand da auch ein Flügel. Ich erinnere mich nicht, daß sie ein Stück von den Noten oder eines auch nur von Anfang bis zu Ende gespielt hätte. Sie unterbrach sich gewöhnlich mitten im Spiel. Sie glaubte keine Künstlerin auf dem Instrument zu sein, aber sie begleitete ihr Gespräch gern mit Musik. Es klang da alles durcheinander, eine Art Improvisation unendlicher Reminiscenzen. Sie konnte Momente haben, wo ihre Musik rasend wurde; trat ich hervor, so sah sie mich lächelnd an, ließ die Hände immer langsamer und leiser die Tasten rühren, bis sie sich mit einem Male wieder in alle Donner stürzten. Es war eine unbestimmbare Laune, der sie sich in allem hingab. Wer kann wissen, ob der Schmetterling nach rechts oder links hinflattern wird? Er weiß es selbst nicht, er vertraut sich der sonnigen Luft, und wir fühlen die feinen Strömungen der Atmosphäre nicht, welche ihn locken oder forttreiben.

So verlebten wir den Winter. Ihr Umgang übte auf mich den vortheilhaftesten Einfluß aus. Ich empfing von ihr, was mir sonst vielleicht lange Jahre nicht gegeben hätten. Zu Weihnachten schenkte sie mir eine Börse von blauer Seide, welche sie

selbst gehäkelt hatte. Sie war wie meine Schwester,
so ruhig, so liebevoll; Gott weiß, was uns so un=
schuldig aneinander kettete. Hie und da ließ sie
sich von mir guten Rath geben, doch besprach sie
sich sonst niemals über ihre Angelegenheiten mit mir.
An der Börse waren die Ringe von Gold und in
jedem ein kleines Carneol; der eine trug den An=
fangsbuchstaben ihres Namens, der andere den des
meinigen. Ich hatte lange nach einem Geschenke
meinerseits gesucht; sie schien alles zu besitzen. Es
war in der That erstaunlich, was sich bei ihr zu=
sammengefunden hatte an Broncen, Porzellan, Gold
und Silber in den reizendsten Gestalten, und den=
noch schien kein Sächelchen zu viel und überflüssig,
sondern alles an seinem Platze, wo es stand. End=
lich schenkte ich ihr ein kleines Sammtbändchen mit
einem Diamantknopfe als Halsband für die Katze.
Es stand dem Thiere allerliebst, allein am andern
Tage erschien es ohne dasselbe. Es hätte es nicht
an sich leiden wollen, sagte sie.

Im Theater war ich, so oft sie spielte. Ihre
Kunst ward immer größer und die Begeisterung
des Publikums stieg von Tag zu Tag. Eines Abends
trat sie als Desdemona auf. Ich war unwohl ge=
wesen und hatte sie fast acht Tage lang nicht ge=
sehen. Niemals strömte solches Feuer aus ihren
Worten. Ihre Leiden, ihre Demuth, ihr trauriges

Geschick lockten Thränen aus aller Augen. In der Scene, wo sie sich entkleidet, sang sie das Lied nach Rossinis Melodie „al pode d'una salice," der schönsten, welche er geschrieben hat. Sie sang es mit voller, durchdringender Stimme. Nie vergesse ich, wie ich ganz erstarrt im Hören und Sehen, wie mechanisch meine Blicke an ihre schneeweißen Arme klammerten, in denen ihre Harfe ruhte, und wie sie den Nacken so schmerzlich gebeugt hielt. Wie mußte der erst zu Muthe gewesen sein, die das in Wahrheit einst erlebte, wenn sie, die es nur spielte, solche Verzweiflung in ihre Töne legte! Eine Ahnung allen Unheils klang heraus, das jemals eines Menschen Herz erschüttert: man sah es herannahen unausweichbar, wie die Fluthen des Meers unbarmherzig wachsen und versinken lassen.

Ich war außer mir. Ich mußte sie noch diesen Abend sehen, und ging zu ihr. Es war im Februar und eiskalt. Als ich in ihre Hausthür trat, kam eine verhüllte Gestalt mir entgegen und rasch an mir vorüber. Es war der Graf, ich erkannte ihn auf der Stelle. Ich dachte: es ist besser so, als wenn du ihn oben getroffen hättest, und ließ mich bei ihr melden. Doch dessen bedurfte es nicht, ihr Mädchen ließ mich ohne weiteres eintreten.

Die Lampe stand auf dem Tisch. Ich sah Julien zuerst nicht, dann aber ihr Gewand; sie lag auf dem Teppich, vor einem Seſſel knieend, in welchem ſie ihr Geſicht verbarg. Ich trat näher. Sie erhob ihr Antlitz und einen Moment nur ſah ich ein himmliſches Lächeln darauf, augenblicklich aber — ſie ſchien mich erſt jetzt zu erkennen — wechſelte es mit einem ſo verzweiflungsvollen Aus= druck, daß mir das Blut in den Adern erſtarrte. Sie ſtieß einen Schrei aus und verbarg ihr Geſicht wieder. Dann ſprang ſie auf. Ihr Anblick war wild, um es mit Einem Wort zu ſagen. Sie ſetzte ſich, ſah mich an und ordnete mit zitternden Fingern ihr Haar zu beiden Seiten. Dann ſah ſie mich wieder an, als wäre ich eben erſt vor ihre Augen getreten, und ſagte: „Guten Abend, Georg. — Ich erwartete Sie nicht," fügte ſie hinzu und verſuchte zu lächeln.

„Ja, das ſcheint," antwortete ich freimüthig, aber einen Anflug tiefen Mitleids abgerechnet, ohne eine Ahnung, was ich fühlen und denken ſollte.

Sie ſah mich wieder mit großen Augen an, dann zog ſie die Füße zu ihrem Sitze auf, umſchlang die Knie und legte die Stirn darauf nieder.

Das Kätzchen kam heran; es kannte mich ſehr wohl und machte ſich durch kleine Neckereien be= merklich. Da ich es aber nicht wie gewöhnlich ſtreichelte und ich mich nicht mit ihm einließ, wandte es ſich zu ſeiner Herrin, zu der es aufſprang und der es leise über die Hand fuhr mit dem Pfötchen. Sie blickte auf. „Thu das Thier fort, Georg!" Es war fast ein Schrei. Sie verließ ihre Stellung und lehnte sich an den Ofen, dem sie die flachen Hände andrückte, als fröre sie. Ich berührte sie, sie waren eiskalt. „Soll ich gehen, Julie?" fragte ich. — „Nein, bleiben Sie," antwortete sie. Ich nahm wieder meinen Sitz ein und versank in ein beobachtendes Stillschweigen. Sie schritt langsam durch's Zimmer und schien mich nicht mehr zu bemerken.

Ich hatte einige Fertigkeit im Clavierspiel und setzte mich an's Piano. Es lagen da die Noten des Liedes der Desdemona. Ich las sie zuerst durch und spielte sie darauf, ohne an etwas anderes als das Lied zu denken. Es war nur die Begleitung, meine Erinnerung ersetzte den Gesang. Als ich zum zweitenmal begann, hörte ich aus einer Seite des Zimmers Juliens Stimme einsetzen. Ich fuhr fort, ich schien ihr die Töne von den Lippen zu nehmen. Aber es war kein Gesang, es war der Schmerz, die Schönheit einer Seele, die in tausend Stücke zerspringt, als löste sie sich auf und verginge in den Tönen. Wie meine Finger spielten, weiß ich nicht. Ich sah auf, es zwang mich etwas; sie stand am Ende des Flügels mir voll zugewendet und sang; ihre großen dunkeln Augen, ihre feinen, lieblichen Lippen seh ich noch und die Gestalt, die wie der zarteste Marmor sich vom Dunkel um sie her ablöste.

„Spiele weiter!" rief sie, als wir am Schlusse waren. Ich gehorchte und begann von neuem; ich sah nur auf sie. Alles kam auf mich ein und erdrückte mich, ich konnte kaum vorwärts, und als ich diesmal zu Ende war, weinte ich wie ein Kind. Ich sprang auf und fern von ihr trocknete ich meine Augen, denn ich schämte mich. — Ich hörte am Rauschen ihres Kleides, daß sie sich neben mich setzte.

„Wissen Sie, wer eben gegangen war, als Sie kamen?" fragte sie leise. — „Ich begegnete ihm unten," antwortete ich. — „Wissen Sie, was er hier that, Georg?"

Ich sah sie fragend an. — „Er —" Sie stockte. Ich gab kein Zeichen. „Er sagte mir," nahm sie das Wort auf, „daß er nicht mehr kommen würde."
— „Warum?" fragte ich leise, wie sie gesprochen.
— „Warum? Was liegt daran, wenn er nicht mehr kommt? Der leichteste Grund ist da so gut wie der gewichtigste."

„Wissen Sie seine Gründe?" fragte ich weiter.
— „Ja, ich weiß sie, und würde sie billigen, wenn ich sie so ruhig bedenken könnte — wie er." Ich hörte sie kaum.

„Sagen Sie mir," rief ich aus und sah sie an, „ist es —" Ich stockte, aber die Frage mußte heraus: „Ist es eine Infamie, wenn er Sie verläßt?"

Sie war blaß gewesen bis dahin und glühte plötzlich auf wie eine Rose; es giebt kein anderes Bild, zu zeichnen, wie ihre Wangen sich rötheten.

„Sie wissen doch, daß ich eine Schauspielerin bin —" sie sah in den Schooß — „können Sie es da nennen — wie Sie es nennen?" — Ich ward irre. „Ist es denn der zweite, dritte, der Sie verläßt?" rief ich.

„Georg," antwortete sie sanft, „was ich sagte, sollte nur mildern, was er gethan hat, und nicht mich anklagen vor Ihnen, der Sie schon böse genug von mir denken werden."

„Böse denken von Ihnen?" rief ich im Feuer. „Weil er Sie betrog und verläßt, und Sie ihn vertheidigen? Julie!" Ich ergriff ihre Hand und wollte ihr sagen, daß ich ihre Ehre retten wollte, wenn es in meiner Macht stände.

Ein leises Geräusch kommender Schritte hörte ich hinter mir und sah den Grafen dastehen, der uns betrachtete und lächelte, aber gutmüthig. Julie hatte die Augen zu Boden geheftet. Jetzt blickte sie auf, stieß einen leisen Schrei aus — nie hörte ich einen lieblicheren Ton — und wieder überflog sie das, was so reizend und so glücklich war. Sie erhob sich und machte eine Bewegung, als wollte sie zu ihm hin, aber mitten drin hielt sie sich zurück und stand da wie Psyche, welche zu stürzen glaubt und inne wird, daß sie auf sanften Flügeln getragen fortschwebt.

Ich sah bald ihn an, bald sie. „Störe ich?" fragte er, ganz einfach und ohne den Ton vornehmer Ueberlegenheit, mit dem er mich zuerst angeredet hatte. Dennoch war ich scharfsichtig genug, um zu wissen, daß er nicht kam, um wieder gut zu machen, was geschehen war, ehe ich eintrat. Ich weiß nicht, hatte ich als Mann ein Gefühl von der Treulosig= keit unseres Geschlechts, das sich nie zu einem ver= lassenen Herzen zurückwendet? — genug, ich wußte, wie Julie mit ihm daran war, und ihre Täuschung seiner Ruhe gegenüber erbitterte mich.

„Herr Graf," begann ich, „Sie unterbrachen uns allerdings. Fräulein Julie erzählte mir, ihrem treuesten und jetzt vielleicht ihrem einzigen Freunde — doch der Eine genügt für viele — wie Sie von ihr fortgegangen sind und wie Sie sie verlassen haben." — Ich betonte das wie. — „Es freut mich, daß Sie zurückgekommen." Ich war damals so kräftig als ich heute bin und stand meinen Mann auf dem Fechtboden.

„Wenn Fräulein Julie ihren Vertrauten und Vertreter bereits gewählt hat, so ist es mir lieb, diesen auf dem kürzesten Wege kennen zu lernen,"

erwiederte er. „Sahen wir uns nicht bereits ein=
mal?" fügte er hinzu — es klang mir wie ironisch
— und wies mit seinem Stöckchen auf die Katze,
welche sich uns dreien genähert hatte und mit klugen
Augen zu uns auffah.

„Ja wohl," rief ich, kennen wir uns. Damals
sahen Sie mich so ziemlich wie ein Kind; es soll
mich freuen, wenn Sie mich bei anderer Gelegen=
heit anders zu nehmen haben." — „Georg!" rief
Julie und erhob den Arm zwischen uns beiden, als
wollte sie uns scheiden. Noch immer schien sie zu
hoffen und zu zweifeln.

Er wandte sich zu ihr. „Hier ist der Ring,
welchen Sie verlangten; ich wollte das Etui draußen
abgeben, allein da ich von dem Besuche hörte, trat
ich ein."

Jetzt wußte sie, woran sie war. Ihre Arme
sanken an ihr herab, ihr Kopf auf ihre Brust, so
stand sie und rührte sich nicht. Der Graf ging;
ich folgte ihm. „Wo treffen wir uns?" fragte ich
ihn. — „Wo Sie wollen", antwortete er nachlässig.
— „Alles reine Freundschaft?" setzte er hinzu. —
Ich zitterte. „Ich werde die Ehre haben, meinen
Vetter Herrn von — zu Ihnen zu schicken." Er
nickte und ging, ich wandte mich zu Julien zurück.
Sie war zusammengesunken und lag da. Ich war
viel zu sehr aufgeregt, um jetzt darin etwas Außer=

ordentliches zu sehen, und rief kaltblütig ihrem Kammermädchen. Auch dieses war nicht außer Fassung; wir hoben Julie auf einen Divan, ich wollte ein beliebiges Flacon über sie gießen, allein das Mädchen hatte schon die Eau-de-Cologneflasche bei der Hand, und ehe ich es dachte, kam sie wieder zu sich.

Nicht lange, so hatte sie sich so weit erholt, daß wir ruhig zusammen den Thee tranken. Sie bat mich, nicht fortzugehen; ich blieb gern. Das Vorgefallene hatte uns so sehr erschöpft, daß wir für alle dabei aufs höchste angespannten Gefühle keinen Sinn mehr hatten, und dasaßen, beinahe als wäre nichts geschehen. Das Kätzchen sprang zwischen den Tassen herum, sie fuhr ihm gedankenlos durch die seidenen Haare und spitzte ihm die Lippen zu. Das konnte ich doch nicht vertragen, nahm es und setzte es unter den Tisch.

Die Sterne funkelten eiskalt vom Himmel, als ich Nachts ihr Haus verließ. Bei meinem Vetter war noch Licht, ich nahm einen Schneeball und warf gegen sein Fenster. Seine Stimme klang scharf durch den Frost herab, dann öffnete er mir das Haus. Ich theilte ihm alles haarklein mit; es war nicht blos als Juliens Ritter, sondern für meine Person, daß ich mich beleidigt fühlte. Mein Vetter fühlte auch sogleich, daß die Hauptsache nicht

diejenige sei, um welche wir uns der Form nach
schlagen wollten. Er hoffte dennoch, die Sache auszu=
gleichen; bei einer persönlichen Zusammenkunft jedoch
endeten wir, statt uns zu versöhnen, mit der genauesten
Verabredung von Ort und Zeit, und eines Morgens
sah ich mich meinem Gegner gegenüber und fühlte
den Griff der Pistole in meiner Rechten.

Wir waren in ein Gehölz nahe bei der Stadt
gefahren und standen auf dem freien Platze, wo
der Schnee ein wenig zur Seite geräumt war.
Eben wollten wir unsere Position einnehmen, als
Schritte näher kamen und Julie auftrat. Sie ging
auf mich zu und forderte die Waffe von mir. Sie
redete mit einer eindringlichen Beredsamkeit, von
mir, meiner Zukunft, meinen Eltern, von Gott, von
ihren ewigen Gewissensbissen, daß ich mich endlich
ihren Worten zu unterwerfen begann. Sie wandte
sich an alle Anwesenden; es war rührend zu sehen,
wie die Angst aus ihr sprach. Den Grafen über=
sah sie, als wäre er leere Luft. Er warf hie und
da ein Wort in die Discussion ein, aber sie schien
es nicht zu vernehmen. Ich erklärte zuletzt, daß
ich meinerseits nicht auf dem Duell bestände und
dem Grafen anheimstelle, ob wir uns schießen sollten.
Statt aller Antwort schoß er die Pistole in die
Luft, grüßte uns kalt und ging mit seinem Secun=
danten davon, während sich unsere Aufmerksamkeit

einer armen Krähe zuwandte, welche vom Schuſſe
getroffen herabgefallen war und flügelſchlagend den
Schnee mit ihrem Blute färbte. —

Nach einiger Zeit waren dieſe Vorfälle, zwiſchen
mir und Julie vergeſſen; wie jedes für ſich darüber
dachte, wußte jedes nur allein. Sie beſaß eine
ungemeine Herrſchaft über ſich ſelbſt, ward bald
wieder heiter, heiterer als zuvor, und mit dem
eintretenden Frühling war ſie glücklich wie die
aufblühende Welt um uns. Mir kam die erlebte
Kataſtrophe hinterher wie ein Glück vor, denn ſie
hätte verzögert und aufgeſchoben nur zu noch Trau=
rigerem führen müſſen. Ich ſah Julien ſeltener,
allein unſer Verhältniß war ſeit jener Zeit ſo
innig und natürlich, daß ich nun alle ihre An=
gelegenheiten wußte und eine brüderliche Autorität
für ſie war.

Zu Ende des Sommers machte ſie mir einen
eigenthümlichen Vorſchlag. Meine Ferien fingen
an, ich konnte über meine Zeit frei verfügen; ſie
wollte ein Bad beſuchen, und ich ſollte ſie begleiten.
Dieſes Projekt war weniger abenteuerlich, als es
den Anſchein haben mag. War ſchon früher von
Liebe zwiſchen uns nie die Rede geweſen, ſo ſchien
nach ihrem Bruche mit dem Grafen jeder Gedanke
daran verſchwunden. Niemals war mir dergleichen
in den Sinn gekommen. Ich war noch zu jung,

mich erfüllte noch zu vieles, oder — ich weiß die Gründe nicht; kurz, es machte mich stolz, ihr nütz= lich und nothwendig zu sein, und weiter gingen meine Wünsche nicht.

Ihre Idee war, daß sie als meine Schwester auftreten wollte. Sie vermied so, ihren eigenen, wohlbekannten Namen zu führen, und lebte un= genirter mit mir zusammen. Der Zufall, hofften wir, würde uns unvorhergesehene Verlegenheiten ersparen.

Wie bedenklich mich heute ein solcher Vorschlag gemacht hätte, um so eifriger ging ich damals darauf ein. Das Zusammensein mit ihr, das geheimniß= voll Romantische, der Reiz, selbstständig zu handeln und als ihr Beschützer aufzutreten, vereinten sich, mir diese Expedition in verführerischem Lichte zu zeigen. Wir verabredeten den Ort, wo wir zusam= mentreffen wollten; ich sah sie abfahren, und nach einer Woche saßen wir neben einander im Coupé, sie als meine Schwester, und waren guter Dinge bis zum Uebermuth.

So erreichten wir das Bad, welches mit vielen andern in dem reizenden Winkel Deutschlands zwi= schen Rhein und Main gelegen ist. Unser Häus= chen, ganz im Laube versteckt, hatte vier Zimmer, eines für mich, eines für sie, eines für ihr Mädchen, und ein gemeinschaftliches. Schon der erste Abend war himmlisch. Wir kamen in der Dunkelheit an, und während das Mädchen auspackte und den Thee besorgte, liefen wir durch den Ort, nur um einen Vorschmack zu gewinnen. Ich war so stolz sie am Arm zu haben. Ich weiß noch, wie ich die Sterne durch die Bäume und zwischen den wunderlichen Dächern durchblitzen sah, während wir durch die Straßen gingen, die wir nie gesehen hatten. Die Welt war ein lebendiges Schattenspiel geworden. Das Wasser floß so dunkel geheimnißvoll unter den Brücken her und große heller schimmernde Felsblöcke lagen darin, zwischen denen es murmelnd fortarbeitete. Endlich erstiegen wir eine Anhöhe und sahen den Mond, wie er durch trübe, verfließende Wolkenstreifen aufschwebend seine matten Schleier mit sich zog. Unten lag der schweigende Ort, Lichter waren hier und da in Fenstern, der Horizont aber und das Land bildeten einen ungewiß schwärzlichen Kreis um uns, auf den die unzähligen Sterne alle hinabschauten. Ich war damals neunzehn Jahre alt.

Nun ging es wieder hinab. Wir waren so allein und ganz frei, der Weg war vom Regen ausgewaschen, der tiefe Risse in den Lehmboden gewühlt hatte. Ich stützte Julie, ich fühlte, wie sie sich an mich lehnte, und dann lachten wir in einem Tone, wenn sie ausglitt und ich sie aufhielt. Sie

lief einem Glühwürmchen nach, es war verschwun=
den und sie im Begriff in einen Graben zu ge=
rathen. Wir waren wie die losgelassenen Kinder
beide. Nun kamen wir bei uns an. Der Tisch
leuchtete schneeweiß, die Glasthüren standen offen.
Sie legte mir vor; es war hier ganz anders wie
sonst. Ich sah mich um: nichts Bekanntes, keine
Schranke, keine Neugier, nur Freiheit und ein frem=
des Land; welch ein Reiz, in der Fremde und doch
nicht einsam.

Am andern Morgen fand ich sie auf dem Bal=
con sitzend. Sie kam schon aus dem Bade. Ich
hatte sie wirklich noch nie am Morgen früh gesehen.
Sie saß da in ihrem einfachen Morgenkleide mit
untergeschlagenen Armen, die Füße mit grünen gold=
gestickten Pantoffeln in eine Oeffnung der Balcon=
balustrade gestemmt, und wiegte sich vor und rück=
wärts auf ihrem Stuhle, während ihr Kätzchen mit
der Pfote nach einigen goldenen Weinranken griff,
welche tief genug herabhingen, daß ihr Schatten
einen leichten lichtdurchbrochenen Schimmer von
Dämmerung auf Juliens Gesicht warf. Ich trat
zu ihr. Man hätte sie für ein Kind halten können.
Ich sehe ihr Lächeln, ihre Augen, ihre Wangen,
ihren Hals, den ein gesticktes Krägelchen eng um=
schloß, mit einem diamantenen Knopf in schwarzer
Emaille vorn zusammen gesteckt. Wir hatten den

ganzen Tag für uns, und das so fort einen oder zwei Monate! Es war ein Reichthum, der nicht auszusprechen schien, eine Ewigkeit. Wir gingen zusammen aus, um ein Clavier zu miethen; sie sang dem alten Tischler, welcher sich mit diesem Geschäfte abgab, so unschuldig schmelzend ins Gesicht, daß der Mann in wahrer Verzückung dastand und uns am Ende Alles umsonst gegeben hätte. Dann gingen wir in den Wald; als wir zurückkamen, war es noch lange nicht Essenszeit. Ich holte meine Bücher hervor, wir ordneten einen Tisch zum Lesen und Zeichnen an; ich zeichnete ein wenig, sie keinen Strich, aber sie wußte bei den meinigen von jedem, ob er richtig oder falsch sei.

Nach einiger Zeit aber flog uns die Lust zu arbeiten allmählich davon in's Blaue. Unsere Gedanken wurden schläfrig und langsamer, wir nahmen keine Bücher mehr mit hinaus, wir schwiegen, wir gingen zusammen an einen sonnigen Abhang und setzten uns auf das moosige Gras. Sie konnte stundenlang so dasitzen und vor sich hinsehen, während ich lang ausgestreckt wie ein Hund zu ihren Füßen lag. Da sah ich zu ihr auf, nach einem Haarsträhnchen, das im Winde bebte, wie die leiseste Luft mit den Franfen ihres Sonnenschirmes spielte, wie die Blätter der Aeste über mir in unmerklicher Bewegung zitterten, sich wandten und drehten und der Himmel so unendlich sich darüber ausspannte. Ich sah nur, ich dachte an nichts, ich lag da, wie ein Schaf in der Sonne, wie ein Apfel reifend am Zweige hängt, wie der Wald selbst um mich herum, der lebendig grün, ein sanfter Mantel, sich über die Hügel legte, aufsteigend mit ihren Höhen, sich senkend mit ihren Thälern und sanft schimmernd wie Sammet im warmen Athem der Sonne.

So vergingen die Tage, ohne daß wir sie zählten. Wir waren wie ein Schiff im Meere, immer zwischen denselben Wellen scheinbar, und erst am letzten Tage, wo das Ufer sichtbar wird, gewahrt man, wie rasch man vorwärts eilte. Ich erwachte plötzlich. Ich fing an, die Zeit zu berechnen. Ich weiß noch, wie mir wieder der erste Gedanke daran kam. Eines Nachmittags gingen wir quer durch die Wälder; ein Bauer führte uns; es war ein enger, wenig betretener Weg, auf dem das hohe Haidekraut aufgeschossen war, und uns die ver=schränkten Büsche in's Gesicht schlugen, wenn wir sie zu unsanft seitwärts bogen. Sie ging vor mir. Ihr Strohhut hing ihr lose im Nacken, in der Hand hatte sie Laub und Feldblumen, mit der andern wehrte sie die Zweige zurück. Wir erreichten einen freien Platz, wo wir das blaue Gebirge und die Ebene vor uns hatten. Wie viele Dörfer, an deren Kirchthürme die Sonne ihre Strahlen vertheilte, wie blinkend der Fluß fern am Horizont, von dem er, sich schlängelnd, herabkam, und wo ganz zart eine Linie entfernter Höhen sich hinzog, und über ihr noch blässer, leise, wie ein Hauch nur, eine fernere, höhere Kette von Bergen, bis zu denen hin manche lange Meile war.

Die Stelle des Waldes, die wir betreten, war ein erst kürzlich abgeholzter Schlag. Junges Gebüsch sprang neben abgehauenen Stumpen auf; einzelne kräftige Bäume waren stehen geblieben und bildeten um sich her Schatteninseln, auf denen es sich angenehm ruhen ließ. Wir setzten uns nieder, unsere Blicke schweiften so sorglos um uns her. Der Bauer stand etwas entfernt von uns und schnitzte mir einen Stock zurecht, den ich unter dem gerade aufstrebenden jungen Holze ausgewählt hatte.

Julie und ich dutzten einander, seitdem wir als Geschwister auftraten, und die Gewohnheit war zu süß, um sie nur vor den Leuten beizubehalten. Ich wandte mich gegen den Wald hinter uns und rief: Holla! Holla! Das Echo gab es zurück. „Sing' einmal," bat ich sie, „wie es klingt." — Sie sang einige Noten, aber der Wiederhall verwirrte sich, als sie sich rascher folgten. Das Singen mußte sie gereizt haben, sie wandte sich wieder dem hellen weiten Lande zu, und auf einer der flachen Wurzeln wie eine Statue auf ihrem Piedestale stehend, breitete sie die Arme weit aus und begann den Monolog Iphigeniens:

"Hinaus in eure Schatten, rege Wipfel
Des alten, heil'gen, dicht belaubten Haines —"

Kein Meer lag vor uns, kein Felsgestade unter unsern Sohlen, aber sie, so einsam, so verlassen, ihre Stimme so gewaltig — ich hörte die Worte, ohne eigentlich auf den Sinn zu achten —, aber die Musik der Sprache, der Rhythmus allein machte mich unsäglich betrübt. Ich gedachte der Zeit hinter uns; es war nur ein Blitz, aber er genügte, um sein plötzliches, erschreckendes Licht über die Dinge zu werfen. Wie vernichtend brach die Wirklichkeit über mich ein. Julie verlassen, sie, in die ich mich eingelebt, wie ein Nordländer in die warmen Lüfte Italiens, sie, die ich Morgens, den Tag über, Abends immer um mich hatte, der ich alle meine Gedanken in den Schooß warf! Ein Vorgefühl düsterer Einsamkeit lagerte sich über meine Seele und nahm allem, was ich sah, den zauberhaften Schein der Freude, den es eben noch besessen hatte.

Hatte sie es bemerkt? Sie kam zu mir, stellte sich vor mich, streichelte mit einem schwanken, sanft bewimpelten Grashalme meine Hand und fragte: "Was fehlt dir?" — Unsere Blicke begegneten sich.

Aber es war kein elektrischer Schlag, wir sahen uns an und jedes dann wieder seines Weges.

„Wann müssen wir reisen?“ sagte ich endlich. — „Das also war es, Georg? O, daran denken wir nicht vor dem letzten Tage. Komm!“

Sie schritt voran, ich folgte ihr, ich ward wieder aufgeweckt und heiter, aber der Gedanke an die Trennung kehrte wieder, und wenn er kam, drückte er mir das Herz. Jeder Augenblick der Freude, den ich vorher so hinnahm wie ein Kind die Kirschen, erhielt Gewicht für mich. Die Tage zählte ich ängstlich. Wenn der Morgen zum Mittag ward, dachte ich, daß der Tag halb vorüber, und wenn wir uns Abends trennten, vergaß ich niemals, daß der verbrachte Tag ein Kleinod weniger in meiner Schatzkammer sei.

Ich war nur bis zu einer bestimmten Frist Herr meiner Zeit. Wohin sie ging, wußte ich nicht, sie gab ausweichende Antworten, wenn ich fragte. Ich sah wohl, daß sie Briefe schrieb und in Empfang nahm. Immer schöner schien sie zu werden, die frische Luft, das ungestörte Leben, das Bad thaten gewiß das ihre dazu. Ich versuchte sie zu porträtiren. Es gelang mir niemals. Ihre Bewegungen wechselten im Nu, jeder Gedanke beinahe hatte seinen eigenen Ausdruck in ihren Zügen, die ihr willig folgten, wenn sie vom einen zum andern überging.

14

Ihr Geist war kein sorgfältig gepflegter Garten, in welchem alles nach geordneten Reihen gepflanzt ist, sondern ihr Denken war wie ein Gang durch Gebirg und Wald, vom kleinsten Blümchen, das sie betrachtet, zum steilen Felsen abspringend, an dem sie aufblickt, daran eine unbedeutende Ranke, die der Wind wiegt, daran ein Schmetterling, der die Flügel leise bewegt, auf denen ein goldenes Pünktchen, und plötzlich abspringend von dem, schweift der Blick über die weite Ebene mit nebelverlorner Ferne, immer tiefer bis zurück vor die eigenen Füße, wo die zerschlagenen Steine des Weges das Auge treffen; eine Bewegung, und es taucht in die Gewölke über ihm und verfolgt die Kreise eines Vogels, der dahin=schwebt. So kettete sich Moment an Moment, jeder völlig und abgetrennt, keiner wie der andere, und doch Ein Auge, das sie alle erlebte. Es gab keine Ermüdung, sie zu hören und mit ihr zu sein.

Noch drei Tage bis zur Abreise. Ich ging mit verschleierten Blicken umher, ich fühlte mich ver=nichtet. Ich mochte nicht gehen, nichts sehen, nichts thun, ich ließ die Speisen stehen und sah auf meinen Teller nieder. Und doch saßen wir noch allein im kleinen Zimmer, sie mir gegenüber, ich besaß sie noch, noch ungestört, noch mit jedem Blicke, jedem Athemzuge. Ich sah sie dennoch nicht an, sie mich nicht. Ich weiß nicht, was sie dachte. Der Tisch war abgenommen, wir standen auf dem Balcon; ich hätte ihre Hand ergreifen dürfen, ich that es nicht. Ich dachte, jetzt ist es bald wieder Abend, und morgen fliegt die Sonne nicht langsamer. Wir gingen aus, um alle die Plätze zum letzten Mal zu sehen, die wir zuerst betreten hatten, als wohnten wir immer da. Sie ging an meinem Arm, ich wußte es wohl, aber wir sprachen wenig, und es ärgerte mich im Herzen, daß sie leise eine Melodie summte.

Der Tag neigte sich. Wir waren weit gegangen und ruhten am gelinden Abhange des Weges aus, der sich wie die bequemste Bank darbot. Hinter uns schien die tiefe Sonne durch die Weizenähren und mischte ihr Gold mit dem ihrigen. Es war noch warm, aber wir fühlten schon den kühlen Dampf des Abends, der aufstieg. Wir saßen da, es war unmöglich, Gleichgültiges zu reden. Mir ward es zu enge, ich stand auf. Sie blieb sitzen, da setzte ich mich wieder neben sie. Nun stand sie auf, ich blieb auf meinem Platze; sie stand vor mir, und als ich aufblickte, trafen sich unsere Augen. Ich wollte ruhig mit ihr weiter gehen, ich fühlte, daß ich das wollte. Aber that ich's? Ich sprang auf, schloß sie in meine Arme und fühlte ihre Wange an der meinen. Daß ich sie küßte, daß ihre Lippen lebendig waren auf meinen Lippen, ich weiß es nur zu gut; es war ein Feuer, ein Taumel aller Gedanken.

Worte fanden wir nicht; doch wozu die? Sie ging wie immer an meinem Arme zurück. Ich wagte es kaum, ihn leise an mich zu drücken. Zu Hause fanden wir das Mädchen mit Packen beschäftigt. Wir tranken den Thee so still, als wäre das Traurigste geschehen, wir sahen uns kaum an, und als sie mir mit dem Leuchter in der Hand gute Nacht sagte, flüsterte sie leise, und ich hörte kaum meine Antwort.

Ich schlief bald ein; ich erwachte am andern Morgen so glücklich, kleidete mich in Hast an und dachte, mein erster Blick sollte sie finden. Aber ihr Platz war leer; sie war fort. Das Mädchen stand da vor dem Koffer und versuchte das Schloß zuzuschließen. Sie war undurchdringlich; ich fragte, drängte, bot ihr Geld; da endlich nannte sie eine Stadt, welche nicht zu weit entfernt war. Ich reiste auf der Stelle ab. Kein Mensch wußte dort von Julien. Zurückeilend fand ich auch das Mädchen nicht mehr. Die Zimmer standen leer. Mein Kopf war wüst wie das Haus, das mich mit Schauder erfüllte. Die Bäume, die Blumen vor der Thür, von denen sie mir täglich eine ins Knopfloch steckte, alles tropfte mir Gift in's Herz. Mit niedergeschla-

genen Augen verließ ich den Ort, den ich so glück=
lich betreten hatte. —

Georg schwieg. Ihm zu Füßen lag dasselbe
Städtchen, das er seit jenen Tagen zum ersten Mal
wieder sah. Jahre waren vergangen, wenn auch
nicht so viele, um diese Erlebnisse zu einer fernen
Erinnerung zu machen, keinenfalls zu einer, welche
bittere Gefühle in seinem Herzen zurückließ.
Trotzdem lag etwas Ironisches in der Weise,
wie er jetzt die Frage seiner Begleiterin beantwor=
tete, welche zu wissen wünschte, ob er Julien wirk=
lich nie wieder begegnet sei. Es war eine junge
Frau, deren Bekanntschaft er im Bade gemacht
hatte und mit der er manchen Weg gegangen war.
„Nein,“ sagte er. „Was läge auch daran?“ —
„Wie können sie nur so gleichgültig reden!“ erwie=
derte sie. „Man sollte meinen, diese Nachlässigkeit
Ihres Accents sei eine absichtliche. In allem, was
Sie mir erzählt haben, liegt doch nichts, was Sie
berechtigte, mit Geringschätzung an Julie zu denken.
Ueberhaupt —“ Sie beendete den Satz nicht.
„Ueberhaupt?“ fragte Georg, „Was wollten Sie
weiter sagen?“ — „Ueberhaupt, wie kommen Sie
plötzlich jetzt darauf, mir diese lange Geschichte zu
erzählen?“
Er lachte und blieb stehen, denn sie kehrten,

während sie so sprachen, langsam zum Ort zurück. Die Sonne war im Untergehen. — „Sie haben einen scharfen Blick," antwortete er; „ein Mann hätte mir diese Frage so leicht nicht gethan. Sie fühlen gleich heraus, daß troß des Endes doch noch ein Schluß dazu gehört." — „Da Sie es selbst ein= gestehen," erwiederte sie, „ersparen Sie mir die Beschämung, indiscret gefragt zu haben."

„Ich bin ihr heute begegnet," sagte er kurz. — „Begegnet?" nahm sie erstaunt sein letztes Wort auf. — „Im Kurgarten, heute Morgen."

Er hatte während dem eine Mücke beobachtet, welche sich auf dem Rücken seiner Hand ganz dick und roth getrunken hatte. Er schlug nun auf sie herab und bemerkte spöttisch: „Die kleinen Diebe hängt man, die großen läßt man laufen. Ja wohl, im Kurgarten sah ich sie, und in der besten Gesell= schaft — in einer Toilette außerdem! und schön wie ein Teufel. Ich versichere Ihnen, ich fühlte es in meinen Knieen, als ich sie so plöblich nur fünf Schritt von mir erblickte und sie mir in die Augen sah. Wir erkannten uns auf der Stelle. Aber der Blick, der Blick! so kalt, so eisig! Ich glitt darüber hin, wie man Winters über eine Stelle gleitet, an der man im Sommer beinahe ertrunken wäre."

„Sie irrten sich vielleicht," bemerkte sanft seine

Begleiterin. — „Irrthum?“ rief er heftig. „Ist
das ein Irrthum, wenn man fühlt, daß sich das
Herz zusammenzieht, das eben noch sich freudig aus=
dehnte? Liegt nicht zwischen Herz und Herz, wo es
auch sei, ein unsichtbarer Telegraph, der niemals
falsch schreibt? Was riß mich damals zu ihr hin,
als ich nicht wollte? was zeigte mir heute den Ab=
grund zwischen mir und ihr, den ich nicht ahnte?
Um es nur zu sagen, ich erkundigte mich: sie hat
einen vornehmen, reichen Mann geheirathet, von
dessen entzückend liebenswürdiger Frau ich schon oft
hörte, ohne freilich zu wissen, wer es sei. Sie
konnte mich mit einem Blicke verabschieden, wenn
sie das wollte — ich hätte es ihr gerne verziehen
— mir, mit einem Druck der Augenwimpern nur,
zu verstehen geben: „ich darf dich jetzt nicht kennen,
leb wohl;“ ich hätte sie verstanden. Aber das war
es nicht: herzlose Kälte — ich war ihr unbequem.
Sie dachte: fort mit ihm, so oder so! Ich erschreckte
sie durchaus nicht, ich genirte sie nur. O, ich ver=
stehe mich auf Blicke und auf Lügen und auf
Falschheit!“

„Als sie damals von Ihnen ging, dauerte es
da sehr lange, bis Sie sich trösteten?“ fragte die
junge Frau.

„Mißverstehen Sie mich nicht,“ fiel er ihr fast
in's Wort. „Ich war niemals in Julien verliebt.

Es war keine Leidenschaft, die ich nachschleppte: es war für mich die liebste schönste Erinnerung. Ich würde den, der sie besitzt, nicht beneiden, auch wenn ich sie ganz wie früher getroffen hätte. Ich war ein Kind damals. Aber ich hatte ihr das nicht zugetraut. Ich glaubte sie erkannt zu haben, und wenn ich seitdem unter kalten und lauwarmen Menschen war, dachte ich an sie und hielt meine Gesellschaft nur für einen unglücklichen Zufall, glaubte an eine bessere. Aber jetzt! Auch hier Falschheit und Berechnung! Denn ich irrte nicht! mein Herz hat mich noch niemals belogen. — Jetzt ist es nichts mehr als ein Abenteuer," fügte er wieder kühl und ironisch hinzu, nachdem er leidenschaftlich gesprochen hatte, „eine Geschichte wie tausend andere. Warum sollte ich sie verschweigen, Ihnen oder irgend jemand, wenn Sie Lust haben? Man denkt, man würde die Dinge los, wenn man sie ausspricht. Verzeihen Sie, wenn ich Sie so zwangsweise zu meiner Vertrauten machte."

„Sie werden sie vielleicht sehen und Alles sich aufklären," sagte sie nach einiger Zeit.

Er antwortete nichts. Sie setzten den Weg schweigend fort. Er begleitete sie zu ihrer Wohnung und ging allein weiter, ein Wirrwarr von Gefühlen in seinem Herzen streitend.

Trotz dieser Begegnung hatte der Gedanke an

Juliens Anwesenheit einen zauberischen Einfluß auf Georg ausgeübt. Er hatte sich von ihr losgerissen, aber er sah sie doch lebhaft vor sich. Unwillkürlich mußte er sich der alten Zeit erinnern, wo er hier mit ihr lebte. Es lagen noch nicht so lange Jahre dazwischen. Wie oft waren sie Arm in Arm auf dieser Seite von den Bergen herabgestiegen und in angenehmer Müdigkeit durch die Gassen geschlendert! Sie war wieder da; die Luft umwehte ihn anders, die Wasser am Wege rauschten, als hätten sie die alten Stimmen wieder erhalten, die Lieder fielen ihm ein, die sie sang und die sie zusammen sangen, die Leute begegneten ihm, und er dachte daran, wie sie allen so freundlich guten Abend sagte. Es war fast Nacht. Da stand am Zaun des Gartens die unschuldige Bretterbank, auf der sie, nur wenige Schritte von ihrer Hausthür, oft ausruhte. Georg hatte es stets vermieden, an dem Häuschen vorüber zu gehen; heute führte ihn sein Weg dahin, als wohnte er dort. Die Fenster standen offen, ein junges Mädchen spielte Clavier. Oft hatte er so gestanden, ohne daß sie von ihm wußte, und sie heimlich gesehen und bewundert, wie sie hell im hellen Zimmer umherging, oder sich auch zum Spielen niedersetzte. Die Jahre schwanden zwischen jetzt und damals, er kam wie träumend in seiner Wohnung an; nachdem er diese Gedanken längst ver-

geſſen und überwunden, mußte er nun gewahr werden, daß ſie nur geſchlummert hatten in ihm.

Wirklich lag da ein Billet. Er wußte, daß es
von ihr kam. Sie wollte ihn ſehen. Die bekannte
Handſchrift lag ſo wunderlich vor ſeinen Augen.
Es war die Zeit, die ſie beſtimmt hatte; er ging.
Wie ſchwebend ging er durch die Straßen, fand
das Haus, nannte ſeinen Namen, und man öffnete
ihm die großen Thüren eines Saales, in dem er
allein war. —

Ein Athemzug hier und er hätte gewußt, bei
wem er war. Dieſer leiſe Parfüm, dieſe Blumen:
bei ihr dufteten ſie anders als anderswo; dann die
unzähligen kleinen Sächelchen, die Broncen, die auf-
geſtellten Bilder, die ihr ſelbſt hierher gefolgt waren; die Bücher, welche in vornehmen Einbänden
auf dem Tiſche lagen, das aufſtehende Armband:
ohne ein Wort zu wiſſen, ohne eines dieſer Dinge
je geſehen zu haben, würde er errathen haben, wem
er nahe ſei und welche Hand hier gewaltet.

Ein Wagen rollte ſanft heran. Georg trat auf
den Balcon, Julie war es. Er ſah ſie beim Scheine
der Laternen, welche vor der Thüre brannten. Er
hörte ihre Stimme draußen.

In dieſem Augenblick, eben als er noch erwar-
tungsvoll horchte, fiel ihm die Begegnung mit ihr
wieder ein und ihr herzloſer Blick. Wie ein ein-

ziger, eisiger Winterhauch einen ganzen vorwitzigen
Frühling zu Tode bläst, mit so tödtlich verwelken=
dem Gefühl ward er sich plötzlich dessen bewußt,
was sie trennte. Kalt und peinlich ward ihm zu
Muthe. Er wollte sie nicht sehen, er wollte hinaus,
vorüber an ihr und das Gesicht abwenden; es kam
ihm vor wie ein Hohn gegen seine Ehre, daß er
hier stand, statt sie auf ihr Billet erst kühl zu fra=
gen, warum sie ihn so verleugnet hätte.

Sie trat ein, reichte Hut und Mäntelchen dem
Mädchen, das sie beide allein ließ, und kam auf
Georg zu. Sie nannte seinen Namen und streckte
ihre Hand aus. Er sah sie, schön, lächelnd, an=
muthig, aber es sagte ihm etwas: „das ist alles ge=
logen!“ und er verbeugte sich schweigend.

„Georg!“ rief sie und ergriff seine Hand, die
er auf den Tisch stemmte. „Warum bist du gekom=
men,“ fragte sie mit einer süßen Traurigkeit, „wenn
du mich nicht mehr kennen willst?“

„War ich es, der zuerst nicht erkannte?“ dachte
er und machte seine Hand frei, während ihm immer
kälter zu Muthe ward. Ich kam, sagte er endlich
— es war ein Irrthum, daß ich kam — ich weiß
nicht —

Er stockte, er sah sie wieder an und konnte es
nicht begreifen, warum ihr Anblick ihn so erkältete,
und ihr Ton, der so herzlich klang, nur an Schau=

spielerei und Betrug erinnerte. Fort! dachte er, und so laut, daß er es aussprach und auf die Thür zuging.

Sie trat ihm in den Weg. „Du gehst nicht!" sagte sie. „Georg! verachtest du mich, denkst du schlecht von mir? Sprich es aus!" Sie sprach so rührend, so wahr, daß ihn die Stimme überwältigte, er wandte sich ab, um seine Thränen zu verbergen. „Warum hast du mich damals verlassen und heute nicht gekannt? rief er aus."

„Ich durfte dich nicht kennen; es erschütterte mich so, daß ich verloren gewesen wäre," antwortete sie.

Das war nicht wahr, er hätte einen Eid darauf abgelegt. „Du lügst!" schrie er auf. Kälte war es, daß du mich nicht kanntest, Kälte, daß du mich verließest, Kälte, daß du mich hieher riefst! Lebwohl! sei glücklich! Es ist aus zwischen uns beiden!

Seine Stirne glühte, die ihre war bleich geworden. „Georg," sagte sie, „jetzt bleibst du!" Er hatte sich wieder der Thür zugewandt: „Was willst du von mir noch?" — „Nichts, nur anhören sollst du mich eine kleine Weile. Vertheidigen will ich mich nicht." — „Wozu das auch?" — „Ich wills nicht, du hörst es. Aber, siehst du, wir treffen uns vielleicht nicht wieder. Wir glaubten uns einmal so genau zu kennen. Georg, du hast nie gewußt, wie ich bin! Willſt du es wiſſen zuguterletzt? Vielleicht urtheilſt du dann anders über mich; es wäre doch möglich."

Sie ſprach anders, als ſie jemals gethan. Fort war alle Süßigkeit des Klanges, der ihrer Sprache niemals fehlte und ſie ſo verlockend machte. Sie redete mit einer trockenen Schärfe, aber ſo tonlos, daß ſie ihm geſpenſtiſch däuchte, etwa als wenn die Buchſtaben eines Buches zu reden anfingen. Er konnte ſich nicht enthalten, ihr das zu ſagen.

„So hat mich noch keiner reden hören, ich glaube es wohl. Aber ich will gegen dich ſein, wie ich gegen mich bin, wahr und ohne Betrug. Du hatteſt ganz recht: es iſt alles nur Schauſpielerei." — Und das ſagte ſie, wie ſie begonnen hatte, ohne allen Schmelz, ohne das Lächeln, das ſonſt ewig ihre Worte, die unbedeutendſten wie die wichtigſten, zu begleiten pflegte, jenen eine liebliche Wichtigkeit ver= leihend, dieſen aber einen Klang gebend, als wäre alles leicht und nichts unmöglich. Es war die ſtumme Muſik, dieſes Lächeln, das alles begleitete, was ſie that, und alle feſthielt, die ihr nahe kamen.

„Setz dich dahin," ſagte ſie und ließ ſich neben ihm nieder. — „Wenn ich dich jetzt bäte," fuhr ſie fort, „mich mir ſelbſt zu zeigen, wie ich war und wie ich bin — könnteſt du das?" — Er ſah ſie an und ſchwieg. — „Nein, das könnteſt du nicht! Kein Mensch kennt mich, Georg. Vielleicht ist es gut. Sie würden mich alle mißverstehen, wenn sie mehr von mir wüßten. Und doch bin ich so, war so von Anfang an, und zuletzt war es doch der Himmel, welcher wollte, daß ich so sein sollte."

„Ich will dir jetzt nicht schmeicheln, das merkst du wohl. Als ich dich damals in der Nacht hier plötzlich allein ließ — glaube mir, was mich das kostete, den Entschluß zu fassen, das spricht sich nicht aus. Du warst mein Ideal, mein Glück, mein Leben, in dir ruhte mein ganzes Wesen, wie mitten in der Sonne das Licht und mitten im Lichte die Wahrheit — ich las das neulich irgendwo — aber es trieb mich etwas von dir. Eine gebieterische Stimme hörte ich sagen, daß das dennoch keine Dauer haben würde, daß Tage kommen würden, wo ich diesen Taumel des Glücks verwünschte, daß ich dich und mich aufopferte und unglücklich machte. Diese Ahnung ward eine Drohung, eine Angst, ich stand mitten in der Nacht auf und machte mich zur Abreise fertig."

„Ich lauschte an deiner Thür, du schliefst. Ich klinkte leise auf und sah dich daliegen, küßte dich auf die Stirn und ging fort. Du hast es wohl nicht gewußt; was von Liebe je in mir wach war, drückten meine Lippen dir damals auf dein Antlitz,

doch ich wußte, es werde verschwinden, und es trieb
mich fort. Kannst du dir das denken, diese Furcht,
ein Gefühl könnte verschwinden, mitten in ihm?
Bei mir ist die Welt alle Tage neu, jeden Morgen
könnte ich ein neues Leben beginnen und es Abends
durchlebt haben. Die Welt geht so langsam. Wenn
ich Abends auftrete, werde ich zu der, die ich spiele.
Ihre Leidenschaft erwacht in mir, rast vorwärts,
wächst in unerhörter Schnelligkeit und sinkt zu Boden, wenn das Stück vorüber ist."

„Von meinem Leben wußtest du nie etwas. Ich
hatte, als ich noch ganz jung war, schon ein Herz,
von dem ein anderes sein Glück auf ein langes
Leben erwartete. Und nun denke recht klar, denke
dir ein Mädchen von siebzehn Jahren, schön — ich
war das wohl — liebend, geliebt, und in dessen
Herzen denke dir folgendes Gespräch: Liebe ich ihn?
— Ja. — Werde ich glücklich mit ihm? — Nein.
— Warum nicht? — Laß mich das Warum erzählen.
Meine Eltern waren weder reich noch hochgestellt,
in mir aber lebte eine rasende Sucht nach Reichthum und Vornehmheit. Mich konnte diese Welt
schwindlich machen, wenn ich zufällig hineingerieth.
Neben dem, den ich liebte, wirklich liebte, hätte ich
nur ein stilles Leben geführt, in dem man das hat,
was man braucht. Mich erdrückte der Gedanke an
diese Zukunft. Ich sagte es ihm offen und brach

ab. Wäre er reich und vornehm gewesen, so hätte ich mein Leben für ihn geben können. Nun kam ich auf irgend eine Weise auf den Gedanken, Schauspielerin zu werden. Man machte mir gleich sehr gute Anerbietungen und ich hatte Rollen zu spielen, in denen ich Beifall erntete. Siehst du, Georg, nie war ich so glücklich, als da ich diese Rollen zum ersten Mal spielte. Der Leidenschaft, der Zärtlichkeit gab ich rückhaltlos mich hin. Das Gefühl, daß ich selbst sicher sei, daß ich frei war und mich dennoch so leidenschaftlich in Liebe, Haß und alle Gefühle stürzen durfte, die ein Menschenherz bewegen, war unaussprechlich wohlthuend. Ich war Julie, war Desdemona, ich konnte mich sclavisch einem Geliebten hinwerfen, und hernach hatte er und kein Mensch Ansprüche an mich, war ich frei und meine Herrin. Und dabei machte ich Aufsehen, ward verehrt und schön genannt. Ich verachtete es, aber ich hörte es mit Entzücken. O, wie gemein ist diese Seite meiner Natur und wie unüberwindlich! Oft ekelte mich mein Leben an, aber der Erfolg, das Gedränge der jungen Männer um meine Schönheit — ich sog das wie die Luft des Paradieses ein. Ich nahm ihre Geschenke, gab mein Geld für Pracht und Ueberfluß aus und hörte lächelnd ihre Schmeicheleien. Georg, glaube mir, ich wußte, daß sie logen, aber der Trieb in mir war zu stark, ich konnte das sanfte Rauschen dieser Worte nicht entbehren."

„So lernte ich den Grafen kennen. Ich will nicht sagen, daß er geistreich war, aber er war schön, reich und von hohem Rang. Meinst du, ich hätte ihn fesseln wollen, um mich an ihn anzuketten für die Zukunft und so eine Carrière zu machen, wie ich jetzt gethan habe? Ich dachte nicht an die Zukunft, ich liebte ihn, ihn, seine Stellung, seinen Reichthum, seine Schönheit, nenn es wie du willst, daß das Alles vor mir zu Einem verschwamm. Ich will dir hier nur die Wahrheit sagen. Es giebt Frauen, die nur das Herz lieben, nur ein paar treue Augen wollen, der Rest ist Plunder und Lumpen für sie; mir nicht. Ich war so selig mit ihm, ich war wahnsinnig. Das war ich, als er mich verließ. Nicht mein Herz, das er brach, meine Existenz war es, die er vernichtete, alles mit einem Riß. Das sahst du mir nicht an. Du glaubtest wohl, als du mich so kindlich liebreich trösten wolltest, ich sei ein armes Mädchen, das grausam getäuscht war, dessen Herz zum ersten Mal erfuhr, was Untreue war? Was waren mir Treue und Untreue! Ich war eine Königin, der man Krone und Mantel abgerissen hat. Es war aus mit meinem Stolze, meiner Trunkenheit — wie ich es dir sage, klingt es so kalt und so gewöhnlich, aber es waren

Königreiche, die ich besaß und die mir genommen wurden."

„Nun kam die Zeit, wo wir beide hierher kamen. So zufrieden, so ruhig glücklich, als ich hier mit dir lebte, fühlte ich mich nie zuvor und nachher. Aber das Gefühl verlor ich nie, daß alles nur vorübergehend sei, und eben deshalb genoß ich es so völlig. Es war ein süßes Einschläfern des Gewaltsamen in mir; aber es mußte ein Erwachen folgen. Ich hätte mit dir nicht so still und treu in den Gedanken fortleben können. Es wäre gewesen, als hättest du einen Seehund auf dem Lande festhalten wollen. Der Panther kann seine Flecken nicht abwerfen, du weißt das. Du hattest freilich keine Ahnung davon, daß ich mitten in unserer himmlischen Einsamkeit ferne das große Leben rauschen hörte und, schon treulos genug, in Gedanken die Zukunft hegte, die mich wieder mitten hinein führte. War es da nicht Verrath, wenn ich dein Herz ganz an das meine ziehend dich betrogen und vernichtet hätte, vielleicht? Hättest du mir damals geglaubt, was du jetzt von mir hörst, auch wenn ich es dir noch so deutlich gemacht hätte? Nichts hätte dich gebändigt in deinem Irrthum, wäre ich geblieben; du hättest mich vielleicht in ihn hineingerissen. Deshalb verließ ich dich in jener Nacht, und jetzt, wo wir uns wieder sehen, ist es besser so, als hätten wir uns nicht getrennt."

„Du brauchst nicht Ja zu sagen," fuhr sie nach einer Pause fort, „ich will mich nicht vertheidigen, du sollst mich nur kennen lernen. — Als ich von dir fortging, nahm ich deinetwegen unter fremdem Namen ein Engagement an, allein dieses Leben ward mir bald zum Ueberdruß. Die Kunst war mir immer gleichgültig gewesen, ich hatte nur die Emotionen gesucht; jetzt fingen sie an in dieser Fassung mir alltäglich zu werden. Ich lernte meinen jetzigen Mann kennen. Er ist sehr reich, sehr traitabel und findet wie ich Vergnügen an dem, was nun einmal jetzt mein Leben ist. Er ist stolz darauf, daß ich schön bin, daß die Leute ihn beneiden, und unser Haus gesucht ist. Ich bin ganz offen gegen ihn gewesen. Er wollte mich heirathen, ich nahm das an. Wir leben recht gut zusammen. Was man in unsern Kreisen Liebe nennt, fühle ich für ihn. Betrunken hat er mich nie gemacht." Sie lächelte. „Das ist vorüber," setzte sie hinzu, stützte den Kopf in die Hand und sah zu Boden.

„Und dir genügt das, Julie? du fühlst dich nicht einsam? Du siehst nicht, daß deine Freunde hohle, leere Herzen sind, die dich verlassen würden, sobald du aufhörtest, ihnen das fortwährend vor die Füße zu werfen, was edel und gut an dir ist, und was keiner von ihnen versteht?"

„Es sind doch Menschen, wie andere auch," antwortete sie düster, doch ohne Georg zu widersprechen oder ihn unterbrechen zu wollen.

„Gewiß," rief er, „aber siehst du in ihnen das, was sie zu Menschen macht, wie andere auch? Du reizest sie, dich zu belügen, du belügst dich durch sie, du mußt dich ja zwingen, zu vergessen, daß alles, was sie dir geistig darzubieten scheinen, nur dein Eigenthum ist, das sie zurückgeben. Ich kenne sie nicht, aber du schilderst sie selbst. Deine Marionetten sind sie; machen sie eine Bewegung, die du nicht hervorbrachtest und verlangtest? Geben sie dir, was sie vorher hatten, ehe du es ihnen schenktest? Und welches sind die Güter, die du erworben hast? Dein Name, der Luxus um dich her, die bezahlte Bedientenunterthänigkeit, die verschwinden würde, wenn diese Menschen nur Einmal ihren Lohn nicht empfingen, der Stolz, in einer Equipage zu rollen, wo wir zu Fuße gingen und glücklicher waren! Laß deinen Mann sein Vermögen einbüßen, ihn sterben, bekomme die Blattern, und dann sieh' dich um. Wer von deinen jetzigen Freunden würde dich dann wieder erkennen?"

„Du redest von dem, was sein könnte," antwortete sie milde. „Das habe ich oft bedacht. Weiß nicht jeder Matrose, daß sein Schiff einmal an eine Klippe stoßen und im Moment versinken kann? Bleiben wir bei den Dingen, wie sie einmal sind.

Manche vermögen es, über dem Gedanken an ihre geistige Stellung die weltliche zu vergessen und zu entbehren. Ich kann das nicht. Meine Natur liebt und verlangt, was du um mich her siehst, sie kann es nicht entbehren. Wohl empfinde ich von Zeit zu Zeit eine furchtbare Leere in mir, eine Einsamkeit um mich, die mich erstickt, als wäre keine Luft zu athmen mehr da; doch ich überwinde es. Ich weiß, daß die meisten von denen, die mich bewundern, kalt, geistlos und eitel sind, aber ich weiß es nur in Momenten, ich vergesse es dann wieder. Ich weiß wohl, daß mein Mann, der mich liebt und stolz auf mich ist, niemals einen Funken meines wahren Wesens sah. Es erschreckt mich manchmal, an ihn gekettet zu sein; Nachts erwache ich, höre ihn athmen neben mir und habe vergessen, wo ich bin. Unendlich fremd komme ich mir vor und erinnere mich erst wieder, wer es ist und wie er an meine Seite kam."

„Aber das sind nur Momente. Ich bin nicht blos ein Geist, ich bin ein Mensch, ich kann nicht ewig auf den sonnengoldenen Spitzen der Gebirge sitzend auf die Menschen herab sehen und sie klein und nichtig fühlen unter mir. Ich muß herab zu ihnen, ihre Eitelkeiten müssen die meinen sein, ihre Sorgen, ihre Lügen — nimm es wie du willst: aber meinen Horizont bedarf ich. Bedurfte nicht

Goethe seinen Hof, dessen Klatschereien und seine langweiligen Verehrer?" — Georg lächelte. — „Laß mich enden," sagte sie. „Ich will ihn weder herabziehen, noch mich durch den Vergleich lächerlich machen; ich will nur sagen, wenn ein so hoher Geist das nicht entbehren konnte, darf es da nicht eine Frau, auf die niemand sieht, von der Keiner etwas erwartet? Er sah wohl die Enge seiner Umgebungen, die Nichtigkeit dieser in sich selbst drehenden Eitelkeit, aber er hing an ihnen, und kein Mensch verdenkt es ihm: und ich armes Wesen, an dem nichts verloren ist, das seiner Natur nachgeht, die es treibt und ihm Zwang anthut! Wir beiden, ich und du, Georg, allein und in Einsamkeit mit dem Vorsatze, uns zu lieben, uns zu genügen — was wäre daraus geworden? Momente vielleicht ungeheuren Glücks, aber lange Zeiten zwischen ihnen liegend, die wir kühl und in einer unbehaglichen Dämmerung zugebracht hätten, wo ich mich zur Zufriedenheit gezwungen und du unruhig und betrübt diesen Kampf durchgefühlt hättest."

Er schwieg. Es war ihm nicht mehr darum zu thun, Julien zu widersprechen. Sie ergriff seine Hand. „Verdammst du mich? War es nicht wirklich besser, daß die Dinge geschahen, wie sie geschehen sind?"

Er erwiederte den Druck ihrer Hand, und es

war keine Lüge, daß er es that. Was sie andern unähnlich machte, war nur die größere Energie, mit welcher sie dem nachging, was ihre Natur verlangte, und die Unschuld, mit der sie sich kein Geheimniß daraus machte. Er erhob sich. „Du gehst", sagte sie, „ich weiß es wohl, und du kommst nicht wieder. Hast du noch einen Vorwurf gegen mich auf dem Herzen? Laß mich noch das Letzte gestehen. Ich war wirklich ganz ruhig, als ich dich gestern sah, und erkannte dich deshalb nicht, weil mir das das Bequemste schien."

Vom offenen Balcon drang der Blumenduft her= über. Die seidenen Kissen, die vergoldete Lampe, welche sie beleuchtete, die dunkeln Oelbilder mit den schweren blinkenden Rahmen, der Reichthum der ganzen Einrichtung — man läßt das freilich zurück, wenn man aus der Welt geht, aber man läßt auch Schönheit und Anmuth zurück. So dachte er, als er umher sah und dann die Blicke wieder auf Juliens vornehme und edle Züge lenkte. Die Frau gehörte zu dem allen, sie bildete ein Ganzes mit ihm, das eine Berechtigung hatte, wie es existirte; aber zugleich fühlte er auch, daß er selber dem fremd sei.

„Nein, ich komme nicht wieder," antwortete er, „aber ich denke alles Gute von dir, Julie. Gott sei mit dir!" Sie sagte ihm Lebewohl und er ver=

ließ das Zimmer. Als er die Treppe hinabstieg, kam ihm etwas Weiches vor die Füße. Es war die kleine Katze, die sich mit den Vorderfüßen an ihm aufzurichten suchte, dann zurück und wieder auf ihn zusprang und ihm in jeder Weise Zeichen der Zuneigung gab. Er nahm sie auf und streichelte sie; sie trug das alte Sammetbändchen mit dem Diamant um den Hals, sein Weihnachtsgeschenk von ehedem.

Am andern Tag sah er sie dennoch wieder. Sie saß mit ihrem Manne im offenen Wagen. Sie war die Jugend und die Frische selbst. Georg trat zur Seite und ließ sie vorüber fahren, dann aber blickte er ihr lange nach und sah die Bänder ihres Hutes und ein Stückchen ihres Kleides im Winde fliegen, bis sie verschwanden.

Der Landschaftsmaler.

> — γαντὶ δ' ἔμμεν
> τοῦτ' ἀνιαρότατον, καλά γιγνώσκοντ' ἀνάγκᾳ
> ἐκτός ἔχειν πόδα. —

Meine Geschichte spielt im Spätsommer eines be=
liebigen Jahres. — Das Wetter war sich seit eini=
gen Wochen gleich geblieben. Ein warmer Morgen,
ein heißer Tag, ein milder Abend und nach ihm
eine sanfte Nacht, das war das ewige Einerlei, dessen
man so gewohnt geworden war, als wäre es von
Anbeginn der Welt an niemals anders gewesen.
Wolken zogen über den Himmel, aber sie regneten
nicht, Winde flogen über die Erde, aber sie kühlten
nicht, und die großen Flüsse schwammen wie breite,
schwankende Spiegel vorwärts, in deren Glanz
man die Hände eintauchte, ohne kaum ihre Kühle
zu empfinden, die tief unten auf dem Grunde ge=
fangen lag.

In den Städten war es heiß und staubig; in
den Gebirgen stieg aus den Wäldern und Wiesen
aromatischer Hauch schläfrig empor, an den felsigen
Weinbergen hing die Sonne gemächlich brütend

über den Trauben und wärmte des Gesteins innerste
Adern. Wie sah es da erst auf der unabsehbaren
Ebne aus, durch deren Sand ein paar triefende
Postpferde den Wagen zogen, in dessen schwülem
Schatten sich der junge Mann befand, von dem ich
erzählen will.

Er lag in die Ecke des Sitzes gedrückt und gab
sich den Bewegungen des Fuhrwerkes hin; er betrach=
tete seit einigen Stunden den gekrümmten Buckel des
Postillons dicht vor sich und den vorwärts nickenden,
eisenfesten Wachstuchhut auf seinem Kopfe; er sah
die niedrigen Kieferngehölze, welche zuerst wie dunkle
Streifen vor ihm lagen, gemächlich näher kommen,
blickte in ihr finstres, trocknes Schattendickicht hin=
ein zu beiden Seiten des Weges, sah die Stämme
sich um einander drehn und hatte dann wieder die
Ebne vor sich, wenn er das Wäldchen hinter sich
hatte, aber fern vor ihm lag schon ein anderes,
eben so dunkel, eben so langsam näher rückend und
eben so sonnentodt, wenn der Wagen mitten hin=
durchfuhr.

Doch weckte diese einförmige Einsamkeit in ihm
nicht die Sehnsucht nach unebnen, frischen Gegenden
auf, deren er doch manche gesehen hatte. Der Weg
und das Land gefielen ihm. Die Melodie der
Wagenräder im Sande däuchte ihm ganz behaglich,
und die lichtzitternden Stoppelfelder oder grauen

Wiesen zur Rechten und zur Linken waren ihm kein trostloser Anblick. Manchmal ward er aufmerksamer und sah schärfer hin. So als ein Dutzend hoher, schlanker Kiefernbäume zerstreut dastanden, jeder mit dem schwarzen Schattenfleck neben sich, den seine dunkle, unbewegliche Krone dem Sonnenlichte ab= trotzte. Genau betrachtete er sie, wie sie dahin und dorthin sich überneigten, wie von der Hälfte ihrer Höhe an ihr Stamm oben mit abgebrochenen Aesten umsteckt war, wie die Aeste dann ansetzten, die unteren oft abgestorben, die anderen sich zum dichten Dache vereinigend, über dessen Rundung oben nicht selten, wie ein Thürmchen über einem Kuppelbau, eine kleine Spitze herausragte. — Ge= wässer gab es nirgends. Wohl halb trockene, bin= senvolle Gräben, die geschlängelt die Felder durch= zogen und über welche holprige Knüppelbrücken gelegt waren, oder es war ein Teich vor den Dör= fern, die sie einige Male passirten und in denen sich kein Leben zeigte. Höchstens daß einige Gänse dastanden, oder daß ein Kind mit einem noch klei= neren auf dem Schooße still auf den Steinen der Thürschwelle saß. Draußen aber entdeckte er auf der Linie des Horizontes die Gestalten einer schweig= samen Heerde, welche kaum ihre Stelle zu verän= dern schien.

Es lag ein Zauber in dieser Stille und flachen

Einöde. Ihre Armuth verlieh dem kleinsten Stücke, das sie besaß, eigenthümlichen Reiz. Da stand ein Eichbaum am Ausgange des Dorfes, an der Ecke des Weges, der Wagen holperte über die bloßliegenden festen Wurzeln. Unter ihm eine Hecke von Weisdorn, dahinter ein Fliederbaum, der sich tief überbeugte, auch einige leichte, blasse, kargblätterige Rosen dazwischen, und als einziger Hintergrund die unendliche Fläche und der metallne Himmel über ihr. Der junge Mann, wir nennen ihn Friedrich, ließ seinen Blick darauf ruhen, so lange er dies Stückchen Vegetation vor sich hatte, und lehnte sich endlich aus dem Wagen, um sich danach umzusehen. Nun bildete das Dorf den Hintergrund; er sah die verwitterten, zusammengeschobenen Strohdächer, ein Stückchen des Teiches sonnenblitzend durch die Stämme eines Gartens, und die Kirche mit dem schwarzen Thurme über sich, und das Alles sich unbemerkt immer mehr zusammenziehend, in dem Maße, als er sich schleichend entfernte.

Der heutige Tag indessen schien der Gleichmäßigkeit des Wetters eine Grenze setzen zu wollen. Wolkenschatten fingen an über das Land zu wandeln. Friedrich sah nach der Uhr und fragte, wieviel Weg sie noch vor sich hätten. Der Postillon zog nun ebenfalls sein silbernes Taschengebäude zu Rath und kam endlich zum Schlusse, daß sie in einem kleinen halben Stündchen an Ort und Stelle sein würden. Auf diese Unterbrechung folgte wieder ein langes schläfriges Fortarbeiten der Pferde, während Friedrich die Seitentasche im Innern des Wagens betrachtete, welche wie eine verzogene mürrische Unterlippe eines müden Maules gegenüber am Tuche hing.

Die Wolken zogen immer größer und dicker herauf. Bald lag Alles im Schattten, und nur einzelne ferne Sonnenstreifen zeigten sich noch als Ueberbleibsel des verschwundenen Reichthumes. Als das Fuhrwerk wieder einen der schmalen, niedrigen Waldstreifen durchschnitt, fuhr ein scharfer Windzug durch die Büsche; es fielen Tropfen; hier und da wirbelte der Sand auf und tanzte vor ihnen her. Friedrich breitete seinen Plaid über die Kniee und schob sein Gepäck unter den Sitz, doch diese Maßregeln der Vorsicht wollten wenig bedeuten. Sie hatten freilich nun das Dorf, den Zielpunkt ihrer Reise, vor sich, allein schon verhüllten es dünne graue Regenschleier, und eine am Weg gelegene Schmiede schien den Reisenden recht vom Himmel auf ihren Fleck gesetzt zu sein, um ohne weiteres in ihren Thorweg einzulenken und Gott zu danken, daß man nun in Sicherheit das Unwetter abwarten durfte, welches sich augenblicklich zu entladen begann.

Friedrich stand in der offenen, mit einem kleinen Vorbau versehenen Hausthüre und beobachtete die Dinge. Jedermann hat Gewitter zur Genüge erlebt und in fremden Häusern abgewartet. Zuerst füllen sich die Fahrgeleise mit Wasser, dann wird die Straße ein Strom, dann giebt es Momente, wo alles Sichtbare bis auf wenige Schritte im Umkreise von graugelblichen Schauern erfüllt ist; es wird stiller, erhebt sich zu doppelter Wuth und Finsterniß, und endlich, während es noch in Güssen regnet, bricht die Sonne unerwartet wieder hervor, man sieht jeden Tropfen aufspritzen, die Luft scheint ein Gewirre tanzender Diamanten, und dann steht die Welt in neuer Schönheit da, als sähe man sie nach langer Krankheit wieder zum ersten Male.

Während es draußen wüthete blieben der Schmied und sein Geselle ruhig bei der Arbeit. Sie hämmerten darauf los, das Feuer gehorchte nach wie vor dem Blasebalge und kümmerte sich nicht um die Blitze, die oft so rasch mit dem Donner wechselten, als hätte die ganze Erde einen ungeheuren Fall gethan, daß es der Menschheit braun und blau vor Augen ward. In der Stube hinter der Werkstätte saß der Postillon neben einer jungen Frau, die ein Kind an der Brust hatte, während ein anderes still neben ihr stand und der Sicherheit wegen ihr Schürzenband wie einen Zügel in der Hand

hielt. Friedrich betrachtete wohlgefällig die beiden
kräftigen Gestalten am Ambos und die friedliche
Miene der Frau. Der Postillon nahm einen Schluck
Bier, holte dann Bindfaden aus der Tasche und
flocht sich eine neue Schnappe an die Peitsche, wobei
er langsam auf ihn zukam. „Wissen Sie, Herre,"
begann er, „der eine da, der ist in die Fremde ge=
gangen, derweile hat nun der andere das Mädchen
geheirathet, weil sie dachte, der käme doch nicht
wieder. Nun ist er aber seit Johanni wieder da
und sie arbeiten zusammen. Es sind zwei Brüder,
wissen Sie, Herre."

Friedrich fühlte einen Schauer sein Herz durch=
rinnen, wie etwa einer, der einen Grabhügel für
eine angenehme Rasenbank nahm, auf der er sich
seelenvergnügt ausgestreckt hatte. Plötzlich war Alles
verändert. Das Häuschen, so einsam, die drei, sich
Tag für Tag gegenüber, die versteckten Gefühle,
die ausbrechende Leidenschaft vielleicht — er war
froh, als der Wagen vorfuhr, und er wieder ein=
stieg, um die kurze Strecke zum Dorfe vollends
zurückzulegen.

Der Sandboden hatte schon den Regen aufge=
trunken; die Sonne schien zu mächtig, daß die leich=
ten Dünste wie Nebel von den Wiesen aufrauchten.
Sie erreichten die ersten Häuser. Das Dorf war
bedeutender als die anderen, welche sie vorher be=

rührt hatten. Die Gärten schienen höher und dich=
ter, Kastanien begannen die Straße zu beschatten,
und den Horizont umschlossen bedeutendere Kiefern=
wälder, bis zu denen hin tiefliegende Felder führten.
Das erhaschte er mit den ersten Blicken, seine Auf=
merksamkeit wandte sich mehr den Häusern zu, ein
jedes prüfte er, ob es dasjenige des alten Pfarrers
sein könnte, als dessen Gast er ankam und, wie er
hoffte, erwartet wurde.

Doch mußte der Wagen erst vom Hauptwege
ablenken, durch einen aufrauschenden Wassertümpel
fahren und einige gewaltige Fahrgeleise durcharbei=
ten, bis er über kurzen Rasen leicht dahinrollend
die Gartenthür erreichte, durch die er in eine schmale,
von vorhängendem Gesträuch verengte Gasse ge=
rieth, wo die von den Pferden zurückgedrängten Büsche
alles, was sie an Wassertropfen aufgefangen hatten,
dem Ankömmling entgegenspritzten. Nun war man
da; das Pfarrhaus stellte sich als ein ansehnliches
Gebäude dar, und in der Hausthüre erschien also=
bald sein Herr mit der Tabackspfeife im Mund=
winkel und die rechte Hand kräftig ausgestreckt,
einstweilen nur als Symbol des Grußes, bis Frie=
drich aus dem Wagen gesprungen war und sie
kräftig zum Willkommen drückte.

„Sieh da, sieh da, mein junger Freund!"

„Sieh da, sieh da, mein alter Freund!" Beide

ließen sich nicht los, sondern schüttelten die Arme aufs unbarmherzigste. Keine fünf Minuten waren verflossen, so lag das Gepäck oben auf der Stube, war der Wagen hinter das Haus gefahren, saß der Postillon kauend in der Küche und der Pfarrer mit seinem Gaste im großen Zimmer, das mit Sand bestreut war; dicht am offenen Fenster ein äußerst bequemes Canapee, einen Tisch mit weißer Serviette sammt einer Weinflasche und Gläsern darauf, und im Ganzen, bei etwas niedriger Decke, ein so behagliches Ansehn hatte, als wären Generationen hier glücklich und zufrieden gewesen.

Friedrich war ein Landschaftsmaler seines Zeichens. Auf der letzten Ausstellung traf er vor einem seiner eigenen Werke mit dem Pfarrer zusammen, der ihn mit ungenirter Offenheit unbekannter Weise zum Vertrauten seiner Bewunderung machte. Der Künstler gab sich nun zu erkennen, man machte einen Spaziergang miteinander, ein Wort lockte das andere, und da das Bild eine flache Gegend darstellte, in welcher der Prediger Anklänge an sein Dorf zu erkennen glaubte, war es sehr natürlich, daß der alte familienlose Mann Friedrich zuletzt auf das dringendste zu sich einlud, und dieser ihm seinen Besuch zusagte.

So kam er denn in Begleitung einiger Maler=geräthschaften an. Am nächsten Tage war er so bekannt im ganzen Hause, daß er im Finstern die Treppenstufen kannte, und die Hunde ihm freiwillig den Kopf an die Kniee drängten, um sich krauen zu lassen. Schon am Ankunftsabend lernte er einen Theil des neuen Aufenthaltes kennen. Das Gewitter war fast spurlos vorübergegangen, so begierig hatten die Sonnengluthen des sinkenden Tages die Nässe wieder an sich gesogen. Ein glühender Untergang des mächtigen Gestirns setzte den Himmel in Flammen. Nichts, das das Auge hemmte. Der Horizont lag so flach abgeschnitten da, als wäre es die Linie des Meeres. Die großen Birken ließen das schwanke Gewebe ihrer Zweige herabhängen, und es zeichnete sich zart und schwarz in den feinsten Verschlingungen gegen den feurigen Hintergrund ab. Ueber die Erde zitterte ein unbestimmtes warmes Licht, das Grün der hohen, vollbelaubten Linden war von einem bräunlichen Tone überhaucht, der sie verhüllte, ohne sie zu verdunkeln, und von dem Teiche klang wie ein unterirdisch klagendes Geläute das Getön der Unken in einförmigem Takte. Aus einzelnen Wasserpfützen glänzte der Himmel auf, und dabei war die Luft so warm und weich, als streichelten sanfte, unsichtbare Schwingen die Schöpfung.

Der Pfarrer hatte seine lange Pfeife im Munde, ließ kleine Wölkchen aufsteigen und ging immer

einen halben Schritt voran, wie ein Herr über sei=
nen Hof schreitet, wo ein jeder Schritt sagt, hier
bin ich zu Hause und habe zu befehlen. Grüßende
grüßte er mit geschäftsmäßiger aber ungeheuchelter
Freundlichkeit wieder. Es ward dunkler; das rothe
Gewölk färbte sich rasch violett, der Aether gelblich,
und wo ein Feuer auf dem Heerde brannte, sah
man es schon von Weitem durch die Hausthüren,
deren oberer Theil offen stand. Die Häuser lagen
in die Kreuz und die Quere, die Thorwege daneben
waren oft so ungeheuer, als könnte die ganze Wirth=
schaft durch sie Reißaus nehmen, und die Dächer
so schwer lastend mit ihrem moosdurchwachsenen
Stroh, als würden sie eines Tages das niedrige
Balkengerümpel darunter vollends in den Boden
drücken. —

Frühmorgens am andern Tage fing der Maler
sogleich an, sich einzurichten. Eine große Rolle
wickelte er auf und nagelte verschiedene angefangene
Sachen mit kurzen breitknöpfigen Zwecken an die
Wände, rückte seinen Tisch an das Fenster, welches
ihm am hellsten schien, denn es standen Bäume am
Hause, durchmusterte die Bibliothek des Pfarrers,
deren ehemaliger weltlicher Theil in dies Gemach
verbannt worden war, hing einige alte Kupferstiche,
die ihm gefielen, in seine Nähe, und die Bilder,
welche ihren Platz eingenommen hatten, an deren

Stelle, und öffnete schließlich alle Fenster von oben bis unten sperrweit. Er blickte in die Tiefe der Kastanien hinaus, zwischen denen einige Pappeln standen, sah der Magd nach, die mit bloßen Füßen und rothem Kopftuche den Eimer zum Brunnen trug, hörte das Gequitsche des Schwengels und lauschte dann wieder auf die tiefe Stille, als die Sache abgethan war.

Einen Augenblick kam es ihm da vor, als müsse er wieder fort, weil er sich mit unheimlichem Gefühl von allem menschlichen Verkehr abgeschnitten glaubte; die Langeweile schien in Person aufzutreten und ihn umbringen zu wollen; allein als dann der alte Pfarrer eintrat und unter wohlwollend hüstelndem Stillschweigen die neue Einrichtung ansah und die Skizzen betrachtete, während er mit der einen Hand, welche auf dem Rücken lag, approbirende Fingerbewegungen machte, überwand seine Nähe den plötzlichen Druck der Abgeschiedenheit, und der junge Künstler fühlte sich zufrieden und wohlaufgehoben.

„Gehts nun gleich an das Schaffen?" fragte der Alte in energischem Tone.

„Nein, erst ans Eingewöhnen," antwortete lachend der andere. „Erst müssen mir die Wände hier so bekannt sein, daß sie mich nicht mehr abziehen, wenn ich sie gedankenlos so ansehe bei der Arbeit."

Der Pfarrer nickte beistimmend. „Das geht mir

accurat so, aber ich dachte, es wäre das Alter. Gut. An mir soll es nicht fehlen. Sie werden das schon am besten wissen, mein junger Freund. Wenn ich störe, so machen Sie keine Umstände?"

„Gott behüte," rief Friedrich, „mich stört kein Mensch, und Sie am wenigsten."

Sie gingen nun hinunter in das Gärtchen hinter dem Hause, wo der Buchsbaum so hoch und dick aufgewachsen war, daß er die Wege verengte und man sich förmlich durchdrängen mußte. Ein Beet voll gelber Gurken lag da und schwelgte in der Sonne; Kümmel, Dill, Zwiebeln und Salbei rochen durcheinander, und die dicken Aprikosen hingen an der Wand des Hauses, als hätten Elfen da mit goldenen Bällen gespielt, die tückischer Weise in den Blättern hängen blieben.

Der Alte watete in seinem Reichthume umher, durchfuhr das Blätterwerk mit der offenen Hand im Vorbeigehen, wie man den Schafen durch die Wolle fährt, hob einige Früchte auf, die das Gewitter herabgeschlagen hatte, putzte sie am Rocke, besah sie und steckte sie in die weite Tasche. Friedrich desgleichen, allein bei ihm geriethen sie oftmals zwischen die Zähne, er biß in das herbe Fleisch der Aepfel und betrachtete hinterher vergnügt den herzhaften Anbiß, als wäre er noch ein Junge von zehn Jahren.

Er mochte ein gut Theil mehr als das doppelte alt sein. Seine Gestalt war kräftig, seine Augen dunkel und schön geschnitten, sein Kinn wohlgeformt und starken Willen zeigend. Er hatte in seinem Wesen die Mischung von Uebermuth und Melancholie, die man jedem sogleich anfühlt, der sie besitzt, und deren Devise ist: „ich habe genug an mir selber, aber ich kann dennoch die Menschen nicht entbehren.“ —

Am Abend dieses Tages hatte er die neue Welt schon ziemlich inne. Er war allein umhergestreift. Um das Bauernvolk kümmerte er sich nicht, dessen Charakter hier wenig Idyllisches an sich trug. Es ging seiner Arbeit nach, war scheu oder grob gegen die Fremden, neidisch untereinander und hielt nur da zusammen, wo es etwa galt, den herrschaftlichen Obstgarten oder die Waldungen en masse zu bestehlen, Expeditionen, welche man bei Nacht ziemlich einträchtig und erfolgreich zu unternehmen pflegte. Es war das nicht der Menschenschlag, unter dem Romane spielten mit Edelmuth und Zartgefühl, sondern die Leute lebten recht und schlecht hin, legten Sonntags ihren Pfennig auf den Rand des Klingelbeutels (um durch das Hineinwerfen nicht den Verdacht zu erregen, daß vielleicht nur ein Knopf geopfert worden sei), brachten übrigens so viel Besitz als möglich zusammen, heiratheten nach dem Gelde und hatten nichts daran auszusetzen, wenn sich ein Mädchen mit einem Burschen die Wirthschaft einrichtete, und die Trauung erst in einigen Jahren nachfolgte.

Friedrich erhielt beim Begegnen seinen Gutentag und erwiederte ihn. Er fragte einige Kinder nach ihren Namen und bekam keine Antwort. Die Gesichter der kleinen Mädchen, alle schon in langgezipfelten rothen Kopftüchern, hatten oft überraschend schöne Züge, schwarze feurige Augen und liebliche Lippen, aber die der Männer und Weiber nicht selten einen rohen und verschmitzten Ausdruck, dabei war die Gestalt durch die Arbeit verdorben und der Gang ein ungelenker.

Er umging das Dorf. Wie Vorposten standen einige Windmühlen davor, und überall in der Weite entdeckte er andere, doch standen sie still, weil die Luft zu matt war. Er suchte den Wald zu erreichen und überschritt Flächen mit tief aufgerissenen, breiten Furchen, in denen die jungen Kiefern aufwuchsen, kaum höher als niedriger Buchsbaum; man hatte sie erst im vergangenen Jahre angesäet. Andere Schläge waren schon so stark gewachsen, daß sich ein Hase in ihnen verbergen konnte. Es war ein Vergnügen, mit den Blicken über ihr frisches Grün hinzustreifen und ihre harzigen, fetten Triebe durch die Hand gleiten zu lassen.

Nun gerieth er auf einen Weg von festem Rasen. Birken, hoch und nach allen Richtungen hingewachsen, standen zu beiden Seiten. Viele handliche Granitsteine stießen ihm wider den Fuß, die fortgeschleudert wie Kugeln über den Boden hinsprangen. Dann kam die Haide, das heißt, der Wald. Da sah er zwischen unendlichen hohen Kiefern immer andere in der Ferne, bis sie im Dämmer sich verloren. Der Boden war glatt. Brombeeren wuchsen in Massen, wo Wald und Wiese sich schieden, allein sie waren noch unreif. Nirgends aber ging ein Mensch des Weges.

Er setzte sich nieder und nahm sein Skizzenbuch zur Hand, legte es aber uneröffnet neben sich auf den Boden. Er sah vor sich hin und dachte nach. Seine Phantasie dehnte die Flügel und schwebte losgelassen über das weite Land. Er hatte den Rhein, die Schweiz und Italien gesehen, und dennoch entzückte ihn hier der Höhen- und Tiefenwechsel in kaum gehobener oder gesenkter Linie, das Haidekraut zu seinen Füßen und die matten Wolkenstreifen des Himmels. Nichts ist wählerischer, eigensinniger als der schöpferische Geist der Menschen. Wem er fehlt, der sucht das Neue, Frappante, Sichtbare auf, um von außen in sich hineinzutragen, was von innen aus zu schauen verwehrt bleibt; wer aber das Glück kennt, in sich aufsteigen zu sehen, was die äußere

Welt niemals in solcher Schönheit bieten würde, der sucht instinctmäßig den Platz auf, wo dieser heimlichen Gewalt der freieste Spielraum wird, sich auszudehnen in die Unendlichkeit.\ Friedrich war im flachen sandigen Lande groß geworden; alles andere, auch das Schönste war seine Heimath nicht und erweckte am Ende doch nur die Sehnsucht nach dieser Armuth, die für fremde Augen, vielleicht kaum ein Dasein hatte.

Er kehrte von einer anderen Seite zum Dorfe zurück. Es schien ihm unglaublich, daß er sich noch vor wenigen Tagen zu derselben Zeit im er= stickend staubigen Menschengewühl bewegt hätte. Er stand still und athmete auf, so recht aus tief= ster Brust. Dann übersprang er einen trockenen Graben, überschritt eine niedrige Schonung der Quere nach und stand wieder vor einem ähnlichen Graben, den er ebenfalls übersprang. Diesmal jedoch gerieth er auf eine Art von gartenmäßig ge= radegezogenem Wege, der mit Unkraut völlig über= wachsen war.

Die Herrschaft des Gutes wurde noch erwartet, dies hatte ihm der Pfarrer gesagt; er durchschritt deshalb den hohen, dichtbelaubten Gang, der auf das Haus zuführte. Die Fenster der oberen Etage waren mit Vorhängen, die des Erdgeschosses mit Läden verschlossen. Es sah todt und gespensterhaft aus. Er umging es, der Hof lag auf der andern Seite; er gelangte, ohne einem Menschen zu begegnen, wieder auf die das Dorf durchschneidende Hauptstraße und zum Hause des Pfarrers, den er nicht zu Hause traf.

Das ewige Schweigen auf seinem Gange, das Alleinsein, das stumme Daliegen des Dorfes, des Gartens, des Herrenhauses hatten ihm eine Last aufgelegt, deren er jetzt inne ward, und von der er sich dennoch kaum Rechenschaft ablegen konnte. Die Freiheit, deren er erst so kurze Zeit genoß, hatte etwas Gefängnißhaftes an sich. Es war noch heller Tag, er setzte sich oben ans Fenster, nahm ein Buch zur Hand und wollte lesen, allein seine Gedanken kamen nicht vorwärts. Plötzlich fiel ihm ein, er müsse fort von hier. Es war, um ein Thier zu werden. Erlebt hatte er gar nichts, und doch ward ihm angst und bange. Erst verfiel er in ein melancholisches Nachdenken, dann sprang er auf und fing an, seine Zeichnungen wieder von der Wand abzunehmen und aufzurollen, nur um seiner Abreise ja recht gewiß zu sein. Die Stadt lag in zauberhaftem Glanze vor ihm, und die Hunde, die jetzt unter den Linden umherspazierten, schienen ihm freie Geschöpfe, die ein beneidenswerthes Dasein führten.

Seinem alten Freunde theilte er einstweilen nichts

mit von diesen veränderten Plänen, die beim zu
Bette gehen noch ganz fest in ihm waren. Auch
in der Stadt lebte er einsam, ohne Familie und
Freunde, nur mit einigen zweifelhaften Bekannten,
mehr nicht, aber es waren doch Menschen da, und
jeder Tag brachte frisches Leben mit sich. Er lag
und bedachte das, die Mücken summten an der Decke
des Zimmers, das Laub draußen ruschelte leise als
regnete es hinein, aber die klaren Sterne blinkten
zwischen hindurch. Plötzlich hörte er den lauten
Klang eines Posthorns, der durch die Nacht schwamm,
so rein und in getragenen Tönen. Einige Hunde
schlugen an, die Töne blieben aus, erhoben sich dann
wieder ganz nah, man hörte das ferne Rollen eines
Wagens, dann aber war alles mäuschenstill, so lange
Friedrich auch lauschen mochte.

Eine Hauptstraße führte hier nicht vorüber, vielleicht war es die ankommende Gutsherrschaft. Der
Pfarrer hatte ihm von einem wunderschönen Fräulein erzählt, das sich kürzlich in der Stadt verlobt
hätte, auch von den übrigen Mitgliedern der Familie
gesprochen. Die Phantasie des Künstlers malte mit
tausend Händen, alle Gestalten präsentirten sich.
Es war natürlich, daß er die Leute kennen lernte.
Sonst wäre ihm wenig daran gelegen gewesen, allein
in dieser Einsamkeit lockte es ihn gar sehr. Sein
Entschluß, zu reisen, ward wieder wankend, und er

schlief ein mit dem Gedanken, vom nächsten Tage Alles abhängen zu lassen.

———

Am andern Morgen lagen Briefe für ihn da, unter ihnen ein Geschäftsbrief, die Bestellung eines Kunsthändlers enthaltend, unter glänzenden Bedingungen. Das gab ihm die größte Lust, sogleich eine Arbeit anzufangen. Er setzte den Blendrahmen zusammen, dessen Stücke er mitgebracht hatte, legte die Leinewand zum Aufziehen parat, war munter und guter Dinge und hatte die Abreise und die Gutsherrschaft vergessen. Er war ja gerade aufs Land gegangen, um ruhig zu arbeiten und von den Menschen ungestört zu bleiben. Er sang und pfiff, erzählte dem Alten lächerliche Geschichten, daß dieser den Kopf fast in den hohen Rockkragen hineinlachte, handtierte dabei rüstig fort und schlug unter Beihülfe des Knechtes einige Latten und Bretter zu einer respectablen Staffelei zusammen. Dabei schwirrten ihm vor den Augen Bäume, Seen, Wolken und Sonnenstrahlen durcheinander wie ein wallendes Nebelmeer, aus dem hier und da eine Landschaft auftaucht: tief aber in seiner Phantasie lag schon das Bild fertig, aber noch versteckt, das er zu malen gedachte.

Es stellte ein altes Schloß dar, das an einem

See gelegen war. Rings umher senkten sich steile Höhen zu ihm nieder, mit jungem, grünen Holze bewachsen, daß eine Baumspitze sich über die andere erhob, unten aber im Gewässer spiegelte sich ein schwimmendes Abbild, durchzogen von glänzenden Streifen. Doch dies war nur der Hintergrund des Bildes: das Gewässer floß bis vorn zum Rande, hier aber von zwei Mauern begrenzt, zwischen denen es wie eine Straße lag. Die Mauern bestanden aus alten, großquabrigen Sandsteinen, und bekleideten den hochliegenden Grund des Waldes, dessen grasiger Boden ihrer Höhe gleich war, und dessen Gestrüpp und Pflanzenwerk über den Rand des Gemäuers herabhing.

Zur Rechten stand junges, schlankstämmiges Holz, Buchen in lichtem Laube, durch die der Hintergrund heller hindurch schien, links aber war ein dichtes Eichengehölz mit stärkeren Bäumen, der allerstärkste ganz vorn, dunkel und seine starken Aeste weit über das Gewässer breitend, während die äußersten Spitzen der übrigen Bäume sich nicht über ihm berührten, schien es gleich, als strebten sie zueinander von beiden Seiten.

Immer klarer schwebte dem Künstler das Bild vor, jemehr er davon auf die Leinewand brachte. Er versenkte sich ganz hinein, er sah das Wasser zitternd fließen, er hörte das Rauschen des Baches, der von der Höhe zu ihm hinabstürzte, durch einen Einschnitt der Mauer, über einen vorgeschobenen breiten Stein mit zwei Delphinen zu beiden Seiten, über den er flach herabfloß, matt von der Hitze des Tages und oft nur tröpfelnd; er sah das Moos, das sich reichlich da an das Gestein ansetzte, es schimmerte wie feuchter Sammet im Lichte, das von oben durch die Blätter halb dämmernd herabfiel; sah dann wieder das Schloß im leichten Sonnen=nebel, den farblosen Himmel hoch über dem Wald=gebirge und tief emporleuchtend aus dem See, dem ein Lufthauch hier und da die Glätte raubte, sah den Vogel, der dicht über seiner Fläche zwischen den Mauern vorn dahinschwebte ihm entgegen, er hätte ihn haschen können.

Sein Pinsel flog von einem zum andern, die Farben fand er fast ohne auf die Palette zu sehen, die Stunden verschwanden. Der Prediger kam zu Zeiten leise heran, stellte sich hinter ihn und stieß discrete Laute des Erstaunens und der Zustimmung aus, denn die Welt wuchs zusehends und die wun=derbar geheimnißvolle Ruhe des alten Schlosses, das da wie in einem alten Märchen begraben lag, ent=hüllte sich immer deutlicher.

So ging es einige Tage fort vom Morgen bis zum Abend. Friedrich aß rasch, sprach kaum und blieb zu Hause, höchstens daß er auf einige Augen=

blicke in den Garten trat. Der Alte, der ihn zuerst beobachtet hatte, wie er durchaus seine Zeit verschleudern zu wollen schien und nun ein Zauberer geworden war in ruhelos fortarbeitender Thätigkeit, schwieg, um seine Gedanken nicht zu stören. Die Sache war ihm neu, und Friedrich zu einem Phänomen für ihn geworden, daß seine Idee von der Kunst und den Künstlern bedeutend modificirte, welche letztere er ohne ein großes Atelier, einen Wust fabelhafter Geräthschaften, Anstalten und Vorbereitungen gar nicht hatte denken können.

Der Maler war in bester Laune. Er war nun schon soweit mit seinem Werke, daß er oft länger davorstand, den Pinsel ruhen ließ, zurück und wieder vortrat und hier und da ein Tüpfchen aufsetzte. Weiter kommend empfand er das Fehlende. Flächen, zuerst ohne Bedeutung im Ganzen gedacht, gliederten sich, das Allgemeine verschwand, das Laub theilte sich in Zweige und Blätter, jede Wendung, jede Richtung eines kleinen Astes empfing den Ausdruck des Gefühles für die wahre Natur, das seine Hand hineinlegte.

Zum dunkeln Geäste der Eichen im Vordergrunde jedoch, zu ihren Wurzeln, deren Andrange einige Quadern gewichen waren, die losgelöst in die Tiefe stürzten, worauf sich dann Gras und Gebüsch in die Lücke eindrängte, bedurfte er detaillirterer Studien. Seine Phantasie und Erinnerungen reichten nicht aus. Er nahm sein Skizzenbuch, verließ das Dorf und fing an, auf die Eichbäume der Umgegend Jagd zu machen.

Es boten sich verschiedene herrliche Exemplare dar. Einzelne, mitten in die Kiefernwaldung eingestreut, wo sie eine freie, großbewachsene Stelle um sich gebildet hatten, rings von den graden, harzigen Stämmen eingeschlossen, als wagten sich diese nicht an sie heran, wollten sie aber auch nicht entschlüpfen lassen. Andere standen im Dorfe selbst. Ein ganzes Dutzend jedoch vom festesten Wuchse, mit wunderbar gewandten Aesten und dichtem Laube zogen sich an der einen Seite des herrschaftlichen Gartens hin. Sie standen auf der Schärfe eines leichten Walles, der mit Gras bewachsen war, und dessen Erhebung nur deshalb auffiel, weil sich eben das Land gar zu flach umherausdehnte.

Hier glaubte Friedrich am besten zu finden, was er suchte, und zeichnete einige Stunden lang emsig. Die ganze Baumgruppe zog ihn an, er kehrte am folgenden Tage zurück und begann, sie in größerem Maßstabe aufzunehmen. Dabei wählte er seinen Platz so, daß er dem größten Baume die Stirn bot und die andern hinter ihm sich zusammenschieben ließ, nicht aber so enge, daß der Himmel nicht zwischen den Stämmen durchscheinen konnte. Als

Hintergrund bot sich, wie überall, nur die schwarze Waldlinie der Haide dar, mit einem glänzenden Streifen des sumpfigen Gewässers unter ihr, dessen binsenbewachsenes, schilfiges Ufer aus der Ferne kaum zu erkennen war.

Er saß auf dem Rande des trockenen Grabens, welcher die Grenzscheide des verwilderten Gartens und des freien Feldes bildete. Die Mappe ruhte auf seinen Knien, ein kolossaler Kiefernbaum stand als dienstfertiger Sonnenschirm in geringer Entfernung, und damit doch irgend etwas Lebendiges vorhanden sei, balancirten ein paar versteckte Käfer durch die Grashalme oder stiegen von Zeit zu Zeit einige graugelbe kleine Vögel aus dem Haidekraute auf und senkten sich wieder zu ihm herab.

Zuletzt aber nahte sich dennoch etwas Anderes, Lebendigeres, Schöneres. Aus dem dunkeln Laubgange, welchem der Maler den Rücken zukehrte, kam langsamen Schrittes ein glänzend schwarzer Neufundländer zum Vorschein, stand, sah sich rings um, erblickte den Fremden, that ein paar Sätze zu ihm hin, stand dann wieder und wandte sich nach der Gegend hin, woher er gekommen war, während er heftig mit dem Schwanze wedelte, worauf er alsbald von neuem seine Augen auf Friedrich lenkte.

Nicht lange, und aus dem Schatten trat ein junges Mädchen, welches den Hund langsam erreichte und dann gleichfalls stillstand, um die unerwartete Erscheinung zu betrachten. Wären Friedrichs Blicke ihr zugewandt gewesen, so hätte sie vielleicht anscheinend keine Notiz von ihm genommen, da er jedoch dadurch, daß er nur den Rücken zeigte, etwas Neugiererweckendes erhielt, und auch das große Papier nicht uninteressant war, auf das er den Kopf senkte, so gab dies wenigstens Veranlassung, einstweilen stehen zu bleiben; und als er so gar nichts zu merken schien und nur geradeaus die Bäume betrachtete, fing das junge Mädchen ebenfalls an, die Gegend anzusehen und zu bedenken, unter welchem Gesichtspunkte sie wohl anziehend sein könnte für einen Künstler. Es reizte sie das. Sie hätte auch vielleicht gern gewußt, wie der Mann eigentlich aussähe, und endlich, da sie beides nicht klar bedachte, sondern nur dunkel den Trieb fühlte, das Abenteuer zu erleben, ging sie mit dem Hunde gemessenen Schrittes vorwärts und kam endlich dem Maler so nahe auf ihrem Wege, daß dieser das Geräusch ihrer Tritte und das Rauschen ihres Kleides, welches vom Ginster fortwährend aufgehalten ward, laut genug vernahm, um den Kopf zu wenden, was es wäre.

Augenblicklich warf er die Mappe auf den Boden, erhob sich und grüßte. Das junge Mädchen dankte mit leichtem Kopfnicken und ging ruhig ihres Weges

weiter, wie sie gekommen war. Er stand und blickte
ihr nach. Sie sah sich nicht ein einziges Mal um,
selbst der Hund nicht (vielleicht ein Zeichen, daß es
seine Herrin absichtlich that), und da das seidne
weiße Tuch, welches sie sich übers Haar gebunden
hatte, ihren Kopf verhüllte, so mußte sich Friedrich
damit begnügen, ihre Gestalt und ihren Gang zu
betrachten, so lange er sie im Auge behielt.

In beiden lag etwas Leichtes und Sicheres zu=
gleich, kurz etwas Vornehmes. Als sie verschwunden
war, und er die Mappe mechanisch wieder auf seine
Knie gelegt hatte, schien den alten Eichen ein großes
Stück ihres Interesses genommen zu sein. Es fehlte
ihnen etwas, das ihnen nicht gefehlt hätte, wenn
die Erscheinung des Mädchens geblieben wäre, und
wäre sie das, dann hätten sich am Ende die Eichen
als gleichgültig erwiesen, ob sie dastanden oder auch
nicht. Trotzdem setzte er noch eine Weile Strich auf
Strich die Arbeit fort, packte dann aber zusammen
und kehrte stracks zum Pfarrhause zurück, in der
Absicht, ganz genaue Erkundigungen einzuziehen, ob
dies vielleicht die Tochter des Gutsbesitzers sei, ob
noch mehr Damen im Hause wären, und ob er
gerade derjenigen begegnete, von der ihm bereits
erzählt ward, daß sie sich kürzlich verlobt habe.

Hierüber besaß er bald die genauesten Kenntnisse.
Den alten Prediger erfreute die Beschreibung des

jungen Mädchens aus Friedrichs Munde. Er erkannte in ihr sogleich die einzige Tochter der Gutsherrschaft. Er versprach dem Künstler, ihn im Hause bekannt zu machen, was dieser indeß einstweilen ablehnte. — Nach Tische, statt an die Arbeit zu gehen, nahm er ein Buch und setzte sich in die Laube des Gartens. Bei ihm ging Alles stoßweise. Er hatte sein Bild bis zu einer gewissen Vollendung gebracht und bei der angestrengten Arbeit die erste Begeisterung aufgezehrt. Ein sichtbares Ereigniß irgend welcher Natur ließ gewöhnlich das Wetter bei ihm umschlagen. Als er da auf der Bank saß, mit dem Buche vor sich, hätte er für vieles Geld nicht an demselben Tage noch sein Werkzeug angerührt, am folgenden wahrscheinlich ebensowenig. In früheren Zeiten versuchte er, sich zu zwingen, allein da er allmälig aus Erfahrung gelernt hatte, daß Lust und Unlust treu miteinander abwechselten, und die liegengebliebene Arbeit dennoch stets zu Ende gebracht wurde, gab er sich sorglos seiner Laune hin und arbeitete nicht anders, als wenn er den lebhaftesten Trieb dazu verspürte. Was auf diese Weise zu Stande kam, war freilich nicht soviel, als man von ihm verlangte, viel mehr jedoch, als er zu seinem Leben bedurfte, und dies vermehrte seine Sicherheit in solchem Grade, daß er, recht wie ein Fürst im Feenmärchen, thun und lassen konnte, was ihm einfiel, ohne dabei gegen sich und andere ein Unrecht zu thun.

Das Buch, in dem er lesen wollte, war eines seiner liebsten, Goethes italienische Reise, die er stets mit sich führte und so zu sagen immer las; am meisten vielleicht, ihm unbewußt, deshalb, weil in dem Werke eine Stimmung der Ruhe und edler, unbefangener Betrachtung herrscht, der sich hinzugeben, allein schon die größte Wohlthat ist. Ferne nach den Stürmen der Revolution, welche als das erste Gewitter einer unabsehbaren Reihe, deren Ende wir jetzt kaum ahnen, das Bestehende zu Boden warf, bewegte sich damals die Welt im harmonischen Gefüge fester gesellschaftlicher Formen, deren Schäden man mehr empfand als kannte, die man wenigstens noch ohne Aengstlichkeit oder Furcht vor dem Gewaltsamen betrachtete. Ruhig baute man weiter an der behaglichen Bildung des Jahrhunderts, fügte Erfahrung an Erfahrung, speicherte auf für die Mitwelt und kommenden Geschlechter und theilte sich mit ohne Uebereilung, sicher daß bestimmte Kreise das Gegebene empfingen, aufmerksam betrachteten und auf sich wirken ließen.

So ging Goethe von Ort zu Ort in dem schönen Lande vorwärts, etwa wie heute ein Botaniker oder Geologe noch Italien bereisen könnte, überall Bekanntes vorfindend und das Unerwartete gleich an

die rechte Stelle legend. Die Regierungsformen er=
weckten höchstens seine Neugier; an den Menschen
und ihren Werken schritt er vorüber als wären es
Blumen und Gestein, liebevoll sich ihnen hingebend,
aber doch von oben herabschauend und jede ange=
nehmste, überraschende Erfahrung nicht nur als einen
Genuß auffassend, sondern zugleich als eine Erschei=
nung, der er ihre Stellung und einen Namen gab.

Einzelne Seiten in dem Buche hatte Friedrich
unzählige Male gelesen und las sie immer wieder,
gleichsam mechanisch, wie man eine Hand voll Gold
von neuem durchzählt, um sich so im Geiste noch
einmal allmälig in seinen Besitz zu setzen. Seine
Phantasie und die Erinnerung fühlten sich immer
frisch angeregt. Die Farben sind überall so milde
aufgetragen, daß sie den Gedanken nicht erschöpfen
und uns die Freiheit geben, die eigene Stimmung
auf das Freieste mit der des Dichters zu verschmelzen.

Bald war Friedrich in seine Lectüre so vertieft,
daß er die herannahende Unterbrechung, wie am
Morgen beim Zeichnen, erst dann bemerkte, als dicht
vor ihm zwei in die Laube eintretende Gestalten das
Licht abschnitten. Es war der alte Pfarrer mit dem
Fräulein, die ihn beide hier wohl nicht erwartet
hatten. Er verließ seinen Platz, verneigte sich und
konnte ein Lächeln nicht unterdrücken. Das junge
Mädchen senkte die Blicke nieder und litt es ge=

dulbig, daß der Alte ihr den jungen Mann vor=
stellte. Dann aber schlug sie ihre schönen Augen
auf, und man setzte sich zu dritt nieder.

„Meine ehmalige Schülerin macht mir ihren
ersten Besuch," begann der Prediger und streichelte
ihr die Hand. „Es fällt denn doch allerlei Wich=
tiges vor im Leben, worüber man sich auch mit
einem alten Freunde allenfalls unterhalten kann,
he?" Er lachte und das Fräulein sah ihn an und
lachte gleichfalls.

Der Maler fühlte sich ein wenig überflüssig und
wollte eben weggehen, um dies auf Ehrfurcht be=
gründete Liebesverhältniß nicht weiter zu stören,
als sie sich ganz frei an ihn wandte, von der Be=
gegnung im Garten sprach und nach der Zeichnung
fragte. Er antwortete eben so natürlich, der Pfarrer
redete auch mit ein, und nachdem dies eine Weile
gedauert hatte, schloß man damit nach dem Herren=
hause aufzubrechen, wohin die beiden Männer das
junge Mädchen zurückbegleiteten.

Unter dem lebhaftesten Gespräche legte man den
Weg zurück. Das Fräulein war in manchen Häusern
bekannt, in denen Friedrich verkehrte, und hatte sei=
nen Namen nennen hören. Sie beurtheilten die
Charaktere der Leute; sie ergänzten ihre Ansichten
mehr, als daß sie sich widersprachen, und als man
an der Gartenthüre stehend, statt sich zu trennen,

noch eine Zeitlang fortgeschwätzt hatte und dann doch endlich von einanderging, da geschah dies in so sicherem Gefühl, man werde sich bald wieder= sehen, daß davon nicht einmal die Rede war.

Auf dem Rückwege berichtete der Pfarrer um= ständlich über die Gutsherrschaft. Er hatte die meisten confirmirt und getraut, kannte die glücklichen und unglücklichen Ehen, wußte, wie man sich Anno 13 den Franzosen gegenüber hier benommen hatte, und dehnte seine Erzählungen weit über das Abendessen hinaus.

Friedrich ging auf sein Zimmer, sah hinaus in die lispelnden Bäume, und fing an, Bruchstücke aus den Symphonien Beethovens zu pfeifen, die ihm vom Winter her noch im Gehör hafteten. Dann packte er seinen Koffer bis auf die Neige aus und ordnete einen Theil seiner Sachen in die Kommode, auf deren Platte die wunderlichsten Rococo Schnörkel befindlich waren, die jemals der Seele eines Tischler= meisters entsproßten; nagelte darauf seine Skizzen von neuem an die Wand und entdeckte dabei im Tapetenmuster allerlei wunderliche Profile und Ge= stalten, denen er sogar manchmal mit einem Blei= stiftstriche nachhalf, endlich fiel ihm ein einzelner Band von Sophiens Reise in die Hände, über welchem er einschlief. —

Am nächsten Morgen fand er sich zwar mit seiner

Mappe vor den Eichbäumen ein, statt jedoch zu zeichnen, hatte er ein Buch auf dem Papiere zu liegen. Es bedurfte dieser Anstalten nicht: er hätte gegen Mittag seinen Besuch im Hause machen können, ja die Höflichkeit erforderte dies sogar, allein er dachte, es sei vielleicht auf diese Weise möglich, unter noch bequemerén Umständen das Fräulein wieder=zutreffen. Auch täuschte er sich keineswegs. Elisa=beth, oder Lilli, wie sie von den Ihrigen genannt wurde, schien eine Ahnung dieser unschuldigen Di=plomatie gehabt zu haben, und es dauerte gar nicht lange, daß sie wiederum in Begleitung ihres Hundes daherkam.

Statt jedoch die Ueberraschte zu spielen und etwa in Gedanken einhergehend wie plötzlich des jungen Mannes ansichtig zu werden, schritt sie quer über den Rasen auf ihn zu, wenn man die feste Decke von Gras, Moos, Haidekraut, Rosmarin und andern niedrigen Kräutern so nennen will, welche den Boden bekleidete. Friedrich warf rasch seine Sachen in den Graben und ging ihr entgegen. Man wünschte sich einen Gutenmorgen. Die Zeichnung ward mit der Natur verglichen, Lilli lobte sie, Friedrich redete ihr zu, sie möchte sich ebenfalls in der Kunst versuchen, und regalirte dabei den Hund mit einem Stücke Brot, das er mitgenommen hatte, um es als Gummi zu gebrauchen.

Beide verließen nun den Platz und gingen zum Hause, wo der Maler vorgestellt werden sollte. Das junge Mädchen machte ihm zuerst den Vorschlag. Sie trat sehr sicher auf, allein er verstand sie vollkommen in ihrer Art und Weise und war weit entfernt, ihre unbekümmerte Zutraulichkeit einem überwältigenden Eindrucke seiner Person zuzuschreiben. Das Bewußtsein, auf eigenem Grund und Boden zu stehen, das Gefühl, auf dem Lande fern von der Stadt zu sein, machte ihr Wesen so natürlich, als es beim Tanze natürlich ist, eine Frau im Arme zu haben, der man, sobald die Musik schweigt, ohne Erlaubniß nicht einmal die Hand berühren dürfte.

Sie traten in den Gartensaal, dessen Thüren weit offen standen. An einem Flügel saß eine junge Dame und spielte, „meine Tante“, bemerkte Lilli; eine andere im Lehnstuhle am Fenster, ihre Mutter, eine schon ältere Frau mit dem freundlichsten Gesichte. Ihr ward der Künstler zuerst vorgestellt, hierauf der anderen, welche inzwischen ihr Spiel unterbrochen hatte, doch nicht so, als geschähe es seinetwegen. Sie war eher jung als alt, besaß etwas Imponirendes in der Gestalt, und ihre Sprache hatte den angenehmen Accent, den die Süddeutschen oft annehmen, wenn sie längere Zeit bei uns gelebt und im Ausdrucke wohl ihren Provincialismus verloren, ihn im Klang der Worte aber beibehalten haben.

Friedrich bat sie, die folgenden Sätze der Sonate zu spielen, die eines seiner Lieblingsstücke war. Sie that es, und bald war er ganz in das Zuhören versunken. Es war ihm, als erhöbe sich ein Wind, der traurig über das flache Feld hinseufzte; Wolkenstreifen zogen auf; es ward trübe; es wurde wieder licht, ein einsamer Vogel begann zu singen und verlor sich in der Ferne. Dann stiegen aus dem Boden glühende zart blaue Gebirge auf, immer höher und höher, Palmen wuchsen empor, ein Fluß zwischen ihnen, in dem sie sich spiegelten, und allmälig sank Alles wieder hinab; er stand auf der Haide, und der Wind sang eine traurige Melodie, als wären es noch die alten Töne, mit denen die einsame Göttin den Adonis beklagte.

Er saß da, die Stirn in die Hand gesenkt und hörte zu. Manchmal blickte er zu Lilli hinüber, welche sich an der andern Seite des Saales niedergesetzt hatte und ihm so beinahe fern war. Mit untereinandergeschlagenen Armen blickte sie zu Boden. Ihre Mutter arbeitete still weiter, und die Fliegen summten durch die offene Thür hinein und hinaus. Wer ihm jetzt zugeredet hätte, in die Stadt zurückzukehren! Er projektirte wenigstens ein Dutzend Bilder, welche er alle hier im Dorfe malen wollte.

Man empfindet die Nähe eines Menschen, dessen

Seele tief und lebendig ist, noch ehe er sich mit einem Worte legitimirt hat. Seine Gedanken schie= nen in die Finger einzuströmen, deren Spiel ihn berührte, und die Spielerin wußte etwas von dem Eindrucke, den sie hervorgebracht, noch ehe sie ge= endet. Sie ging dann auf ihn zu und fragte, ob er zufrieden sei. Er sah auf. Lillis Tante war die jüngste Schwester der Frau und glich dem jungen Mädchen auffallend, auch war der Unterschied des Alters kein so bedeutender. Allein es fehlte ihr etwas, was Lilli in hohem Grade besaß: ein ge= wisser Hauch von Hingabe und dennoch von Un= nahbarkeit, der über sie ausgegossen war.

Friedrich dankte ihr, und es entwickelte sich ein Gespräch zwischen Beiden, während Lilli schweigend entfernt blieb. Und doch glaubte der Maler, sich stets an sie zu wenden und von ihr eine Antwort erwarten zu müssen. Er fragte sich im Stillen, ob ihm jemals so zu Muthe gewesen sei. Aufgefordert fühlte er sich, das beste auszusprechen, was er wußte, und indem er es sagte, erschien es ihm ärmlich und unzureichend. Er verglich im Fluge sein vergangenes Leben mit den gegenwärtigen Momenten; die Ein= samkeit, in der er bisher gelebt, die Gewöhnlichkeit der ihn umgebenden Verhältnisse, beides trat ihm kalt vor die Augen, aber es lag hinter ihm, und neue Ziele boten sich für die Zukunft.

Nichts lernen wir so schnell, als uns da heimisch zu fühlen, wo gleichsam unser Platz bisher leer stand und uns erwartete, damit wir ihn ausfüllten. Friedrich mußte an seine Kinderjahre zurückdenken; seit sie verflossen waren, hatte er nicht so unbekümmert in die Luft geschaut, wie heute, als er durch die Saalthüre in den reinen, sonnigen Himmel hinausblickte. Was ihm sonst nur dann gegeben war, wenn er ganz in seiner Arbeit versunken die Zeit vergaß, die dahinging, den Raum, der ihn beengte, die Zukunft, die ihn ängstigte: Stunden maßloser Zufriedenheit, — ein Abglanz dieses höchsten Genusses herrschte in diesem Hause, unter diesen Leuten.

Auch Lillis Mutter mischte sich zuletzt in das Gespräch. Was sie sagte, war weder geistreich noch außergewöhnlich, aber in der Art, wie sie die Dinge aussprach, lag ein Reiz, der beides ersetzte. Die freundliche Ruhe ihres Ausdruckes war so durchdringend, daß Jedermann sich ihr gegenüber von dem zutraulichen Gefühl erfaßt fühlte, sie werde sich überall, auch in den schwersten Zeiten, darin gleich bleiben. Es war nicht die angenommene Sanftmuth versteckten Stolzes, nicht die farblose Gelassenheit, in die sich ein unbefriedigtes Leben endlich auflöst, sondern ein Funken des Sonnenlichtes, das Gott über Gerechte und Ungerechte scheinen läßt,

und das, wie es sich heute zeigte, stets gezeigt
haben und für alle Zukunft zeigen mußte.

Es wurde endlich Zeit, abzubrechen. Friedrich
empfahl sich und kehrte zuerst auf seinen Platz im
Garten zurück, wo er die Mappe gelassen hatte.
Sein Zustand war ihm so neu und räthselhaft, daß
er lange Zeit in der Mittagssonne dasaß und geradeaus starrte, als läge in den zitternden Lichtern der
Bäume die Lösung dessen, was ihn verwirrte. Als
er endlich nach langsamem Gange bei seinem alten
Freunde eintraf, der mit dem Essen auf ihn wartete,
zeigte sich seine Zerstreutheit so offenbar, daß ihn
dieser darauf anredete.

Er ward roth und lachte, widersprach und begann dabei, einen feingeschälten Apfel, den ihm der
Pfarrer über den Tisch reichte, ernsthaft noch einmal zu schälen, ja, sich zu verwundern, als es nicht
recht gehen wollte.

„Der Himmel schütze Sie, liebster junger Freund,
was beginnen Sie?“ rief der Alte, der ihm eine
Weile zugesehen hatte.

„Ich? — Ich denke“ — er wollte weiter reden,
folgte aber den starren Augen seines Gegners auf
die Frucht und bemerkte seinen Mißgriff. Nun ward
er wirklich blutroth.

„Sie kommen wohl von dem — gnädigen Fräulein? — Was? — direct von daher?“

Friedrich stellte seinen Besuch nicht in Abrede.

„So? — und sind wohl bis über die Ohren verliebt?"

„Gott sei Dank, nein!" rief er aus. Er that es aus voller Seele, denn die Idee, daß er wirklich schon auf diesem Wege die Herrschaft über sich selbst verloren haben könnte, erschreckte ihn. — Er war den Nachmittag über fleißig an seinem Bilde; er versenkte sich wieder ganz hinein, und das Einzige, was ihm in diesen Momenten von dem fremden Zauber anklebte, war der Schluß der Sonate, den er, ohne es zu wissen, pfiff, summte oder sang, wie es seinen Lippen gerade wohlgefiel. —

Wer die Stadt verläßt und auf das Land geht, macht jedesmal eine alte Erfahrung aufs neue. Die ersten Tage scheinen unendlich stundenreich und er= müdend, die folgenden aber so kurz, als hätte man vom Morgen bis zum Abend die wichtigsten Dinge vor, bei denen man freilich keine Uhr bedarf. Der Abend war da, ehe Friedrich es dachte. Er kleidete sich um und ging in das Herrenhaus, wo man ihn erwartete. Der Pfarrer blieb in seiner Wohnung und meditirte die Predigt für den folgenden Tag, was er sehr gewissenhaft an keinem Sonnabend unter= ließ, solange er nun schon seinem Amte vorstand.

Friedrich machte Bekanntschaft mit Lillis Vater. Er fand in ihm denselben Zug vornehmer Ruhe wieder, der den andern eigenthümlich war. Er dominirte das Gespräch nicht, allein seine Anwesenheit machte sich dennoch fühlbar und gab dem Zusammensein geringeren Reiz als Friedrich erwartet hatte, ließ ihn jedoch nicht etwa aus den Illusionen fallen, denn, was ihn anzog, war keine Illusion. Die Zeitungen wurden eifriger studirt, als man es in der Stadt zu thun pflegt, es trat auch wohl hier und da eine Stille ein, wo der brummende Theekessel allein das Wort führte. Später glückte es ihm, an Lilli einige Worte allein richten zu dürfen. Sie standen in der offenen Thüre des Saales und lehnten sich einander gegenüber an die Pfosten, ihnen zur Rechten das helle Licht, zur Linken die dunkle, sternenvolle Nacht.

„Sie erinnern sich gewiß, schon als Kind hier Abends gestanden zu haben, zwischen Licht und Finsterniß?" sagte er — „es ist mir, als müßten Sie sich unzählige Male schon so mit dem Rücken angelehnt und bald dahin, bald dorthin gesehen haben?"

„Das ist wahr", antwortete sie. „Ich weiß, daß ich als ganz kleines Kind hier auf der Thürschwelle saß und die absonderlichsten Gedanken ausspann. Man hält sich doch immer mit ihnen an das, was man zufällig vor Augen hat. Sieht man nun fortwährend dieselben Dinge, dann wird man recht gewahr, wie man mit der Zeit stets einen andern Sinn darin findet. Aus dem wirklich geheimnißvollen Dasein, das der Garten hier, das Haus und die alten Möbel darin für mich führten, bleibt zuletzt nichts als die Erinnerung an die Zeiten, wo man noch so sehr seiner Phantasie unterwürfig war, und die nun fort sind."

„Es ist noch die Frage, ob sie fort sind," versetzte Friedrich.

„Da haben Sie Recht. Aber wie uns heute und gestern eigentlich zu Muthe war, erfahren wir erst lange nachher; daß muß man abwarten, wie das Alter."

„Und daran denken Sie nicht," erwiederte er scherzend.

„Nein, allerdings nicht." Sie lachte, trat einige Schritte ins Dunkel hinein und wandte sich dann der Thüre zu, so daß sie vom ausströmenden Lichte hell beleuchtet stand. —

Wir zeichnen die Unterredung nicht weiter auf. Im Gespräche erfreut viel mehr die Lust, zu reden, das Gefühl, sich offen hinzugeben, als das Vergnügen, dem andern zuzuhören und zu bedenken, was er antwortet. Die Gespräche sind nicht die genußreichsten, in denen man Neues sagt und empfängt, sondern die, wo ganz Altes, aber lange und oft als wahr Empfundenes ausgetauscht wird, wo man höchst zu=

frieden ist, daß man diesen Gedanken Worte leihen
dürfe, und am glücklichsten, wenn der andere aus
sich die gleichen Erfahrungen vorbringt, so daß er,
während man stillschweigt, nur als Anwalt derselben
Sache fortfährt. Den beiden erging es so. Auf
verschiedenen Wegen waren sie zu ähnlichen Re=
sultaten gekommen, und es freute sie, stets neue
Gegenstände zu entdecken, über welche sie einer Mei=
nung waren.

Auf dem Heimwege in der Nacht bedachte Frie=
drich zum ersten Male ernstlicher, daß Lilli verlobt
sei. Er hatte sie nun schon soweit kennen gelernt,
um zu wissen, daß ihr Verhältniß kein unklares,
leichtsinniges sein konnte. Gerade die Freiheit, mit
welcher sie ihm entgegenkam, bestätigte, wie sehr sie
festen Boden unter den Füßen fühlte. Das Er=
wägen aber dieser Dinge ward ihm so peinlich, daß
er sich mit Gewalt auf andere Gedanken brachte.
Was ging es ihn an, ob sie frei war oder nicht?
Machte er Ansprüche auf sie? Seine eigene Freiheit
war auch gewiß nichts, das er muthwillig auf das
Spiel setzte. Es fiel ihm nur etwas beschämend
aufs Herz, zu denken, daß, während er ihr sein
Bestes gab, sie vielleicht an einen andern dachte,
der sie schöner sehen und herzlicher reden hören durfte.
Wie mußte das erst sein? War sie immer so, wie
sie heute war, oder blühte sie noch voller auf, wenn

etwa der erschien, dessen Gegenwart hier, wenn er sie als möglich annahm, ihm jetzt schon unerträglich war? Er dachte noch einmal ihr ganzes Wesen durch. Lilli hatte nichts Auffallendes, Absonderliches, das ihn anzog; was sie sagte, war wie bei ihrer Mutter weder geistreich noch überraschend, allein es klang, als käme es gerade aus dem Herzen, jede Bewegung war so, als sei es die einzig richtige, und die Harmonie, welche in ihrem ganzen Thun und Lassen sich aussprach, so unvergleichlich, daß ein vorwiegendes Talent beinahe zu einem Fehler geworden wäre. —

Am andern Morgen stellte er sich zeitig ein und ging mit allen in die Kirche. Diese, ein kleines wunderliches Gebäude, lag mitten im herrschaftlichen Garten, ganz in der Nähe des Hauses, während der Kirchhof schon lange vor das Dorf verlegt worden war. Nicht größer als eine mäßige Scheuer, bestanden ihre Wände aus alterthümlichem Mauerwerke, zu dem man die großen Granitstücke verwandte, welche sich überall in der Gegend zerstreut fanden. Die kleinen Fenster, oben rund gemauert und mit runden Scheiben ausgefüllt, saßen so hoch, daß man sie mit ausgestrecktem Arme nicht erreichen konnte. Die Thüre war niedrig, gewölbt und von einer Akazie überschattet, der Weg durch den Rasen zu ihr hin so enge, daß die Männer und Weiber in einer langen Reihe zwei und zwei gehen mußten. Die verheiratheten Frauen trugen schwarze Kleidung und schwarze Kopftücher, die Wittwen schwarz mit weißen Tüchern, die Mädchen bunt, wie es ihnen behagte, alle aber breite, sorgfältig gefältete Fresen, von einem Ohre zum andern unter der Kehle herlaufend, blanke Knöpfe an den Miedern und glänzende Schnallen auf den Schuhen. Nach ihnen traten die Männer und Burschen, endlich die Kinder in die Kirche, in welcher sich die verschiedenen Geschlechter zur Rechten und Linken des Altares getrennt niedersetzten.

Der herrschaftliche Stand nahm hinter den Bänken der Bauern die ganze Breite der Kirche ein, war erhöht und durch Gitterfenster abgeschlossen. Auch fand der Eingang zu ihm von außen durch eine besondere Thüre statt, die vermittelst eines alterthümlichen Schlüssels etwas mühsam aufgeschlossen ward. Eine Treppe führte zu ihr hinauf und zwischen ihr und der eigentlichen Kirchenthüre standen nebeneinander einige altersgraue Steine an die Wand gelehnt, auf denen man verwitterte, bemooste Ritter in Lebensgröße erkannte, die mit gespreizten Beinen über ihren Helmen standen, während ihr Name in breiter Schrift um den Rand verzeichnet stand, nebst Geburts- und Todestag. Da jedoch die Sonne diese Daten seit langen Jahren unter Beihülfe von Sturm und Regen immer wieder durchbuchstabirt hatte, so waren sie, wie eine zerlesene Fibel, verdorben und unleserlich geworden. Um die Steine aber sproßten Gräser auf, und hinter ihnen hervor einige Prachtexemplare von Brenn=nesseln. Die andern drei Seiten der Kirche lagen im dichten Gebüsche, daß auch eine alte Urne von Sandstein versteckte, die abgebrochen auf dem Kopfe lag, während ihr Postament schief daneben stand, seine Inschrift mit feuchtem Moose zugewachsen.

Friedrich trat mit den Uebrigen ein und sah durch die Fenster, vor welchen die Holzgitter zurück=geschoben waren, hinab auf alle die Köpfe, deren Rückseiten sich ihm zuwandten. In der ersten Reihe vorn am Altar graues spärliches Haar, dann das braune der Männer, darauf die graublonden, hinten glattgeschorenen Köpfe der Bursche und Knaben, von denen die Ohren weit abstanden, daß sie in ihrer Ruhe wie eine Menge sonderbarer Urnen mit Henkeln aussahen. Bei den Kopftüchern der Frauen fielen die Falten fast stereotyp in dieselbe Lage.

Einen merkwürdigen Anblick bot die Kanzel dar, nebst der Orgel zu ihren beiden Seiten und dem Altare darunter. Das Ganze war im schnörkel=haften Style des verflossenen Jahrhunderts zu=sammengebaut. Hölzerne, marmorartig angestrichene Säulchen mit korinthischen Capitellen, Gold= und

Silberverzierungen, fliegende Amoretten um ein ver=
schmuꝶtes Familienwappen, bunt und schimmernd vor
Zeiten, nun aber schwarz geworden oder verblichen,
bildeten ein sonderbares Ensemble in so bescheidenen
Dimensionen, daß der Prediger auf der Kanzel sich
etwas riesenmäßig ausnahm, wie die Gestalten der
Kaiser und Könige, welche auf alten Holzschnitten
über die Mauern ihrer Städte schauen.

Der Gesang nahm seinen Anfang. Dem Unvor=
bereiteten mußte dieses Zusammentönen hart in die
Ohren klingen. Allein der Gedanke, daß die guten
Leute sich zu Ehren Gottes anstrengten, ließ es bei
Friedrich doch kaum zur Verwunderung kommen.
Ein Vers folgte dem andern; das Evangelium ward
verlesen und die Predigt begann. Der alte Herr
stand da, die vorgestreckten Arme auf die Kanzel=
einfassung gestemmt, und redete. Zu gemeinen Lehren
ließ er sich nicht herab, sondern sprach wie zu dem
idealsten Publicum. Er hatte mit Friedrich vorher
darüber verhandelt, welcher die Meinung aufstellte,
es müßte hier doch am gerathensten sein, einbring=
liche Ermahnungen über die nächstliegenden Pflichten
scharf und praktisch vorzubringen, damit sie in den
harten Köpfen Eingang fänden. Gern aber ließ er
sich zu der entgegengesetzten Ansicht bekehren. Ge=
rade darin, sprach sich sein alter Freund aus, bestände
der Segen des sonntäglichen Gottesdienstes, daß die

Predigt nur an das Reinste, Himmlische im Menschen anknüpfend, das Leben des Tages vergessen
lasse, und alles, was unedel in den Herzen der Zu-
hörer sei, als gar nicht vorhanden betrachte. In
dem täglichen Umgange mit ihnen, sagte er weiter,
findet sich genugsame Gelegenheit, sie handgreiflich
auf ihre gemeinen Triebe aufmerksam zu machen,
ihnen ihre Habsucht und egoistische Berechnung vorzustellen, deren üble Folgen gemeiniglich auf sie
selbst empfindlich zurückfallen: Sonntags aber ist
das vergessen, ich suche dann den göttlichen Funken
in ihren Seelen auf, der ihnen innewohnt und der
Flamme fähig ist, so gut wie bei den Gebildetsten,
die in der Philosophie, Moral und Kirchengeschichte
zu Hause sind.

Dennoch hörte ihm der junge Mensch nur wenig
zu und hatte bald den Faden der Predigt verloren,
deren sanfter Fluß ihm vor den Ohren klang. Er
lehnte sich in die Fensterbrüstung und sah rechts in
die grünen Scheiben eines dicht daneben liegenden
Kirchenfensters. Es hing ein Spinnwebe davor, und
in ihm eine leere Puppe, während der Schmetterling, schon längst gestorben und ausgetrocknet, eine
kleine Spanne von ihr in denselben Fäden stak.
Der Lebenslauf des armen Thieres beschäftigte ihn.
Auskriechend war es sogleich in die tödtlichste Ge-
fangenschaft gerathen und hatte sterben müssen, ohne

die Welt draußen durch das verflossene, grünschil=
lernde Glas nur einmal recht gesehen zu haben;
ohne je einen Flügelschlag gethan zu haben, ohne
die freie Luft zu kennen, ohne vom reinen Blau
des Himmels zu wissen, von Blumen und von seines=
gleichen, die tausendfach das genossen, was ihm ver=
sagt war.

Es stiegen ihm dabei so traurige Gedanken auf,
daß er sich endlich umwandte nach denen, welche
mit ihm im herrschaftlichen Stande waren. Lilli
saß neben ihm, zurückgelehnt in ihrem Stuhle, nach
der Decke sehend und das Kinn auf den Rücken
der Hand gestützt. Sie schien die unbewußte Zu=
bringlichkeit nicht zu bemerken, mit welcher Friedrich
eine lange Weile ihr Profil betrachtete, dessen Linie
ihn diesmal mehr noch als die blühenden Wangen
fesselte. Plötzlich aber sah sie ihn an; und dieser Blick,
obgleich er ganz gedankenlos zu ihm herüberschweifte
und sogleich wieder ablenkte, sagte ihm, was er ver=
brochen hatte. So blickte er denn zuguterletzt vor
sich nieder, gerade auf die letzten Bänke herab, auf
denen einige Bauerjungen, die zerlumpten Gesang=
bücher unter den gefalteten Händen, in eine apa=
thische Ruhe versunken waren und die Zeit erwar=
teten, wo die Kirche zu Ende wäre.

Dieser Moment trat endlich ein. Die Herrschaft
verließ ihren Stand; aus der kleinen Thüre strömten

die Bauern ins Freie und gingen in einer langen, bunten Linie aus dem Garten. Der Prediger trat heran, und mit ihm näherte man sich langsam dem Hause. Er und Friedrich waren zu Tisch gebeten. Die Zeit bis dahin füllte man durch ein behagliches Umherschlendern im Garten aus, wobei das Gespräch die Nebenrolle spielte.

Friedrich an Lillis Seite sonderte sich allmählig von den Uebrigen ab. Nur der Hund folgte ihnen. Sie durchgingen die Wege und bogen in andere ein, wie sie gerade Lust hatten. Aus einem lang= gestreckten Haselnußbusche, welcher für einen Theil des Gartens die einfriedigende Hecke bildete, brach bei ihrer zufälligen Annäherung ein ganzer Schwarm von Bauerkindern zu schleuniger Flucht heraus, wie eine Schaar Spatzen sich davonmacht, wenn eine Katze sich im Traume regt, die in der Sonne ein= geschlafen ist. Sie mußten beide lachen und machten ihre Bemerkungen darüber, wie die Jungen und Mädchen sich aus dem Gottesdienste direct aufs Nüssemausen begeben hatten, wobei gewiß auch nicht ein einziges unter ihnen an den Contrast gedacht hatte.

„Ich finde", sagte Friedrich, „wir machen es in anderer Art alle Tage ebenso, und für den, welcher beobachtend dabeisteht, ist der Gegensatz wohl manch= mal noch auffallender."

„Sicherlich", antwortete Lilli, „und obendrein mit dem Unterschiede, daß, während sich bei den Bauerkindern doch wenigstens das böse Gewissen regt, wir ganz ruhig in den Nüssen sitzen bleiben und uns am Ende gar vertheidigen, wenn man uns vertreiben will."

„Haben Sie sich schon darauf ertappt?" fragte er lachend.

„Das nicht. Aber hinterher ist mir doch öfter eingefallen, daß die Sachen so mit mir standen."

Während sie so sprach, bog sie eine schwanke Gerte des Gesträuches nieder und pflückte sich die Nüsse daran. Friedrich aber sah sich um und fand die Gegend unaussprechlich schön. Die Sonne schien durchdringend. Die hohen Linden mit etwas staubigem Grün standen aufgereiht am Wege; ihre Aeste hingen sanft gebogen fast bis zum Boden, und ihr Schatten war von unzähligen goldenen Punkten durchbrochen. Sie näherten sich beide wieder dem Hause. Sie traten in den Saal, dessen Kühle ihnen fast wie Kälte däuchte. Friedrich setzte sich auf den Divan an die Wand, Lilli strich mit den Fingern über die Tasten des offenstehenden Flügels, hielt einige der angegebenen Töne fest, und setzte sich nieder und spielte.

Sie ging von einem zum andern über. Friedrich mußte dazwischen sagen, ob er die Melodie erkannt hätte. Oder er verlangte dies oder jenes zu hören, und sie fand es meistentheils auf der Stelle. Dabei erinnerten sie sich an die Abende in der Oper und die Concerte, wo sie es gehört hatten, an die Sängerinnen, und wie sie es gesungen.

Während Lilli mitten im Spiel war, trat der alte Prediger ein und ließ sich leise nieder, wo sich der erste Sessel darbot. Sie spielte gerade die wundervolle Arie Händels: „Laß mich beklagen mein hartes Schicksal und meine Freiheit, die ich verlor." Ein königliches Unterliegen unter noch königlicherer Gewalt spricht aus diesen Tönen, in die Armide ausbricht, als sie von Rinaldo sich gefesselt fühlt. Rührender hat Gluck denselben Moment zum Ausdruck gebracht, etwa wie Racine diese Scene zärtlicher geschrieben hätte als Corneille, aber so heroisch als Händel konnte kein Mensch diese Empfindung in Töne fesseln. So sanft, so traurig, so leidenschaftlich nimmt jedes Wort das andere auf, daß Armide nicht wie eine Zauberin erscheint, der ihre Macht geraubt ist, sondern wie eine Göttin, der die Flügel genommen sind.

Der alte Herr hörte zu und betrachtete verstohlen das Paar. Seine Blicke wurden dem jungen Maler so empfindlich, daß die Träumerei, in die er versunken war, einer unbehaglichen Stimmung wich, und er zuletzt aufstand. Er ging zur Thüre, setzte sich auf ihre Stufe nieder und streichelte den Hund, welcher faul in der Hitze lag und Alles mit sich geschehen ließ.

Der Prediger trat nun zu Lilli und reichte ihr einen Brief, der soeben angekommen sei. Sie nahm ihn aus seiner Hand, las die Adresse, erröthete, steckte ihn rasch in die Tasche ihres Kleides und verließ das Zimmer. Er selbst besann sich eine Weile und wollte ihr dann nachgehen, that es aber nicht, sondern wandte sich zu Friedrich, der jedoch, als er ihn kommen hörte, plötzlich aufsprang, den Hund an sich lockte und mit ihm in den Garten davonlief.

* * *

Das Mittagessen war vorüber und der Kaffee in behaglichem Stillschweigen eingenommen. Die beiden Gäste gingen nach Hause; man hatte sie abermals auf den Abend eingeladen. Friedrich setzte sich gleich an sein Bild, bei dem noch viel zu thun war. Manchmal sah er aus dem Fenster in den Hof, wo, noch stiller als gewöhnlich, eine wahre Todtenstille herrschte; dann malte er wieder. An den Himmel setzte er einen Zug leichter, schimmernder Wolken, in die dunkeln Eichen einige gedämpfte Lichter, überall fanden sich noch Stellen, die um eine Idee heller oder dunkler sein mußten. Bald vor, bald rückwärts tretend, versank er wieder ganz in seine Schöpfung, und wenn ihm plötzlich Jemand gesagt hätte, er sei im Pfarrhause und nicht an dem klaren See, inmitten der waldigen Berge, wo die Sonnenstrahlen über die Spitzen der Bäume hinabklommen zu dem Schlosse mit seinen scharfen Thürmen und Erkern, er würde sich verwundert haben besinnen müssen, wenn auch nur auf einen kurzen Augenblick. Niemals hatte er mit solcher Liebe gearbeitet als an diesem Tage. Wie in seinen Kinderzeiten stand der Strom des Lebens still und war ein lieblicher See geworden, dessen Wellen zu sich zurückkehrten. Wie lange war es her, daß er zum letzten Male so sich selbst vergaß? Die Zeiten fielen ihm ein, wo er als Junge Sonnabends aus der Schule kam und seine Bücher hinwarf, als wäre der freie Nachmittag und der lange Sonntag da=hinter eine unendliche Zeit, in der sich das Unmög=liche unternehmen ließe. Und nun kam ihm das Leben so reich vor, als wäre es eine ewige Kette solcher Sonnabendnachmittage mit unendlichen Sonn=tagen, die ihnen folgten. —

Als die Dunkelheit eingebrochen war, erschien er mit dem Prediger im Herrenhause. Er wußte schon wie es da sein würde und fand es nicht anders. Den Saal kannte er wie seine Heimath. Die Thüre zum Garten stand offen. Aus der Dunkelheit kamen häufige Nachtschmetterlinge herein, die man, so gut es ging, wieder in die wohlthätige Finsterniß hinauszuschaffen suchte. Oft aber kehrten sie mit halbverbrannten Flügeln zurück, um ihr Schicksal zu vollenden. Er hatte von seinen Skizzenbüchern mitgebracht. Lillis Vater sah sie durch und freute sich, wenn er die einzelnen Bäume wiedererkannte, wobei er über ihr Alter sprach und überhaupt seine Ansichten über die Baumzucht zum besten gab. Der Pfarrer las die neuangekommenen Zeitungen, die Frauen arbeiteten, Lilli hatte ein Buch vor sich. Sie legte es nach einiger Zeit nieder und ging in den Garten. Friedrich sah ihr nach, wagte aber nicht, ihr zu folgen. Als jedoch endlich seine Bücher durchgesehen waren, und der Gutsherr aufstand, saß er noch eine kurze Zeit still, erhob sich dann aber eilig und suchte das junge Mädchen in der Dunkelheit.

Er fand sie bald auf dem breiten Wege, welcher von der Thüre aus zwischen zwei breiten Rasenflächen auf den Laubgang zuführte. Hier gingen sie nebeneinander auf und ab. Der Himmel war undurchdringlich schwarz. Es fielen leise Tropfen, kaum ein Regen zu kennen. Wenn sie den Bäumen nahe kamen, hörten sie es in den Blättern sanft rauschen.

„Sie gehen alle Sommer hierher auf das Land?" fragte Friedrich.

„Ja", antwortete sie, „fast ohne Ausnahme jedes Jahr. Solange ich denken kann, erinnere ich mich, Nachts hier für mich gegangen zu sein und die helle Thüre dort angesehen zu haben."

„Welch ein Glück", sagte er, „seine Erinnerungen so Jahr für Jahr mitzunehmen; nirgends ein Ab= reißen, kaum eine Störung. Alle Fäden, auch die feinsten, spinnen sich fort, niemals greift eine Hand hinein, wäre es auch nur, sie zu verwirren. Andere müssen tausendmal neu anknüpfen, um das Leben einigermaßen zu ertragen."

„Erging es ihnen so?" fragte sie.

„Ja, ich erlebte es. Es gab eine Zeit, wo ich mitten in der Welt stand, und es mir gleichgültig war, ob die Menschen um mich her von Holz oder Stein oder Thiere wären. Ich fühlte mich so fremd unter ihnen, als wäre ich vom Monde gefallen. Es war meine eigene Schuld, aber es war so."

Sie hatten das Haus erreicht und wandten sich wieder ab.

„Ich malte nicht immer, was ich jetzt male," nahm er das Wort auf, da Lilli schweigend neben ihm ging. „Ich malte zuerst Figuren; ich wollte, was man so nennt, Historienmaler werden. Man behauptete, ich hätte Talent zur Composition. Allerlei Leute ermunterten mich. Ich war noch sehr jung und versteckte meine Eitelkeit nicht. Man nahm mir

das nicht übel, sondern versorgte mich im Gegen=
theil tüchtig mit Schmeicheleien. Ich saß sehr fleißig
hinter meinen Studien und gewann einen Preis.
Man schickte mich nach Italien. Ich reiste ab, wie
ein Feldherr, der wenigstens die halbe Welt besiegen
will, verbrauchte mein Geld unbekümmert, und wenn
ich an die Rückkehr dachte, schwebte mir etwas wie
ein Triumphzug vor, mit einer glänzenden Perspec=
tive für meine Zukunft.“

„Mich wundert das eigentlich,“ sagte Lilli, „denn
Sie waren doch in Italien überall mitten unter den
herrlichsten Kunstwerken; und wenn ihr Talent auch
noch so bedeutend war, mußten Sie doch fühlen,
daß Sie wenigstens das noch nicht erreicht hätten.“

„O,“ antwortete er, „Sie glauben nicht, gnä=
digstes Fräulein, wie leicht man sich über dergleichen
hinwegsetzt, solange man jung und ehrgeizig ist.
Von vornherein wird Alles kritisirt. Und außerdem
sieht man das Unübertreffliche schon deshalb nicht,
weil man noch gar keine Augen dafür hat. Doch
gestehe ich ein, daß ich die großen Gemälde der
alten Meister mit einem gewissen Mißbehagen an=
sah. Ich trieb mich lieber auf den Straßen und
Plätzen und im Gebirge umher. Ich zeichnete
Bücher voll Skizzen; Studien im strengeren Sinne
machte ich nicht. Ich verschob Alles auf meine Rück=
kehr, die ich denn zuletzt antreten mußte.

„So traf ich nach zwei Jahren in der Stadt wieder ein. Da standen die Dinge ein wenig anders. Verläßt man einen Ort, wo man eine bestimmte Stellung innehatte, so bildet man sich ein, es verstände sich von selbst, daß man da wieder eintrete, wo man fortgegangen ist. Man meint, die Welt stände uns zu Gefallen solange still, und der Platz bliebe unbesetzt. Aber im Leben giebt es keine Lücken, in der großen Gesellschaft keine Stühle, die leer bleiben. Wenn nicht heute, so findet sich morgen doch ein zweiter, der für uns eintritt, und wenn er auch am ersten Tage nicht besonders zu passen scheint, so dehnt sich doch bald der Stiefel nach dem Fuße, wo es Anfangs den Anschein hatte, als müßte sich der Fuß nach dem Stiefel strecken. Als ich wiederkam, mußte ich wieder von vorn anfangen.

„Ich ließ mich das indessen nicht verdrießen. Ich hatte eine gehörige Zuversicht auf mein Talent, mein Glück und meine Gönner, miethete mir ein Atelier und verfertigte einen großen Carton zu einem historischen Bilde, — es war ein schauderhaftes Stück Arbeit!“ Der Maler setzte das im heitersten Tone hinzu, als wenn er von einem Glase Essig spräche, das er aus Versehen einmal für Bier ausgetrunken hätte.

Lilli lachte. „Wie so?“ fragte sie. „Warum schauderhaft?“

„O, mein Bild, es war recht schön. Ich hielt es auch damals für ein Meisterstück. Leider jedoch hatten meine Gönner und so weiter nicht dieselbe Ansicht, meine jetzige nämlich.“

„Was fehlte denn daran?“

„Nichts, gar nichts. Es war Alles vorhanden, was zu einem historischen Bilde nöthig ist. Es stellte irgend eine Schlachtscene dar —“

„Welche Schlacht?“ fiel das junge Mädchen ein und lachte wieder.

„Welche Sie wollen. Kurz eine Schlacht, wo es heiß herging und Menschen und Thiere sich auf der letzten Stufe der Verzweiflung befanden. Alte Ritter, welche in kraftloser Wuth die Hände ballten, Frauenzimmer, die mit aufgerissenen Augen vor sich hin starrten, natürlich mit Säuglingen im Arme, welche mit der Miene lieblicher Unschuld nichts von dem Verderben ahnten, halbwüchsige Kinder zwischen den Pferden und Wagenrädern umherkrabbelnd, schreiende Männer, die mit gräßlicher Kraft in die Luft schlugen, Pferde, im Galopp über einer ganzen Gruppe Todter schwebend, Helme am Boden, Wunden und Blut, kurz eine Scene, als hätte eine Heerde kräftiger Einwohner eines Narrenhauses eine reisende englische Reiterbande überfallen, sich in deren Costüme gesteckt, die Pferde bestiegen und nun unter sich einen Kampf auf Leben und Tod begonnen.“

Da Friedrich dies Alles mit großem Eifer aber zugleich mit einer gewissen ironischen Trockenheit vorbrachte, so klang es äußerst lächerlich für seine Begleiterin. „Aber wie kann man dergleichen malen, ohne selbst“ — sie stockte. Er aber, indem er ruhiger und ernsthafter ward, nahm die abgebrochene Rede auf. „Ohne selbst verrückt zu sein, wollten Sie sagen? Verrückt war ich und unglücklich. Und nun gar, als man dieses Werk, an dem ich unglaubliche Mühe und lange Zeit verschwendete, kalt lobte und sich dann noch kälter abwandte; es nicht, wie ich ganz sicher gedacht hatte, zur Ausführung bestellte, ja nicht einmal von anderen Aufträgen redete, als meine Bekannten die Achseln zuckten und ich selbst keine Freude an der Arbeit hatte, die mein einziger Besitz war, da stand ich nach so schönen Jahren und goldenen Träumen eines Tages allein da: Niemand, den ich anklagen durfte, Niemand, der mir einen Rath gab, der mich liebte oder nur kannte, und keine Ahnung, was für die Zukunft werden sollte. Können Sie sich das denken? Ich will nicht erwähnen, daß ich arm war — für den Augenblick kam es darauf am wenigsten an — aber wer von der Welt verlassen ist, und ihr heimlich Recht geben muß in seinem Herzen: es giebt keinen schrecklicheren Moment im Leben, als wenn man heraustretend aus der unbesorgten Jugend den Drang fühlt, etwas zu thun, eine Stelle einzunehmen im großen Ganzen, und nun plötzlich sich ausgestoßen sieht, durch die eigene Schwachheit, wie ein Soldat, der auf dem Marsche liegenbleibt, an dem die andern vorbeimarschieren, weil sie sich nicht um ihn bekümmern dürfen, und er hätte selbst nicht anders gehandelt, wenn sein Nebenmann statt seiner umgesunken wäre."

„Gottlob, Sie haben das überwunden!" rief Lilli aus.

„Ja, Gott sei Dank, und wer weiß wie es jetzt mit mir stände, wenn man mich damals mitfortgeschleppt hätte, statt mich kalt am Wege liegen zu lassen. Es ist besser so gewesen. Man verdankt gern den Andern alles Gute, aber am liebsten doch sich selber.

„Nie werde ich den Tag vergessen, als der Gedanke in mir aufzudämmern begann, die Leute könnten Recht haben mit ihrem Urtheil, und mein Carton sei nichts werth. Es war an einem Morgen, als ich vor ihn hintrat und mir die Figuren ansah. Sie sahen mich plötzlich alle fremd an. Eine leichenhafte Leerheit erfüllte sie, keine war ein Stück meines eigenen Lebens. Ich hatte sie gesehen, nachgeahmt, gestohlen, ohne es zu wissen. Alles war auf den Effect berechnet, nichts so wie ich es für mich allein gemalt haben würde. Ich hatte nur zeigen wollen, was ich gelernt hätte, aber wo auch nur eine

Linie, die ich selbst zuerst gesehen, empfunden und gezogen hätte? Wo ein Körper, von dem ich fühlte, er muß so sein und nicht anders, dessen Stellung vor meiner Seele auftauchte, dessen Umriß ich in halb träumender Freude über seine Erscheinung mit schüchterner Hand festzuhalten suchte, allein meinem Ideale gegenüber und losgelöst von den Gedanken an fremde Augen und die Bewunderung der Welt? — Nichts, keine Spur von dem, und doch lag soviel in meiner Seele, das nach einer Form verlangte.

„Das Bild war mir zuwider. Ich mochte es nicht mehr ansehen. Es trat ein Freund herein und fing es an herauszustreichen. Seine Worte wurden mir ekelhaft. Kaum war er fort, ich konnte nicht erwarten, daß er ginge, so nahm ich mein Messer und schnitt das Ding aus dem Rahmen, legte es rasch zusammen und packte es in eine Ecke. Ich athmete auf. Ich schien mir wie vom bösen Feinde befreit zu sein. Mir war einen Augenblick zu Muthe, als wäre ich glücklich. — Aber das war ich nicht. Ich nahm meine Mappen vor und sah sie durch, in der müßten Idee, doch irgend etwas thun zu müssen. Aber es ging mir nicht besser: Alles war mir fremd geworden, nur die Erinnerung an die unbesorgten Tage in Italien und meine Hoffnungen klebten traurig an den Blättern. Wo war der Himmel von Sorrent? Der Tag sah gleichgültig durch die Scheiben, die Wolken hatten keine Form und keine Farbe, die Wagen rasselten unten vorüber. Ich erschien mir so verstoßen, so arm wie niemals ein Mensch auf Erden. Auch die Aermsten hatten doch ihre Arbeit und, wo sie fehlte, den Gedanken wenigstens, daß sie arbeiten könnten, wenn sich nur die Gelegenheit fände. Ich aber stand da und wußte nichts, was ich angreifen sollte, ebensogut hätten mir die Hände und Arme fehlen können."

Hier schwieg der Maler. Unwillkürlich verglich er seinen damaligen Zustand mit dem des Momentes; er glaubte, es sei unmöglich, den Reichthum zu umspannen, der ihn hier umgab. Er hörte des Mädchens Schritte neben sich. Er stand still, sie hemmte ihren Gang. Ob sie wohl fühlte, welch ein Stolz ihn durchdrang, daß er ihr so von seinem Leben sprechen durfte?

„Nun?" fragte sie sanft nach einer Weile.

„O, es ermüdet Sie," antwortete er. Doch er wollte sich nur von ihr bitten lassen.

„Ach Gott," rief sie aus, „ich würde die ganze Nacht kein Auge zuthun, wenn ich nicht vorher erführe, wie sie aus dieser Noth gekommen sind."

„Seltsam genug," sagte er. „Durch Zauberei. Durch einen Zufall, wenn Sie wollen. Aber ich weiß seitdem, daß es keinen Zufall mehr giebt! Ich

weiß auch," fügte er feuriger hinzu, „daß Alles
Schöne nur um seiner selbst willen da ist, und
trotzdem allmächtiger wirkt als alle Mächte der
Erde! Aber es wird Ihnen nur ein Zufall dünken,
wenn ich es erzähle.

„Ich hatte ein geräumiges, viele Treppen hoch
gelegenes Zimmer inne, eine Art großer Boden=
kammer, deren viele nebeneinander zu Ateliers ein=
gerichtet waren. Eins derselben, Wand an Wand
mit dem meinigen, stand leer, und war erst seit
kurzem wieder vermiethet worden. — Jetzt hörte
ich den neuen Besitzer neben mir eintreten und hin
und her gehen. Ich zählte gedankenlos seine Schritte.
Ich dachte nach, wie es nur möglich sei, daß ein
Mensch so ruhig gehen und stehen könne, während
dicht an seiner Seite der andere verloren und ver=
nichtet war. Ich kannte ihn nicht, hatte ihn nie
gesehen, aber ich sah ihn für meinen Feind an und
schalt ihn kalt und gefühllos. Alle Menschen glichen
ihm in diesem Augenblicke, er aber war der ärgste.
Ich warf mich auf mein Bett und starrte nach der
Decke des Zimmers hinauf, wo der Kalk einen
langen unregelmäßigen Riß hatte, dessen Zickzack zu
lauter Fratzen ward, die mich verhöhnten. Ich schloß
die Augen, ich meinte, ich würde ruhiger, und es
schien mir, als wäre es möglich, einzuschlafen, aber
der Druck war zu groß, der mich belastete. Wäre

mir eine Waffe zur Hand gewesen, ich hätte sie jetzt gegen mich selbst gerichtet.

„Da flog durch die leichte Wand, an der ich lag, ein Ton zu mir herüber, nie werde ich ihn vergessen und die, welche ihm folgten, so lange ich lebe, und den Schauer, mit dem es mich durchzuckte. Es war der Klang einer Geige. Langsam, aber wie Feuer, Glück und Verderben in einem Strahle ausgießend, drangen die Töne mir ans Herz, und indem sie mehr und mehr Besitz nahmen von meiner Seele, erblaßten die unerträglichen Gedanken, die mich quälten. Niemals wieder habe ich so spielen hören. Es durchströmte mich ein reiner Strom beruhigter Gefühle, wie die erfrischende kühle Luft des Meeres, an die ein Reisender in der Wüste zurückdenkt, als wenn er sie niemals wieder kosten sollte. Ich horchte und horchte. Er hielt inne und begann von neuem. Ich hörte, wie er dabei auf und ab ging. Ich segnete seine Schritte. Zuerst fürchtete ich, er möchte enden, bald aber dachte ich nicht mehr daran, eine süße Gewohnheit überkam mich, stille liegend mit geschlossenen Augen gab ich mich der Gewalt hin, die meine Gedanken lenkte.

„Immer tiefer versenkte ich mich in mich selber. Alte Zeiten wurden neu vor meinen Augen. Es fiel mir ein, wie ich als Kind einmal vor die Stadt gegangen war zu einem Kirchhofe, der nicht weit

vom Thore ablag. Vorher hatte ich mich nie daran
erinnert, jetzt sah ich Alles ganz deutlich. Die
Mauer war niedrig und mit breiten, glatten Steinen
belegt. Ich kletterte hinauf, setzte mich nieder und
sah vor mich hin. In der Ferne lagen bläuliche
Wälder, in unbestimmten Farben verfloß die Nähe
in die Weite. Immer klarer sah ich das Land und
den Himmel darüber. Mattes Gewölk, blaßlila,
strich durch den Aether, der Wind über die Gräser
und unter einer Brücke, abseits vom Wege, sprang
das flache Wasser über schimmernde Steine. — Es
ward mir, als hätte ich nie die Welt so schön
gesehen; ich wollte den Blick fangen, ich könnte ihn
wieder verlieren, fürchtete ich, sprang auf und griff
nach meinem Werkzeuge.

„Eine aufgespannte Leinwand fand sich, Farben
hatte ich die Menge, setzte die Palette auf und begann
zu malen halb im Traume noch auf das Spiel
horchend; und indem ich malte, ward das Bild bei
jedem Striche heller und schöner und lockender, das
ich in mir trug. Es war am Morgen, als ich begann, Essen und Trinken vergaß ich darüber, und
erst als ich mit Erstaunen bemerkte, daß es Dämmerung im Zimmer ward, dachte ich an die Zeit und
fühlte mich ein wenig ermattet. Nachdem ich rasch
gegessen hatte, lief ich noch in voller Nacht hinaus
vor das Thor, um frische Luft zu schöpfen.

„Ich machte große Schritte. Ein Gefühl der Freiheit lebte in mir auf, daß ich nie zuvor empfunden. Die Zukunft lag wieder schön und lockend vor mir. Keine Gedanken mehr an Geld und Gunst. Selbständig wollte ich leben, mir allein das Leben verdanken, und wußte ich auch noch nicht, wie es geschehen würde, so wußte ich doch, daß es geschehen würde.

„So malte ich Tag für Tag weiter an meinem Bilde, und während der Arbeit sah ich schon andere in mir, die ich nach ihm beginnen wollte."

„Was ist aus Ihrer ersten Landschaft geworden," fragte Lilli.

„Verkauft, wie die andern ebenfalls! Wenn man jetzt zehntausend bei mir bestellte, würde ich sie übernehmen! Ich weiß nicht, was mit meinen Augen geschehen ist: wohin ich sehe, sehe ich Bilder; wo ich sonst kaum eine Farbe sah, unzählige zarte Töne, Leben überall und unergründlichen Reichthum."

„Und der Unbekannte, dessen Spiel Sie bezauberte?" —

Friedrich wollte antworten, doch es unterbrach ihn die Stimme des Gutsherrn, welcher aus der Thüre laut nach ihnen rief. Zufällig fanden sie sich dicht neben ihm und mit wenigen Schritten im Saale. Es war spät. Man ging auseinander, und nach kurzer Zeit finden wir den Prediger und den jungen Mann nebeneinander auf dem Heimwege.

Der Regen ward fühlbarer, doch nicht lästig und beschleunigte kaum ihren Gang. Er fiel so sanft und schmeichelnd aus der stillen finstern Höhe herab, daß sie sich ihm mit Vergnügen preisgaben. Zuerst schwiegen sie beide. Friedrich, weil er erfüllt von seinem Gespräche mit Lilli, von einem schwebenden Gefühle des Wohlseins getragen dahinging, das ihn den alten Gastfreund an seiner Seite fast vergessen ließ, dieser jedoch, weil er das, was er zu sagen sich vorgenommen hatte, noch im Geiste hin und her wandte, um es richtig zu beginnen. Endlich hatte er das erste Wort gepackt, und unterbrach die Stille. „Sie unterhielten sich lange Zeit im Garten mit dem gnädigen Fräulein?" fragte er.

Friedrich ließ sich nicht stören in seinem inneren Fluge und antwortete, „ja".

„Sie ist ein sehr vernünftiges junges Mädchen. Sie werden das ohne Zweifel bemerkt haben?" fuhr der Alte fort.

Der junge Mensch empfand jetzt dunkel, daß der Prediger bei dieser Frage noch ein Anderes im Hintergrunde hätte, worauf er lossteuerte.

„Ich dächte," antwortete er leichthin, „das brauchten Sie mich nicht erst heute zu fragen."

Er suchte in dem scherzenden Tone unwillkürlich nach einer Waffe gegen den Angriff.

„Ich würde das auch nicht gesagt haben," bemerkte sein Gegner bedachten Wortes fortfahrend, „wenn ich nicht heute Abend ganz besonders wünschte, Sie wären von der Ueberzeugung lebhaft durchdrungen, daß Fräulein Elisabeth ein sehr vernünftiges junges Mädchen sei."

Jetzt lag etwas Unerträgliches in dem wohl construirten Satze. Es war, als wenn eine Batterie in gemessenem Trabe heranführe, abprotzte und richtete, ohne jedoch den ersten Schuß abzufeuern. Der alte Mann hatte seine Praxis. Er war weder geistreich, noch überfiel er seinen Gegner mit plötzlichen Wendungen, sondern ging, nachdem er seine Disposition gemacht, den Dingen langsam zu Leibe.

Friedrich indessen versuchte, ihm Stand zu halten. „Ich dächte," antwortete er frei, „wenn eine Rose blüht, und die Menschen ihre richtigen fünf Sinne beieinander haben, so ist man von vornherein darüber einverstanden, daß ihr Anblick und ihr Duft entzückend sind. Das versteht sich von selbst, gestern, heute und morgen. Ob es eine Sünde sei, heimlich über das Gitter eines Garten zu klettern, weil seine Schönheit dazu verführte, darüber ließe sich allenfalls noch streiten, ob man aber, wo Thür und Thore offenstehen, und wo man sogar einzutreten aufgefordert wird, absichtlich um die schönste Blume einen weiten Umweg machen müsse — das wäre ein Gesetz der Discretion, welches hoffentlich in keiner Gesetzgebung zu finden ist."

„Wenn wir aber wissen, daß eine Rose einem andern angehört, und wir strecken dennoch die Hand nach ihr aus, so thun wir dennoch wissentlich, was ein Unrecht ist!" — so hätte der Prediger vielleicht erwiedern können; statt dessen aber ließ er sich durchaus nicht auf das Beispiel ein, sondern antwortete einfach, „ich wollte Sie nur daran erinnert haben, daß das Fräulein eine Braut ist, und wie ich ganz bestimmt weiß, eine sehr glückliche, und ich halte es für meine Pflicht, sie zu bitten, daß Sie sich ihr und sich selbst gegenüber vor Schaden hüten."

Jetzt entgegnete Friedrich kein Wort mehr und der Alte sagte auch nichts weiter. Das Feenreich aber war zerstoben. An der Härte, mit welcher ihn dieser Schlag traf, fühlte er nur zu sehr, in welchem Maße er bereits das vergessen hatte, woran ihn der Prediger erinnerte. Er war noch Herr genug seiner selbst, um ruhig überlegen zu können, was zu thun, ihm seine Pflicht geböte, und indem er sich eingestand, daß er auf dem Wege gewesen war, dem Zauber des schönen Mädchens zu unterliegen, faßte er energisch den Entschluß, sie nie wiederzusehen und sobald als möglich abzureisen. An der Hausthüre, als sie sich trennten, drückte er dem alten Manne im Dunkeln die Hand, worauf ein jeder schweigend sein Zimmer aufsuchte. —

Das erste, was am andern Tage sein Ohr traf, war das Geräusch des Regens, den der Wind gegen die Fenster trieb. Er öffnete sie nichtsdestoweniger und steckte den Kopf hinaus. Das Wetter war umgeschlagen, die Luft kühl geworden und schien symbolisch die Entschlüsse bekräftigen zu wollen, welchen sein Herz sich unterworfen hatte. Die Stimmung des Himmels theilte sich ihm mit. Er ging hinunter; der Prediger war ausgegangen. Allein saß er nun in dem großen Zimmer und frühstückte. Dann ging er wieder hinauf an die Staffelei. Er nahm die gezeichneten Studien vor und malte am Vordergrunde seiner Landschaft. Doch die Hände wollten nicht an der Leinwand haften. Er legte die Palette nieder und setzte sich mit der italienischen Reise ans offene Fenster. Als er das Buch aufschlug, fielen seine Augen auf die Erzählung des Abenteuers, welches Goethe der schönen Mailänderin gegenüber bestand. Früher hatte er diese Episode niemals ohne ein Gefühl der Abneigung gegen den Dichter gelesen, welcher so kalt die Herrschaft über sein Herz bewahrt und sich mit so regelrechter Behandlung selbst zu curiren verstand. Wie sehr ihm auch Alles der Gerechtigkeit gemäß erschienen war, diese Art und Weise, das Verhältniß abzubrechen, welches leidenschaftlich und tragisch werden konnte, beleidigte ihn. Jetzt las er die Worte mit anderem Gefühl; die früher vermißte Leidenschaft sah er tief und glühend in ihm liegen, die freiwillige Verbannung ward zum bewunderungswürdigen Heroismus. Die Dinge traten ihm plötzlich so nahe und schmerzlich vor die Augen, daß er das Buch schloß und in Nachdenken verfiel.

Draußen rauschte es und rauschte es. Alle Blätter der dichten Büsche, die das Haus umgaben, glänzten und zitterten. Dicht vor ihm tröpfelte es unaufhörlich nieder vom Dache. Der sandige Boden blieb trocken. Der frische Hauch, in den die dumpfe Schwüle der vorhergehenden Tage verändert war, athmete sich sanft ein und lockte ins Freie. Friedrich suchte sein dichtestes Schuhwerk hervor und verließ das Haus.

Er wandte sich dem Walde zu. Der Horizont war grau verhüllt, der Spiegel des Sees rauh von unzähligen kleinen Wellen, die Aeste der Kiefern, die bläulichen Wacholderbüsche vollgesogen vom Regen. Ebenso das dichte Haidekraut, in das er hineintrat, und das erfrischte Moos auf dem flachen Grunde des Waldes. Er ging durch die Stämme und schlug mit der Hand an die jungen Birken, daß ihnen das helle Wasser aus den langen Zweigen

sprühte, er holte sich hier und da eine nasse früh=
reife Brombeere aus den stachlichen Ranken heraus,
die sie beschützten, und pflückte am Rande des großen
Baum umschlossenen Sumpfes weiße Wasserblumen
mit langen, runden Stielen, die er wie grüne
Schlangen in der Hand hielt.

Als er einen Stein weit hineinwarf, stieg auf
der andern Seite eine Flucht wilder Enten auf,
überflog das Wasser und senkte sich auf einer schilfigen
Stelle wieder herab. Auch ein paar Becassinen mit
zierlichen Beinen und spitzem Schnabel sah er in
der Ferne über das sandige Ufer laufen. Er dachte
daran, wie sich der Wald so still im grauen Tone
der Luft schön malen ließe, doch wußte er noch nicht
recht, wie er ein Bild daraus machen sollte. Endlich,
nachdem er eine lange Zeit in die Kreuz und die
Quere gegangen war, wandte er sich wieder dem
freien Felde zu.

In der Ferne sah er die Schmiede vor sich liegen,
in die er am Tage seiner Ankunft eingekehrt war.
Was ihn damals fortgetrieben, lockte ihn heute an.
Er ging darauf los, er hörte die Hammerschläge
und trat ein. Der Schmied stand am Feuer und
hatte die Hände voll Kohlen, die er hineinwerfen
wollte. Sie wechselten einige gleichgültige Worte.
Friedrich fragte nach dem Gesellen. „Es war mein
Bruder,“ antwortete der Mann, indem er die Kohlen

ins Feuer schmiß und den Blasebalg anzog, „er meinte, es würde ihm in der Stadt besser gefallen." — „Bei wem ist er dort in Arbeit?" — „Kann ich nicht sagen," versetzte er. Friedrich hatte kein Herz, nach der Frau zu fragen, aber als er das Haus wieder verlassen hatte, sah er sie im Garten gebückt arbeiten. Er lehnte sich auf die Staketen und bot ihr einen Gutentag. Sie richtete sich auf und erkannte ihn. „Ihr Mann arbeitet jetzt ja allein in der Schmiede?" sagte er. Sie sah ihm in die Augen, als wollte sie ihn ausforschen, und erwiederte dann, „es ist weniger Arbeit, wir können es allein zwingen." Sie war schlank gewachsen und hielt die Hand leicht in die Seite gestemmt. Ein wenig erhitzt von der Arbeit trugen ihre Wangen das schönste Roth, um den Mund aber zog sich ein trauriges Lächeln. Sie hatte einen edlen, etwas fremden Ausdruck, als wäre sie aus einer anderen Gegend gebürtig. „Kann ich dem Herrn mit etwas dienen?" setzte sie hinzu, als er sie schweigend betrachtete. „Nein, ich danke," antwortete er und ging weiter. Nach einigen hundert Schritten blickte er zurück. Die Schmiede lag so schwarz und düster da, der Himmel war so grau, die Wolken drückten sich fast auf die Erde herab und drängten einander nach Osten. Auf der anderen Seite dehnte sich das Dorf aus, ein wenig lichter, weil es entfernter lag. Die Bäume rührten sich nicht, der Rauch aus den Schornsteinen schwamm in einer langen Linie über den Häusern und konnte nicht aufsteigen. Die Pappeln vor dem Hause des Pfarrers und die im herrschaftlichen Garten starrten neblig in die Luft, und Alles war so still wie ein Todtenhof.

Friedrichs Entschluß, Lilli nicht wieder zu sehen, war noch keinen Augenblick wankend geworden. Ihr Bild schien mit dem verschwundenen Sonnenscheine wirklich an seinem Zauber eingebüßt zu haben. Er dachte ganz ruhig an die Rückkehr und wen er in der Stadt zuerst aufsuchen wollte. Niemanden. Er hatte zuviel zu thun und nahm sich vor, seine Anwesenheit fürs Erste zu verheimlichen. Einsam würde er sich ein wenig mehr als früher dünken, doch das verlöre sich, meinte er. Die Heilung wäre auch gar zu rasch gewesen, hätte er gleich mit einem Rucke sein Herz in das alte Geleise bringen und das neue (in dem es so sanft vorwärtsrollte) vergessen können. Als er aber in das Dorf eintrat, fiel ihm umsomehr das seltsam heimathliche Gefühl auf, mit dem er sich dem Pfarrhause näherte, als wäre er darin geboren und erzogen worden.

„Die gnädigen Herrschaften sein oben," sagte der Knecht, welcher in der Hausthüre stand.

„Wer?" — Friedrich erröthete — „Oben? — bei mir?"

„Ja, das gnädige Fräulein und die Frau; oben sind sie." Zu allem Ueberflusse nahm er noch die kurze Hängepfeife aus dem Munde und deutete mit ihr die Treppe hinauf, setzte sie dann wieder an ihren Platz und fuhr mit den bloßen Füßen in die Holzpantoffeln, die er vor dem Hause hatte stehen lassen.

Friedrich sah ihm einen Augenblick wie erstarrt nach und betrachtete die Fußstapfen im feuchten Sande, dann eilte er hinauf und fand die beiden Damen, welche vor seiner Landschaft standen.

Die Mutter begann sogleich dem Künstler auf eine simple aber beredte Weise das Werk zu loben, während Lilli stumm ein wenig zurückgetreten war und kein Auge davon verwandte.

„Wie finden Sie es, gnädigstes Fräulein?" richtete Friedrich zuletzt an sie das Wort.

„Man möchte dort sein," sagte sie.

„Was für ein Schloß ist es eigentlich?" fiel die Mutter von neuem auf das herzlichste ein, „wohl in der Schweiz — oder in Tyrol?"

Er lachte, zuckte die Achseln und machte weiter keinen Versuch das Königreich näher zu bezeichnen, in welchem seine Schlösser lagen.

„Aber wirklich, es ist als wäre man dort gewesen," setzte die Frau hinzu, „es ist Alles gar zu natürlich; nicht wahr Lilli?"

„Jetzt wo wir uns schon ein wenig kennen gelernt haben," sagte diese zu Friedrich, „kommt es mir auch beinah so vor, als wäre ich dort gewesen. Ich weiß wenigstens die Landkarte, auf der ich es zu suchen hätte."

Er betrachtete nur die Bewegung ihres schönen Mundes und hörte kaum, was sie sagte. Sie wandte sich endlich von dem Bilde ab und fing an, die übrigen Gegenstände im Zimmer zu besehen, las die Titel der Bücher, sah einmal in den Hof hinab, freute sich die alten Kupferstiche wiederzufinden und erinnerte ihre Mutter an Verschiedenes, das sie in diesem Zimmer erlebt hatten, während die alte Frau ebenfalls als junges Mädchen hier aus und ein gegangen war. Gerade an dem Fenster, wo Friedrichs Tisch stand, hatte die alte Pfarrerin vor Jahren gesessen mit einer hohen sonderbaren Haube, die so deutlich beschrieben ward, daß sie der Maler im Traume zu erblicken fürchtete.

„Lilli, wir müssen gehen," hieß es dann plötzlich. „Mein Mann wird auch noch kommen und Abschied von Ihnen nehmen."

„Abschied?" fiel Friedrich ein und glaubte nicht recht zu hören.

„Ja, leider. Wir gehen auf unser anderes Gut, einige Meilen von hier. Und da uns der Prediger sagte, daß Sie sehr bald in die Stadt zurückgingen, werden wir uns wohl erst dort wiedersehen."

„Im nächsten Winter," fügte Lilli hinzu.

Friedrich küßte die Hand der Frau, verneigte sich gegen Lilli, hörte sie die Treppe hinabgehen, sah sie vom Fenster herab in den Büschen verschwinden und fühlte sich allein. Von guten Vorsätzen wußte er nichts mehr; weder sein Herz noch seine Augen, die ihm schwer wurden, wie sie lange nicht gewesen. Er schritt heftig auf und ab und kämpfte mit den Gedanken, die wie Raubvögel auf ihn eindrangen.

Allmählich fühlte er, daß er vom Regen gänzlich durchnäßt sei und sich umkleiden müsse; wenigstens eine Beschäftigung. Er sah Palette und Pinsel daliegen und glaubte, er würde sie niemals wieder berühren. Wozu diese Bilder malen, die in die Hände gleichgültiger Menschen geriethen? Wer war der, den das Schicksal sandte, damit er ihm bei Lilli zuvorkäme? Liebte sie ihn? Der Prediger hatte ihm schon in den ersten Tagen erzählt, wie glücklich sie sei. Konnte er sich nicht irren? Konnte sie das nicht? Der Goethe lag noch aufgeschlagen auf dem Tische. Er nahm ihn und warf ihn wieder hin. Es war doch Kälte und Mangel an wahrer Leidenschaft, daß der Dichter sich von dem geliebten Mädchen losriß und sie nachher ganz ruhig wiedersah.

Die Magd rief zu Tische. Es war ihm ein unleidlicher Zwang, dem Prediger gegenüber zu sitzen, dessen prüfendem Blicke alle seine Gefühle offenbar sein mußten. Er war davon überzeugt. Es empörte ihn. Dann nahm er wieder Vernunft an, aber seine Ruhe wiederzuerlangen war unmöglich. Seine Gedanken verfolgten das schöne Mädchen. Jetzt steigen sie in den Wagen, dachte er; jetzt fahren sie da vorüber, wo die große Birke in den Weg hinein steht; wie schön sie sein wird im Hauche der erfrischten Luft; wie glücklich die Büsche am Wege, die sie anblickt; wie glücklich die Regentropfen, die ihr entgegenfliegen! Man denkt eben nicht logisch, wenn die Sehnsucht am Herzen nagt, und beneidet Alles, was der Geliebten nahe ist, was sie berührt. Sehnsucht hat eine Phantasie mit Adleraugen. Ihre schaffende Kraft ist unversieglich, nur die der Eifersucht übertrifft sie. Sehnsucht bewegt die ganze Seele eines Menschen zu harmonischen Kreisen um einen Mittelpunkt, dem sie alle zustreben, von dem sie alle ausgehen. Sie übermannte Friedrichs Willen, der sich dagegenstemmte, wie die kühle Schläfrigkeit nach einer durchwachten Nacht zog sie ihn an sich und er widerstand nicht weiter.

Träumend und stumm saß er hinter seinem Teller und ließ sich auffordern, zu Essen und zu Trinken. Sie sprachen wirklich außerdem kein Wort zusammen. Nach Tisch hatte der alte Herr Geschäfte und überließ ihn wieder sich selbst. Das Wetter war noch dasselbe. Friedrich setzte sich ans Fenster und sah in ein Buch, das Lilli herausgezogen und nicht wieder in die Reihe gestellt hatte. Er schlug es auf nach einer Weile und las da, wo sich zufällig die Seiten getheilt hatten.

Mariamnens Gesang.

Die Tage schwinden wie sie kamen,
Das Dunkel wechselt mit dem Licht,
Ich aber nenne seinen Namen,
Denn alles Andre weiß ich nicht;
Und wie die Mittagsgluth dem Lande
Tief mitternächtge Ruh verleiht,
Erstarr ich in der Sehnsucht Brande
Und lausche auf die Flucht der Zeit.

Er hielt inne. Eine große baumlose Ebne lag vor ihm, mit eisernem, sonnendurchglühtem Boden, aufgerissen von der Hitze; ferne leuchten grell die weißen Mauern einer Stadt mit Palmen, die aus ihrer Mitte steigen; noch ferner aber zieht sich eine scharfe Gebirgskette hin und darüber breitet sich ein durchsichtiger Himmel, brennend und wolkenlos in unbarmherziger Klarheit.

Er las weiter:

Jetzt ruht er bei der Sonne Gluthen
Im weiten, schattigen Palast,
Den mit geheimnißvollen Fluthen
Der Nil in seine Arme faßt;

Sein Auge folgt den leichten Kähnen,
Und wie sie unaufhaltsam fliehn,
Da fühlt er, wie ihn meine Thränen
Zurück in meine Arme ziehn.

Der Palast stieg vor ihm auf mit den Reihen der Säulen, deren Capitelle von zartgemeißelten Lotosblättern gebildet waren. In blendenden Flächen schwamm das Gewässer des Niles auf ihn ein, die Inseln einschließend, von breitblätterigem Dickicht erfüllt, aus denen Palmen aufstrahlten, hierhin geneigt und dorthin. Er hörte den Ruderschlag, sah die schlankgebauchten Segel und die glänzenden, schwarzen Arme der Männer, welche die Ruder führten — doch, ein Blick näher heran: — verschwunden war der Zauber, und Lilli stand da, heraustretend aus dem schattigen Laubgange, wie sie am ersten Tage auf ihn zukam. Neben ihr der Hund, in dessen langen, schwarzen Haaren ihre Finger spielten und im Gürtel hatte sie die Feldblume stecken, die sie eben pflückte.

Friedrich sprang auf und schlug mit der Faust auf den Tisch, als wollte er den Bildern drohend befehlen, daß sie ihn verließen. Da öffnete sich die Thüre und der Gutsherr trat ein.

„Gutentag," sagte er und stellte sich vor das Bild. „Capital, wahrhaftig — sehr schön! — Wissen

Sie was? — mein Wagen steht hinten am Walde. Meine Frau mit ihrer Schwester und Lilli sind heute Morgen voraus. Wir bleiben höchstens vierzehn Tage dort. Kommen Sie mit mir? Sie können bleiben und gehen wie Sie wollen. Was? Es sind da viel Bäume und verschiedenes Gesträppe, das Sie interessiren wird. Wie? Ganz anders als hier. Schwerer Boden: so schwer als irgendwo; mannshoher Weizen, wo einem hier der Roggen kaum unter die Arme reicht. Ich versichere Ihnen, es wird Ihnen gefallen dort, und meine Frau läßt Sie herzlich einladen. Heute Morgen vergaß sie, es zu sagen. — Aber wirklich capital. Ein sehr schönes Bild. Verzeihen Sie, wenn ich frage, aber was giebt man Ihnen nun so etwa für so eine Arbeit?"

„Jenachdem. 50—60—70 Friedrichsd'or, oder auch mehr," antwortete Friedrich mechanisch.

„Und Sie bringen doch wohl ein Stücker zehn oder ein Dutzend zu Stande, das Jahr über?" fuhr der Mann fort.

„Mehr oder weniger," erwiderte der junge Maler und hörte kaum, was er gefragt ward. —

Künstler, und auch die bedeutendsten unter ihnen, sind und bleiben für das Auge des Publikums Arbeiter, welche für Geld schaffen und meistens viel zu viel dafür erhalten. Erst wenn sie nachweisbar auffallende Summen verdienen, steigen sie in der allgemeinen Achtung; wirkliches Ansehen erhalten sie aber erst durch ganz außerordentliche Berühmtheit, Orden oder Titel. Dies hat seine guten und ganz natürlichen Gründe. Ihre Productivität ist so sehr von jeder anderen Arbeit unterschieden, daß sie der Welt gar keine Arbeit mehr erscheint, sondern nur eine höhere Art, zu faullenzen. Sollen sie dafür bezahlt werden? Das allgemeine Urtheil taxirt nur nach der Nützlichkeit und der sichtbaren Arbeit. Lilli's Vater war ein Mann von nobeler Gesinnung, guten Sitten und verbindlichen Formen, allein erst jetzt, da er in aller Eile überschlug, wieviel Friedrich Jahr für Jahr auf diese Weise verdienen könnte, und das Resultat kein unerhebliches war, gelang es ihm, sich ihm gegenüber auf dem richtigen Standpunkte zu fühlen, und er fuhr demgemäß ebenso freundlich, allein um einige Grade respectvoller fort: „Wirklich, Sie sollten uns die Freude machen. Die Stadt können Sie schon einige Tage länger warten lassen. Ihre Sachen bleiben hier im Hause. Unser Freund unten würde Ihnen auch zureden, wenn er hier wäre. Kommen Sie. Sie finden dort ein allerliebstes Zimmer mit merkwürdigen alten Bildern und eine interessante Jagd. Ich weiß nicht, ob Sie das lieben?" Friedrich nickte. „Nun, denn entschließen Sie sich. Am Ende

sind die fünf Stunden kaum mehr als eine Spazier=
fahrt.“

Er war längst entschlossen und packte bereits
verschiedene Gegenstände zusammen, die er für die
kurze Reise bedurfte. Es war unmöglich, zurückzu=
bleiben. Mochte Lilli verlobt sein, mit wem sie
wollte. Er hatte ein böses Gewissen, er merkte es
an seiner Hast, denn er hoffte dem Prediger aus=
zuweichen, welcher nicht zu Hause war. Der Guts=
herr bemächtigte sich mit zuvorkommender Höflich=
keit des leichten Reisesackes, er selbst nahm seinen
Plaid über den Arm, und erst als sie das Haus
bereits im Rücken hatten, fiel ihm ein, daß er nicht
einmal sein Skizzenbuch eingesteckt hätte. Zurück=
laufen und mit dem alten Herrn zusammentreffen?
Nein. Es würde sich dort schon Papier und Blei=
stift finden.

Er athmete auf als sie das Dorf verließen und
an der Waldecke den Wagen warten sahen. Der
Reisesack flog unter den Sitz, sie rückten sich zurecht,
der Knecht knackte mit der Zunge, und sie rollten
über den kurzen Rasen des Landweges so leicht da=
hin, daß sie die beste Equipage nicht sanfter dünken
konnte.

Als sie eine kleine Strecke im freien Felde waren,
erblickte Friedrich den Prediger, welcher quer über
einen Acker dem Dorfe zuging. Erröthend drückte

er sich in die Wagenecke, um nicht gesehen zu werden, bald aber hatte er alle Gedanken an das, was
hinter ihm lag, überwunden, sein Blick versank
träumend in den gelb leuchtenden Schimmer der
Wolkenzüge, die unter dem grauen Himmel dahin-
eilten, wie die Ueberreste einer geschlagenen Armee,
welche sich im zerzausten Zustande so rasch als
möglich nach Hause flüchten.

Es hatte innegehalten mit Regnen, allein es
konnte jeden Augenblick von neuem anfangen. Das
Land war nicht völlig so flach wie die sandige Ebne,
welche zu durchschneiden war, ehe man von der
anderen Seite her das Dorf erreichte. Die Gegend
nahm leise einen veränderten Charakter an. Der
Boden hob und senkte sich in unbedeutenden, doch
immerhin bemerklichem Wechsel. An vielen Stellen
war er sumpfig, und nur selten hemmte offenliegender
Sand die Schnelligkeit des Fuhrwerkes.

In den Wäldern ging es zuweilen über bedenkliche Knüppeldämme fort, aus nebeneinandergelegten
Kiefernästen gebildet, wo zu beiden Seiten der trübe
Himmel aus unzähligen Pfützen aufstrahlte; dann
wieder zwischen breitgestreckten Schonungen hin,
durch umfangreiche Birkenwälder und Dörfer mit
absonderlichen kleinen Kirchen, und großen Mist-
haufen vor den Häusern. Im Ganzen aber kamen
sie so rasch vorwärts, daß die eintönige Begleitung

der Landschaft dennoch nichts Ermüdendes hatte. Windmühlen krönten überall die höchsten Punkte, sie drehten sich lustig um und brachten so einiges Leben in die ringsum herrschende Ruhe.

Als sie sich dem Zielpunkte ihrer Reise näherten, brach die Dunkelheit herein und mit ihr zogen neue, dichte Wolkenmassen am Horizonte auf. Jetzt lag der Fahrweg nicht selten erhöht zwischen den Aeckern. Der Blick streifte über fette dunkle Wiesen hin, Laubholz umschloß die Aussicht, Linden und Eichen, oft von mächtigem Umfange, standen an der Straße oder auch mitten im Felde, wasserreiche Gräben durchzogen das Land und als man endlich das Wohnhaus erreichte, sah Friedrich ein graues Ge-bäude vor sich mit unregelmäßigen Wänden, von dichtem Baumwuchse umgeben und auf einer An-höhe gelegen, die theilweise durch schilfiges, busch-umwachsenes Gewässer vom Dorfe und dessen Gärten getrennt war. Sie rollten über eine Brücke. Der Maler sah in der tiefen Dämmerung das Weiden-laub, von einem Windschauer durchwühlt, weiß schimmern, die Fenster des Hauses waren theilweise hell, und überall leuchteten aus den offenen Thüren der Bauerhütten hellflackernde Heerdfeuer.

Seine Adern brannten ihm im Fieber der Er-wartung. Er hätte herausspringen mögen und zu Lilli hineilen, von der es ihn dünkte, als hätte er sie eine Ewigkeit entbehren müssen. Er strengte seine Augen an, ob sie ihnen nicht vielleicht entgegenkäme, allein er sah sie nicht eher als bis er ausgestiegen, die alterthümliche, sanfte Treppe hinaufgegangen, und in den großen vielwinkligen Saal eingetreten war, wo sie mit ihrer Mutter und Tante zusammensaß.

Der Empfang war sehr herzlich. Man belobte den Vater, daß er den Gast überredet hätte, ihn zu begleiten, und ihn selbst, daß er nachgegeben; ein gedeckter Tisch wartete schon im Nebenzimmer; eine Menge Vorfälle, welche sich während der Abwesenheit der Herrschaft ereignet, boten Stoff zu belebter Unterhaltung, und als hernach die Gesellschaft in den Saal zurückgekehrt war, und Friedrich die dunkeln Wände mit den noch dunkleren, kaum erkennbaren Gemälden darauf in behaglicher Gedankenlosigkeit betrachtete, während er so nahe die geliebte Stimme hörte und das Glück des Zusammenseins mit ihr empfand, das ihm noch kein menschliches Wesen so voll und beruhigend eingeflößt hatte, da schien ihm der Entschluß, ihren Vater allein reisen zu lassen und im Pfarrhause zurückgeblieben zu sein, ein so ganz und gar unmöglicher, daß er auch nicht der leisesten Reue fähig war, der Lockung keinen Widerstand geleistet zu haben.

Mit diesem Gefühl schlief er Abends ein, mit

ihm erwachte er am nächsten Morgen. — Wenn
man als Kind mit auf Reisen genommen wird, ist
man ungemein empfindlich gegen den veränderten
Geschmack des Wassers, den fremden Geruch der
Stuben und Straßen und die ungewohnten Geräusche in und außer dem Hause. Jeder unbekannte
Ton wird von der Phantasie erfaßt und ausgebeutet,
jedes neue Tapetenmuster, die Ritzen der Dielen
und des Straßenpflasters werden bemerkt, und es
entsteht aus unzähligen kleinen Eindrücken, für
welche man später keinen Sinn mehr hat, ein ro-
mantisches Gefühl, als sei man fremden Mächten
anheimgegeben. Ein plötzlich neuerwachender Nach-
klang dieser kindlichen Erregung durchdrang Friedrich,
als er in der Nacht mit seinem Lichte das Zimmer
betrat, in welchem er wohnen sollte, und das von
der Kerze nur zum kleinsten Theil erhellt ward.
Flüchtig beleuchtete er die Oelbilder an den Wänden,
sah das große Bett mit dem frischen, eckiggefalteten
Leinenzeuge an und warf noch einen Blick aus dem
Fenster ins Freie. Er bemerkte in der Finsterniß
nur einige schwankende, undeutliche Baumumrisse
und hörte die Regentropfen auf ein nahes Gewässer
herabplätschern.

Als er die Augen wieder aufschlug, strömte die
volle Sonne ins Zimmer. Er sprang ans Fenster.
Unschuldiges weißes Gewölk trieb sich in sparsamen

Flocken durch den Aether, und die Welt lag strahlend unter dem Lächeln des schönen Gestirns. Wie einem Künstler die Gestalt seines Werkes schön und voll= endet durch die Seele gleitet, ehe er noch die Hand aufgehoben, um es zur Erscheinung zu bringen, gleichsam die reinste Ahnung dessen, was es sein wird, so flog durch des jungen Mannes Herz eine Reihe glücklicher Tage, welche er hier verleben wollte.

Er fühlte sich so heimisch, so vertraut mit Allem, ohne noch etwas gesehen zu haben; er dachte, hier stehst du fest, und wer dich vertreiben will, der stört dich in deinem guten Rechte! Mit seiner kurzen Verzweiflung und dem Aufgeben der gefaßten Ent= schlüsse schienen ihn alle Bedenklichkeiten wegen Lillis Verlobten verlassen zu haben. Früher trat er vor ihm zurück, jetzt konnte er ihn nur noch bedauern, und obgleich er auch noch nicht einen einzigen Blick von ihr aufgefangen hatte, der ihn zu verstehen oder gar zu ermuthigen schien, hielt er dennoch seine Sache für gewonnen und ausgemacht.

Er war noch zu jung, als daß Lieben und Be= gehren schon Eins für ihn gewesen wäre. Es ge= nügte ihm, in ihrer Nähe zu sein, ausschließlich mit ihr zu reden und den ganzen Tag über sie erreichen zu können. Das waren heute seine Wünsche, wer weiß, wie sie morgen lauteten. Er schwamm noch im Ungewissen, ohne Land zu sehen. Was er Lilli gegenüber wagte, war etwa so viel als Noah that, als er die Taube fliegen ließ: ein kleiner Oelzweig genügte seinem harrenden Herzen. Erst wenn man Boden unter den Füßen fühlt, will man Herr sein und besitzen.

Er stand lange Zeit im offenen Fenster und sah in das Geäste der schweren Eichbäume hinein, deren äußerste Zweigspitzen das Haus berührten. Dann die Augen ganz von rothschwarzen Sonnenflecken geblendet, wandte er sich zurück und betrachtete die Gemälde an den Wänden des Zimmers ein wenig genauer; lauter ausgezeichnete Stücke, Landschaften zum größten Theil, Bilder, welche ihn überraschten und demüthig machten.

Da hing zuerst ein Claude Lorrain mit einer himmlisch heiteren Fernsicht in ein glückliches Land, das unerreichbar klar und reizend zum Gebirge an= stieg. Vorn standen mächtige, aber sanfte Bäume; und da, wo sich durch sie hindurch ein Blick in das Innere des Waldes öffnete, drang das Auge in eine süße, grünliche Dämmerung, als hätte der Maler die Sonnenstrahlen auf die Leinwand gezaubert, die vom frühlingsjungen Laube aufgehalten, nur ein gebrochenes Licht in diese Schatten sandten.

Daneben ein Salvator Rosa. Ganz anders; derb, kühn, wild; ein verwitterter breiter Felsen, zer= klüftet von der Zeit und mit Rasen bewachsen. Von verborgenen Höhen strömt ein flaches Gewässer auf ihn und sickert an seinen Seiten herunter oder quillt hervor aus seinen Rissen und Spalten, zu einem Bache herab, welcher breit dahinfließend das Gestein unterwaschen hat. Dunkle Baumstämme bilden den Vordergrund und ein trübes Waldgebirge schließt Alles ein.

Nun aber ein Ruisdael, nicht weniger energisch und dennoch wie aus einer anderen Welt. Wo bei Claude blühende, schmelzende Farben, bei Salvator kräftige, dunkle, aber einfache Töne sind: grün das Moos, braunschwärzlich der Felsen, finster die Baumstämme vorn und tiefblau der Himmel — da ist bei ihm Alles graugelblich, bräunlich, schmutzig und dennoch eine Zartheit in den Nüancen, daß das geringste Mehr oder Weniger auffallend wäre. Ein großer Baum dehnt sich in kräftigem Wuchse frei aus nach allen Seiten; ein Gewässer berührt seine Wurzeln, in dem sich die geräumige, flache Landschaft spiegelt, Kähne fahren oder liegen am Ufer, bewegte Menschen sind darin, ein thurmreiches kleines Schloß sieht auf dem Lande aus Gebüschen heraus; unsicheres Gewölk steht am Himmel, und das Ganze, ohne ein Tüpfelchen brillanter Farbe, ist so heiter und erfrischend, als ginge hier niemals die Sonne unter.

Er war noch ganz vertieft in den Anblick dieses letzten Bildes, als eine Hand leicht an seine Thür klopfte und er das rasche Davoneilen von Schritten vernahm. Schnell sprang er hinaus und erblickte Lilli schon ganz am Ende des langen Ganges. „Nur ein freundschaftlicher Rath en passant," rief sie, „doch gefälligst vom schönen Wetter Notiz zu nehmen."

„Auf der Stelle bereit!" rief er zurück.

„Desto besser", antwortete sie, und er hörte sie eine Treppe hinabspringen.

Kurz darauf ging er denselben Weg und fand alle in der besten Laune beieinander. Das schöne Wetter ward mit einem Entzücken begrüßt, als hätte man statt eines Regentages wenigstens einige böse Wochen zu überstehen gehabt. Kaum war das Früh= stück eingenommen, als Lilli schon ihren Strohhut herbeiholte und die ganze Gesellschaft sich in den Garten begab.

Es war fast über ein Jahr her, daß man dies Gut nicht besucht hatte. Alles empfing so einen ge= wissen Reiz der Neuheit. Man suchte die alten Wege im Garten auf, der selten betreten ward und einen ziemlich verwilderten Anblick darbot. Der Küchen= garten lag getrennt von ihm auf einer andern Seite. Man hätte ihn ebensogut einen Park, besser noch ein von Wegen durchzogenes Dickicht nennen können. Er bestand aus einer Menge Hügeln, zwischen denen sich trockne und mit Schlingpflanzen überwachsene Tiefen, oder auch mit Wasser angefüllte Gräben hinzogen, so daß überall die Wege durch Brücken verbunden werden mußten. Hohe, üppig aufgewachsene Bäume berührten sich über ihnen, um ihre Wurzeln wucherte das ungemähte Gras, Unkraut und wilder Hopfen. Doch waren es keine dichtbelaubten, engverzweigten Stämme, welche einer dem andern die Luft versperrten, sondern glatt aufstrebend, theilten sie sich in schlanke Aeste. Oft neigte sich ihr Wuchs tief über das Wasser hinüber, als wollten sie umsinken, dann aber schoß er plötzlich wieder in grader Linie aufwärts, wie der Rauch eines Feuers, der, vom Winde zur Seite gedrängt, erst niedrig am Boden kriecht ehe er emporsteigt.

Auf den freieren Stellen fanden sich große, verwirrte Blumenbeete, wo Alles wildzusammen aufgeschossen war. Auch begegneten sie einzelnen Obstbäumen, manche so reich beladen, daß die Aeste im Brechen waren, andere nur mit wenig Früchten lustig ins wilde Holz schießend.

Vom Rande des Gartens, wo die Hügel sich sanft absenkten, sah man auf weite Wiesen hin. An einem solchen Abhange standen Lilli und der junge Künstler. Sie setzten sich beide auf das Gras nieder und falteten die Hände vor den Knieen. Ein angenehmes Gemisch von feuchter Wärme und Kühle herrschte hier, ein liebliches Ineinanderfließen von Cultur und Wildniß machte den Platz einsam, ohne deß er abgelegen war. Nicht weit vor ihnen, mitten im Grün, kam ein Kranich einhergeschritten, ganz gravitätisch, bis er endlich ein Bein hinanzog, den Hals zurückbog, daß der Kopf in die Brustfedern versank, und als Naturstatue der Selbstgenügsamkeit in dieser Stellung verharrte. In den breiten Sonnen= streifen, welche die Büsche durchdrangen, tanzten die Mücken, und manchmal tönte von ferne das Gebrüll des Viehes sanft herüber, von dem nichts zu er= blicken war, als ein einziges Gespann Ochsen, welches ganz in der Weite, vor einem Pflug gespannt, lang= sam seinen Weg zurücklegte. —

„Sie sind mir noch die Erzählung von dem un= bekannten Violinspieler schuldig," begann Lilli mit einem Lächeln, nachdem sie zuvor lange Zeit ge= schwiegen. „Wie haben Sie sich kennen gelernt?" Sie lächelte noch immer und sah Friedrich fragend an.

„Ich habe ihn nicht kennen gelernt," antwortete er, „das ist eben das Sonderbare?"

„Niemals? —"

„Nein. Zuerst arbeitete ich vom Morgen bis zum Abend. Ich hörte ihn öfter neben mir spielen, er konnte mir ja nicht entgehen. So dachte ich ganz natürlich. Als ich mich dann aber eines Tages ent= schloß, bei ihm anzuklopfen — Sie wissen, wenn man etwas thun will, was man lange aufgeschoben hat, und wäre es das Unbedeutendste, so bedarf es

immer eines starken Entschlusses, — da war er fort,
und ich habe ihn nie wieder gesehen."

„Fort?"

„Auf und davon. Er war nicht sehr bemittelt
gewesen, glaube ich. Mit einem Male, dies erzählte
mir später die Portierfrau, welche mein Zimmer be=
sorgte, hat er durch den Tod seines Bruders eine
reiche Erbschaft gethan, die Stadt verlassen und ist
auf das Land gegangen. Ich wollte ihm nun schreiben
und ihm das Bild schicken als Geschenk der Dank=
barkeit. Doch ich wußte keinen rechten Anfang zu
finden, und hinterher sah ich mich gezwungen, die
Arbeit selbst zu verkaufen, weil ich Geld gebrauchte.
Mich genirte auch, daß er nun reich geworden war.
Er stammte aus einer vornehmen Familie. Was
zuerst ganz natürlich gewesen wäre, hätte er nun
vielleicht falsch aufnehmen können — kurz, ich unter=
ließ es und erwarte so den Zufall, der mich seine
Bekanntschaft machen läßt, denn ich bin überzeugt,
daß dies eines Tages geschehen wird. Dann will
ich ihm zu danken suchen, wenn das möglich ist."

Lilli blickte nachdenklich zu Boden, knotete einige
abgerissene Grashalme mit den Fingern zusammen
und bewegte einmal die Lippen, als wenn sie sprechen
wollte; allein sie that es nicht. Friedrich betrachtete
sie. All seine Landschaftsmalerei schien ihm nichts
werth, weil sie ihm nicht Mittel gab, das Mädchen

so schön darzustellen, wie er ihre Gestalt und ihr reines Antlitz vor Augen hatte.

„Was war das für ein Stück, das er spielte?" fragte sie endlich.

„Ich weiß das nicht einmal. Er spielte es nie wieder in der Folge. Ich habe einige Musiker zu Freunden, von denen hoffte ich es zu erfahren. Ich beschrieb es ihnen. Allein wie läßt sich eine Melodie beschreiben? Denken Sie sich eine Nachtigall, die im Fluge auf und nieder schwebend die Stimme an= schwellen und sinken läßt — nein, es ist unmöglich. Ich versuchte, sie nachzusingen; sie lachten mich aus. Sie behaupteten, ich müßte geträumt haben. Denn das Schönste, das sie mir vorspielten, hatte auch nicht die entfernteste Aehnlichkeit damit."

„Also nichts von Beethoven?"

„O nein. Der hätte nie dergleichen geschrieben. Ich kenne die meisten seiner Compositionen, die wenigstens, welche er für die Violine schrieb. Aber nirgends auch nur ein Anklang. Eine Ruhe, eine Heiterkeit lag in dem Stücke, die ihm fremd sind. Es ist, als hätte der, der es componirte, nur für sich ganz allein gedichtet und gar nicht an das Pu= blikum gedacht, auch nicht von ferne. Bei Beethoven ist überall Kampf, Vorwärtsdrängen, Ueberwindung des Widerstrebenden — er läßt uns in eine unend= liche Tiefe versinken, wo alles Andre verstummt und wir ihn allein vernehmen: wie ein Bergmann von Zwergen plötzlich durch wunderbare Gänge schimmernden Goldes geleitet wird, die sich aufthun, wo keiner sie ahnte, so lockt er uns einsam weiter und weiter und schläfert uns endlich ein, um uns in Träumen noch Wunderbareres zu zeigen. In dem Stücke aber, das ich damals hörte, war keine Spur dieser durch Zauberei erhellten Dunkelheit, sondern als zöge mich ein beflügelter Geist empor und ließe mich von oben herab die Erde als ein harmonisches Ganzes empfinden, daß alles Leben unter mir dahinströmte, wie ein lieblicher Bach; kein gewaltsamer Sturz über Felsen, kein Aufspringen in tausend lebendigen Strahlen, die die Sonne vergoldet, wie bei Mozart, kein Rauschen des Meeres wie bei Gluck. Von dem hätte es noch am ersten sein können, doch alles, was er geschrieben, ähnelt sich sosehr, daß man es gleich erkennt, wie die antiken Statuen an ihrer Arbeit. Es muß ein anderer gewesen sein.“

Lilli lauschte den Worten des jungen Malers und sah ihn an. Er fühlte es. Ihre Blicke strahlten; warum sollte er glauben, daß ihr Geist in der Ferne weilte, statt bei ihm? Warum nicht denken, sein Feuer hätte ihre Seele ergriffen? — Als er schwieg, und sie wieder still dasaßen, erwachte zum ersten Male in ihm der Gedanke, er sei ihr näher gerückt,

und nun, da er sich berechtigt glaubte, glücklich zu
sein, empfand er wieder sein Unrecht gegen den,
in dessen Stelle er sich einschlich. Er bemitleidete
ihn, den er nicht kannte. Er hätte ihm Königreiche
schenken mögen, nur damit er den Verlust ver=
schmerzte, den er durch ihn erleiden sollte.

Lilli stand auf und lief den Hügel hinab, Fried=
rich folgte ihr. Sie gingen im hohen Grase und
suchten einen der Fußpfade zu gewinnen, welche
schlängelnd die Wiese durchschnitten. Die Sonne
brannte. Auf einem Umwege erreichten sie das
Haus wieder, wo nun ein jeder eine Zeit lang sich
selbst überlassen blieb.

Friedrich suchte Papier und Bleistift zu erlangen,
fand sie und wählte sich in der Tiefe des geräumigen
Hofes einen Platz aus, um von dort das wunder=
liche Wohngebäude zu zeichnen. Er war noch nicht
lange bei der Arbeit, als Lillis Tante von einem
Spaziergange zurückkehrend auf das Haus zuging,
und, als sie ihn bemerkte, zu ihm einbog. Sie
hatte sich niemals viel in die Unterhaltung gemischt
und war, obgleich lebhaft in ihrem ganzen Wesen,
doch sparsam mit ihren Worten. Indem sie den Be=
ginn der Zeichnung betrachtete, erzählte sie, gesprä=
chiger als sonst, verschiedenes von den Schicksalen
des Gutes. Sie nannte endlich Lillis Verlobten,
allein Friedrich fragte sogleich nach etwas ganz ent=

legenem, was sie kurz beantwortete und darauf still-
schwieg.

Nicht lange, so trat auch Lillis Mutter aus einem
der Wirthschaftsgebäude und setzte sich zu ihnen auf
den langen Balken, welcher als Bank diente und
noch Platz für viele hatte. Das Pflaster des Hofes
war glänzend rein von den Regengüssen des vorigen
Tages. Mägde klapperten mit den Holzpantoffeln
drüber hin, eine Heerde Truthühner irrte mit nickenden Schnäbeln umher, und auf den Staketen des
Gartens saßen zwei Pfauen und sonnten sich.

Jeder von ihnen empfand in seiner Weise die Anmuth des Tages. Man saß nebeneinander ohne Anspruch auf Gespräch und Unterhaltung. Das Stillschweigen, das in der Stadt peinlich gewesen wäre,
ward hier zu einer wohlthätigen Verbindung. Politik, Schmeichelei gegen Rang und Reichthum, Sorge,
wie man seinen Abend verbringen wolle, und der
ewige Trieb der inneren Unruhe, der uns dort zur
zweiten Natur wird: — nichts weiß man mehr
davon. Zuerst glaubt man es kaum entbehren zu
können, jetzt scheint es ganz aus dem Bereiche des
Möglichen verschwunden.

Auf seiner italienischen Reise hatte Friedrich ähn-
liche Stimmungen gehabt, damals aber ließ ihn die
Unruhe seiner Jugend nicht so ganz der Stille der
Natur sich hingeben. Es fehlt ihm die Erfahrung

und die Dankbarkeit gegen das ruhvergönnende Schicksal. Und da er nun, trotz der unaufhörlichen Sorge um den, welcher ihm neben Lilli im Wege stand, sich schon so glücklich fühlte, wie hätte er erst sein Leben genossen, hätte er frei und unbe=kümmert in die Zukunft sehen dürfen.

Sie selber kam zuletzt mit ihrem Vater. Jeder gab seine Meinung über die fortrückende Zeichnung ab, und als sie vollendet war und dem jungen Mäd=chen vom Künstler angeboten ward, nahm sie sie lächelnd hin, reichte ihm zum Danke die Hand und bat ihn, seinen Namen und das Datum darunter zu setzen.

––––––––

Auf dem Spaziergange am Abend gab Friedrich der Frau vom Hause den Arm, auf einem Gange am andern Morgen bot er ihn Lilli an, und sie ging an seiner Seite, als könnte es nicht anders sein. Zurückhaltend war sie niemals gegen ihn gewesen, jetzt ward sie zutraulich. Im Grunde aber war sie doch so gegen ihn, wie sie gegen jeden hätte sein können. Friedrich war ihr Gast. Auf dem Lande und auf Reisen macht man zuletzt keine Umstände mehr miteinander. Für ihn aber ward jedes Zeichen dieses unbekümmerten Verkehres zu einem Symbole von tieferer Bedeutung, die Stunden des Lebens

wurden kostbare Becher, langsam setzte er einen nach
dem andern an die Lippen, trank und trank und ging
in wechselndem Taumel seine Wege vorwärts.

Aber der Geist der Menschen kann nicht still=
stehen; hinter jeder Ferne liegt eine andere, noch
lockender, noch verführerischer. Er hatte den Muth,
Lilli in die Augen zu sehen und dabei zu wünschen,
daß sie seine Gedanken erriethe. Er sprach oft so,
daß sie merken konnte, was er empfand, wenn sie
wollte. Kühn zu sein, hätte er nicht gewagt, aber
seine Furcht hatte sich verloren, und es bedurfte eines
Momentes, um da offene Flammen ausbrechen zu
lassen, wo noch nichts verrieth, daß Feuer verbor=
gen läge.

Daß er stets an ihrer Seite war, schien bei
Niemandem Anstoß zu erregen; bei ihr selbst am
wenigsten. Ihre Sprache ward belebter, ihr Ver=
trauen offenbarer, obgleich sie beide stets nur über
Interessen geistiger Art und nicht über Personen
und Verhältnisse redeten. Man schüttet sich in der
Jugend so gern einander in den Schooß, was man
denkt und gedacht hat; wie zwei Fürsten, einer vor
dem andern ihre Truppen die Revue passiren lassen,
ehrt man sich durch Mittheilung dessen, was man
vermag. Lilli fand bei Friedrich viel Erlebtes, überall
gab er seine Ansichten in praktischen Beispielen; er
dagegen entdeckte in ihr eine Feinheit theoretischer

Anschauung, welche bei ihrem festen, gradeausgehen=
den Wesen die wirkliche Erfahrung beinahe ersetzte.
Nichts von dem, was sie gesehen, war spurlos an
ihr vorübergegangen, allein soviel und sogern sie
sich aussprach, nirgends mischte sich rechthaberische
Weisheit in ihre Worte. Was sie sagte, schien ihr
im Momente erst einzufallen, nur seinetwegen, mit
dem sie gerade zusammen war, um dann sogleich
wieder vergessen zu werden, als dürfte er ihre Stirn
nicht beschweren. Darin trafen sich ihre Naturen,
und eben, weil sie im Momente, wo sie es aus=
sprachen, erst inne wurden, was sie vorbrachten,
ward diese Art von Conversation zu einer Ueber=
raschung für jeden allein und einer Freude für sie
beide. — Und so gingen die Tage weiter.

Man saß eines Nachmittags vor der Hausthür,
wo eine kleine, in den Hof hineinragende Erhöhung
aufgemauert war, welche, mit Blumen umstellt, um
diese Stunde einen angenehm schattigen Platz darbot.
Der ferne Lärm eines nahenden Wagens machte sich
bemerklich, er kam näher und näher, bis endlich das
Fuhrwerk in den Hof hineinrasselte, mit dem Pre=
diger darin. Die Gesellschaft erhob sich, sobald
sie seiner ansichtig ward und ging ihm entgegen.
Friedrich erbleichte. Er blieb zurück, weil er sich in

der That nicht im Stande fühlte, auch nur die wenigen Schritte mit den andern hinabzusteigen.

Der alte Mann verließ seinen Sitz, drückte die dargebotenen Hände und kam zum Hause. Friedrich wagte nicht, ihm die Hand entgegenzustrecken und verbeugte sich nur. Niemand jedoch bemerkte die Kälte ihrer Begegnung, und der Prediger wußte die Verlegenheit seines entflohenen Gastes so geschickt im Dunkel zu lassen, daß sie dem Gang der Dinge keinen Eintrag that und das Vergnügen, so friedlich bei einander zu sein, durch seine Gegenwart den reinsten Zuwachs erhalten zu haben schien.

Während des Gespräches, welches sich nun entspann, schwieg Friedrich, doch auch dies fiel nicht auf. Aber nur der Anblick des würdigen Mannes, seine taktvolle Unbefangenheit, das Bewußtsein seines eigenen Betragens, und in ihm das lebendige Gericht darüber verkörpert sich gegenüber, das fast unausweichliche Herannahen einer Erklärung, selbst wenn er dabei mit der besten Miene Alles hätte ableugnen können, was ja außer ihm selbst keinen Vertrauten hatte, — dies im Vereine übte einen Druck auf ihn aus, der im steten Anwachsen begriffen war, bis er aufstand und in sein Zimmer ging.

Hier aber ward es nur um so schlimmer. In jedem nahenden Geräusche glaubte er den Schritt

seines alten Freundes zu vernehmen. Ohne eigent=
liche Schuld dünkte er sich ein Missethäter, der das
unfehlbare Urtheil seiner Sünden erwartet. Er
wollte Muth fassen, lachte sich aus, war im Begriff
wieder hinunterzugehen und vermochte es dennoch
nicht, und als endlich nach einiger Zeit die Thür
wirklich aufging und der gefürchtete eintrat, war er
in solcher Aufregung, daß es ihm mit allen Kräften
unmöglich gewesen wäre, die Wahrheit seiner Ge=
fühle zu verheimlichen.

Der Prediger stellte sich zuerst vor eins der
Bilder und betrachtete es, ohne Notiz von Friedrich
zu nehmen. Dieser hatte die italienische Reise auf
dem Knie liegen, in der er eifrig lesend Gleiches
mit Gleichen vergalt.

„Wenn Sie an einem Absatze sind", bemerkte
der Pfarrer, jedoch ohne alle Ironie, „dann erlauben
Sie mir wohl, ein Wort dazwischen zu reden?"

Friedrich klappte das Buch zu und legte es auf
das Fensterbrett. Er wollte aufstehen, allein es schien
ihm besser, sitzen zu bleiben. Sein ehmaliger Wirth
stellte sich vor ihn hin und hatte beide Hände auf
dem Rücken. „Sie haben mich sehr plötzlich und un=
erwartet verlassen," begann er. Er sah ihm dabei
mit den kleinen, freundlichen Augen frei ins Gesicht
und sprach in dem schlichten, herzdurchdringenden
Tone, der ihm stets eigen war, gleich geschickt für

die erhabensten Worte, wie für die gewöhnlichen
Verhältnisse, jenen eine menschliche Tiefe, diesen
einen würdigen Inhalt verleihend.

„Sie haben doch mein Briefchen gefunden?"
antwortete der Maler. — „Jawohl, den kleinen
Papierstreifen mit den Worten, Leben Sie wohl,
verehrtester Gastfreund, auf Wiedersehen und einiges
Andere. Allerdings. Ich weiß nicht recht, zu welchem
Zwecke Sie mir das zurückließen?" — „Aber ich
hätte doch nicht so ganz ohne ein Wort aus Ihrem
Hause gehen dürfen," erwiederte noch ziemlich sicher
der andere.

„Nein, gewiß nicht. Aber ein Wort über das,
was Sie vielleicht hätte zurückhalten dürfen, suchte
ich vergebens auf dem Papiere," nahm der Prediger
ganz ruhig das Wort wieder auf, „und in der That,
ich glaube, Sie wären nicht wohl im Stande gewesen, ein Wort darüber zu sagen. Doch lassen wir
das alles bei Seite. Sie sind ein Ehrenmann und
ich bin einer. Wenigstens haben mir das viele
wackre Männer versichert, und in diesem Falle sagt
es mir mein Gewissen. Also, wenn ich mir jetzt
eine Frage erlaube, so darf ich sie thun, und wenn
ich sie thue, sind Sie verpflichtet, eine Antwort
darauf zu geben. Diese Frage ist nun die: Sind
Ihre Entschlüsse in Bezug auf Fräulein Elisabeth
noch dieselben, welche Sie damals doch wohl hat-

ten, als Sie mir Abends im Dunkeln die Hand drückten?"

Während ihn Friedrich so gemäßigt und fern von jeder priesterlichen Ueberlegenheit, zu welcher ihn Amt, Alter und Erfahrung vielleicht berechtigt hätten, reden hörte, ward ihm heißer und heißer zu Muthe und er mußte die Augen senken, weil er seine Blicke nicht ertragen konnte.

„Ich weiß nicht, ob Sie jemals in einer der meinigen gleichen Lage waren," antwortete er nach einer Pause. „Waren Sie das aber und erinnern Sie sich daran, so werden Sie wissen, wie man in diesen Dingen seine Entschlüsse ändern kann, ohne darum aufzuhören, ein Ehrenmann zu sein."

„Das sagt genug allerdings," entgegnete der Angeredete und stand eine Weile nachdenkend. „Ihr Geist ist zusehr entwickelt," fügte er hinzu, „um nicht selber, was Sie gesagt haben, in allen seinen Consequenzen zu entwickeln." Er dachte wieder nach. „Nehmen Sie an, der Verlobte des Fräuleins wäre hier. Was würde dann eintreten? Sie haben eine starke Phantasie. Stellen Sie sich einmal lebhaft vor, Sie wären dieser Andere, kämen hier an, ohne eine Ahnung des Vorgegangenen und sähen sich so verdrängt — oder wenigstens einen Fremden hier mit solchen Absichten? —"

Im Nu geschah, was er verlangte, allein anders

als er vorausgesetzt. Friedrich faßte die letzten Worte
auf und las darin ein Zugeständniß, durch das er
sich gewaffnet fühlte. Er stand nicht mehr dem
Prediger, sondern seinem imaginären Nebenbuhler
gegenüber, und indem die Situation immer lebhafter
vor ihm aufstieg, gerieth er in Feuer. „Da würde
das Recht des Stärkeren entscheiden!" rief er mit
Heftigkeit und sprang auf. — „Stärkeren?" wiederholte der Prediger. „Stärkeren?" und legte einen
drohenden Nachdruck auf die erste Silbe. — „Allerdings! Stehen wir beide neben Lilli da, dann wird
sie wissen, ob sie rechts oder links zu gehen hat,
und wen sie erwählt, der ist der Berechtigte, und
wen sie zurückweist, der trägt sein Unglück!" —

Bis jetzt hatte er sein Verhältniß zu ihr als ein
so ungewisses, schattenhaftes angesehen, daß er vielleicht beim bloßen Herannahen des Andern beschämt
zurückgetreten wäre. Hätte der Prediger, statt diese
Scene herbeizuführen, still seine Rolle weiter gespielt
und ihn durch ein kaltes Ignoriren im Zaum gehalten, er würde dann die Macht bewahrt haben, welche
er nun einbüßte. Er hatte des Mädchens Besitz als
eine Möglichkeit dargestellt. Die neue Idee ent-
flammte Friedrich, daß er Kräfte aus ihr sog, welche
ihm sonst nie zu Gebote gestanden hätten. Er hielt
sich stolz aufrecht. Er wollte erkämpfen, was man
ihm streitig machte.

Der alte Mann bewahrte seine Ruhe. Sie maaßen sich mit den Blicken. „Der Himmel leidet oft, daß Unrecht geschehe," nahm er stark das Wort, „aber niemals noch hat er es unbestraft gelassen! Ich habe Sie gewarnt. Sie haben mir nachgegeben zuerst. Sie haben gefühlt, daß Sie Unrecht thaten, indem Sie mich verließen, Sie hätten es sonst nicht in dieser Weise gethan: jetzt aber sind Sie schon soweit, daß, wie ich sehe, mein Reden und Rathen unnütz wird. Ich war es, der Sie zu mir einlud. Wenn Sie den Frieden dieser Leute stören, denen Sie durch meine Schuld näher kamen, so weiß Gott, daß ich nur das unschuldige Werkzeug bin, dessen, was geschehen soll. Wenn Sie aber dabei ein Unglück erleben, dann klagen Sie mich nicht an, daß ich Sie verführte oder Sie nicht nach bestem Willen zurückgehalten hätte!" — Er wollte gehen, Friedrich aber ergriff seine Hand. „Wenn es mir möglich wäre, anders zu handeln," rief er leidenschaftlich, „so wollte ich Ihnen folgen, aber es ist unmöglich!"

„An jenem Abende hielten Sie es doch für möglich?" antwortete er und machte sich los. „Sie wissen es, daß Sie ein Unrecht thun — warum thun Sie es?" — „Ich thue keins!" schrie der Maler auf, „Sie können das nicht behaupten!" —

„Da Sie so heftig werden," erwiederte mit plötzlicher

Milde der Mann, „daß Ihnen die Thränen in die Augen steigen, sehe ich wohl, daß Sie fest davon überzeugt sind, kein Unrecht zu thun. Ich weiß nicht, was daraus wird. Ich bekam plötzlich ein Gefühl, hierher zu reisen, und Sie zu warnen. Wohlan denn, handeln Sie, wie Sie wollen. Ich aber werde jetzt mit dem Fräulein reden.“

So verließ er das Zimmer. Friedrich blieb erstarrt zurück. Die letzten Worte hatten ihn plötzlich zur Vernunft gebracht. Was wußte sie? Was hatte sie ihm für Hoffnungen gegeben? Wie mußte er vor ihren und ihrer Eltern Augen erscheinen? Eine ungemeine Verwirrung bemächtigte sich seiner, das Zimmer erdrückte ihn, er verließ das Haus, durcheilte den Garten und gewann das freie Feld.

Er mußte freie Luft um sich haben. Er stieg von der Höhe in die Wiesen hinab, da wo er am ersten Tage mit Lilli gegangen war. Er durchwatete das hohe Gras. Nicht allzuweit hatte er so zu gehen, bis er ein stilles Wasser erreichte, welches mit Erlen zu beiden Seiten besetzt war, zwischen denen sich ein schmaler Fußpfad hinzog. Er wandte sich auf ihm dem dichten Gehölze zu, aus dem es herkam und das gleichfalls beinahe ganz aus Erlen bestand, deren schwarze Wurzeln im Sumpfe steckten. — Zuweilen machte er Halt und sah sich um, wie ein Verbrecher. Das Dorf und Wohnhaus lagen hinter ihm. Seine Thürme und Dachwinkel sahen frisch aus dem Laubgedränge heraus; mit dem Bache und dessen Umgebung im Vordergrunde wäre es ein reizendes Bild geworden. Daran dachte er jetzt nicht, er hatte Alles vergessen, was nicht seine Geliebte anging. Jetzt redet er mit ihr, dachte er; oder hat er sie noch nicht gefunden? weiß sie's noch nicht? hat sie noch die alte gute Meinung von mir? — die Idee, daß sie ihn lieben könne, war weit fortgeflogen; damit wagte er sich nicht zu trösten. Und doch, je weiter er ging (er machte jetzt langsamere Schritte), um so sicherer ward diese zweifelhafte Möglichkeit für ihn, und als er endlich am Eingange des Waldes war, stand er im Begriff, Kehrt zu machen, das Herz voll von hoffenden Gedanken.

Aber er bedurfte dessen nicht. Es schimmerte etwas durch das Gebüsch. Noch einige Schritte, und Lilli war bei ihm. Er leuchtete auf. Sie kam aus dem Walde; sie hatte nichts gehört! Noch war Alles zu gewinnen. Sein Herz war voll. Den Muth, den er sonst vergebens herbeigewünscht hätte, er besaß ihn. Es war ein Augenblick, den die Gottheit sandte. Mochte der nun erscheinen, der sie ihm entreißen wollte!

„Sie kommen aus dem Walde?" fragte er. — „Ja," antwortete sie und legte ihren Arm in den seinen, den er ihr anbot. „Ich hatte die Sehnsucht, einmal ganz allein und für mich zu sein. Hier, gleich im Busche, ist eine köstliche Stelle." — Sie hielt inne und sah zurück. „Es sind nur einige Schritte," fuhr sie fort, „wir sollten noch einmal umkehren? Sie müssen das sehen. Wer weiß, wann Sie wieder hierher kommen." — Er drehte mit ihr um, und bald umgab sie die Einsamkeit des Waldes. Das freie Feld wäre ihm lieber gewesen. Hier kam er sich fast wie ein Räuber vor, und die Beute war zu leicht gewonnen.

Mitten im Erlensumpfe lag eine erhöhte trockne Stelle, einige hundert Schritte lang und etwa halb so breit, mit den herrlichsten Buchen bestanden. Stämme von untadelhaftem Wuchse reihten sich aneinander; der Boden unter ihnen war glatt, die Aeste stiegen so schlank auf wie gothige Bogen, und mitten zwischen ihnen bildete sich ein freier Platz, wo einige alte Granitblöcke lagen, ungewiß, ob man sie bearbeitet hatte, oder in ihrer eckigen Form ver= witterten.

Friedrich war erstaunt über diese Pracht, er ge= wann seinen Künstlerblick wieder, aber Lilli stand neben ihm, und der Wald war so still. Sprach er jetzt nicht, wann sollte er reden? Er dachte an den Rückweg; daß der Prediger sie vielleicht selbst hier aufsuchen könnte, und jede Minute, die er unbenutzt ließ, schien ihm unwiederbringlich verloren.

Das junge Mädchen lehnte sich an einen der Steine und blickte zum Himmel auf, gegen den das dunkle Laub der Bäume hart abstach. Die Sonne war schon stark im Sinken, ihre sanften Blitze drangen langgestreckt seitwärts durch die Aeste.

„Was war es", fragte er, „was Sie hier ganz allein bedenken wollten?"

„O", antwortete sie zerstreut — und stockte zu Boden sehend, dann aber lächelnd den Blick erhebend fuhr sie fort, „das sind meine Geheimnisse." — „Und kein Mensch darf sie wissen?" fragte er weiter. — Sie sah ihn eine zeitlang an, ehe sie antwortete. „Es wäre wohl möglich, daß ein Mensch sie wüßte," sagte sie ruhig, hielt dann aber von neuem inne. Sie standen sich hier so ganz allein gegenüber. Dunkel empfand sie etwas von der stürmischen Hitze, die ihn erfüllte. Es ward ihr ängstlich zu Muthe. Nicht daß Friedrich ihr unangenehm oder auch nur anders erschienen wäre, denn von dem, was in Wahrheit in ihm kämpfte, wußte sie nichts, aber der Ton, in dem er sprach, drang beklemmend auf sie ein. Sie hatte ein Gefühl, als wolle er Macht über sie gewinnen, und da sie nicht erkannte, worin und weshalb, mußte sie auch die Seite nicht, wo hinaus sie ihm auszuweichen hätte. Vielleicht, dachte sie, ist nur die Luft hier so dumpf und so erdrückend. „Wenn Sie genug gesehen haben," nahm sie das Wort, „so gehen wir nun nach dem Hause zurück." — Ihm war das das Liebste. Im Gehen, dachte er, fänden sich die Worte besser. Er bot ihr wieder den Arm. Sie zögerte, ihn anzunehmen, aber sie wollte ihn nicht beleidigen und es dennoch thun, sie wandte sich zu ihm, als sie plötzlich mit leuchtendem Auge an ihm vorüber einige Schritte vorsprang, vorwärts gebeugt stehen blieb und ihre beiden Arme erhob.

Er sah ihren Blicken nach. Es kam von ferne eine männliche Gestalt durch die Stämme. Ehe er sie noch erkannt hatte, stieß Lilli einen Schrei der Freude aus und flog wie ein Reh ihr entgegen, in ein Paar Arme endlich, die sich ausstreckten, um sie aufzufangen.

Friedrich stand, wo er gestanden hatte. Er sah die beiden an. Er lächelte und brauchte sich nicht zu fassen, er war ganz ruhig. Da war ihm Lilli schon wieder nahe, den an der Hand sich nachziehend, den sie so begrüßt hatte. Ein junger Mann; sie stellte ihn dem Maler gegenüber. Nur ein Blick, und dieser mußte, daß hier kein Kampf sei. So hatte er das Mädchen nie gesehen, ihre Schönheit schien ge=schlummert zu haben, solange er mit ihr allein war, und jetzt zum ersten Male zu erwachen.

„Hier, mein Freund — hier, mein Bräutigam!" rief sie fast übermüthig, — „und nun, mein verehrter Freund," wandte sie sich zu Friedrich allein, „haben

wir die Unhöflichkeit und lassen Sie, weil Sie unser
Freund sind, den Weg nach Hause diesmal allein
vollenden. So haben Sie von vornherein das Be=
wußtsein, der erste zu sein, der uns etwas zu Liebe
gethan hat, — das heißt, ihm!" — sie deutete auf
ihren Verlobten. Die jungen Männer hatten sich kalt
voreinander verneigt. Lilli nahm den Arm dessen,
dem sie angehörte, und Friedrich blieb allein unter
den Buchen.

Der Umschwung war so rasch eingetreten, daß er
fast ohne Wirkung auf ihn blieb. Ein starker Wurf
zertrümmert ein Glas, ein stärkerer durchbohrt es
und läßt keinen Sprung zurück. Als Friedrich so
einsam dastand, beide Arme auf den Stein gestützt,
an den Lilli sich eben noch lehnte, als er mit interesse=
loser Genauigkeit die rauhe, verwitterte Oberfläche
betrachtete, fühlte er weder Scham noch Aerger oder
Feindschaft. Der malerische Reiz des Waldes übte
eine kurze Zeit lang noch einmal seinen vollen Zauber
auf ihn aus, als träte diese Bewunderung wie ein
ungerufenes Ausfülsel an die Stelle dessen, was in
seiner Brust leer geworden war. Er blickte umher,
als sei das Leben der letzten Wochen mit einem
Striche vernichtet. Noch eine Weile blieb er so
stehen und trat dann nachdenklich und ohne be=
stimmte Gedanken den Rückweg an.

Wie friedlich umgab ihn die Welt. Die letzten

Sonnenstrahlen flogen über die Wiese und übergossen sie mit einem durchsichtigen Glanze. Den Rauch über den Häusern des Dorfes verwandelten sie in goldnes Gewölk, das sumpfige Gewässer zwischen den Baumwurzeln zum unergründlichen Spiegel des reinen Aethers. Er empfand es in tiefster Seele. Er dachte nicht an das, was ihn im Hause erwartete, sondern lenkte seine Schritte dahin, erfüllt von einer schmerzlichen Heiterkeit und unbekümmert um jeden Schlag, der ihn dort nun noch treffen könnte. Sein Unrecht stand ihm klar vor Augen, seine Strafe kannte er als verdient an, all seine Sünden schien er mit ihr abgebüßt zu haben. Aber als er in den Garten eintrat, erblickte er ungesehen Lilli und ihren Verlobten, welche vor ihm hergingen. Ein rasender Schmerz durchzuckte ihn. Da, wo er mit ihr gesessen hatte, warf er sich auf den Boden nieder und bedeckte mit beiden Händen seine Augen, aus denen die Thränen stürzten.

Niemand suchte ihn hier. Es ward dunkler. Die Sonne ging völlig unter. Er sah sie langsam hinter den Horizont sinken und die blutigen Flammen des Himmels grau werden, bis es endlich nur finster verschwimmende Wolken waren, um deren Ränder die Sterne aufblinkten. Die Erde war ganz schwarz, die Luft bläulich düster über sie gebreitet, das Laub der Bäume murmelte um ihn her. Was sollte er

beginnen? Er mußte fort von hier. Er wollte durch
Nacht und Nebel entfliehen, die seine Schande ver=
deckten. Aber er blieb doch, wo er war; eine un=
überwindliche Machtlosigkeit ließ seine glühenden Ent=
schlüsse nur Entschlüsse bleiben. Die Sterne funkelten
immer heller, es graute ihm vor der Einsamkeit, er
richtete sich auf, trat in das Haus ein und gewann
sein Zimmer, in dem er sich einschloß.

Auch hier kam Niemand, seine Verlassenheit zu
unterbrechen. Er nahm es für ein Zeichen, daß man
sich über ihn verständigt hätte. Was lag daran.
Mochten sie es allesammt wissen. Er wäre aufrecht
und ohne Erröthen durch sie hindurchgeschritten. Sein
Schmerz war zu tief und kannte keine Scham mehr.

Die Dunkelheit ward ihm lästig. Er zündete Licht
an und begann in dem gewohntem Buche zu lesen.
Er fing mit dem ersten Blatte an. Wiederum schien
ihm in jeder Zeile ein anderer, tieferer Sinn zu
liegen. Daß Goethe die Reise unternommen hatte,
um einer vernichtenden Leidenschaft zu entfliehen,
wußte er oberflächlich, allein mit Absicht war er nie
in diese Fragen eingedrungen, welche bei großen
Werken der Dichtung stets nebenher laufen. Nun
aber konnte er sich dem Eindrucke einer ungeheuren,
schmerzlichen Resignation nicht entziehen, der ihm
daraus zu sprechen schien. Das erklärte ihm die
Begierde, mit der sich der Dichter in das neue Ele=

ment stürzte, mit der er sich dem fremden Geiste der vergangenen Zeiten hingab, nun verstand er die Umwandlung, die mit ihm vorgegangen. Goethe kam als ein anderer zurück. Eine große sehnsuchtsvolle Lücke war ausgefüllt. Seine Iphigenie, Tasso und Egmont sind die Abschlüsse mit der Vergangenheit, aber schon durchströmt von dem frischen Lebensgeiste, der von nun an seine Zukunft war. Was er vorher geschrieben, entsprang dem Drange träumerischer Leidenschaft, welche in ihrer Beschränkung die Welt entbehren kann: was er jetzt dichtete, ist erfüllt von der Klarheit eines Mannes, der sich von seiner Scholle losgerissen hat und die ganze Welt zum Piedestale seiner Größe macht.

Eine zeitlang hatten solche Betrachtungen die Qual seines Herzens zurückgedrängt, wie man im Anblick des gestirnten Himmels die Erde, auf der man steht, zu einem der unzählig leuchtenden Punkte sich zusammenziehen läßt und die Ahnung eines Geistes empfängt, der frei von Stern zu Stern fliegt. Doppelt heftig kehrten nun die Thränen wieder, er ging in heftigen Schritten durchs Zimmer. Es war spät geworden, und sein Licht fast herabgebrannt. Das Haus stand vielleicht noch offen und er konnte entfliehen? Er mußte fort; was auch von ihm Unrechtes gethan war, sie hatten ihn doch alle beleidigt, er wollte nicht mit ihnen unter einem

Dache bleiben. Lilli hatte mit ihm gespielt, ihr Verlobter ihn kalt, verächtlich angesehen, sie waren seine Feinde, er haßte sie. Schon hielt er die Thüre in der Hand, als er Schritte vernahm, welche auf sein Zimmer zukamen. Nein, er täuschte sich. Es trat Jemand in die Stube neben der seinigen ein. Eine große verschlossene Thüre trennte sie von ihm. Er hörte die Schritte nebenan hierhin und dorthin gehen.

Es war sein Nebenbuhler! Friedrich setzte sich auf den Rand des Bettes und versank in ein dumpfes Hinbrüten. Er zählte die Schritte des andern mechanisch, wie an jenem Tage, als er sein Bild aus dem Rahmen geschnitten hatte. Er dachte an den, der ihn damals rettete; heute schwiegen die Wände unbarmherzig. Er besann sich auf die Melodie, er suchte in seinen Gedanken ohne sie zu finden — da plötzlich fand er sie wieder. War sie es? War es die Erinnerung, die ihn täuschte oder klang sie wirklich vor seinen Ohren? Nein, sie ward gespielt! — er horchte, er lauschte ihr mit Entzücken, wieder übte sie ihre Zauberkraft, zurück brachte sie ihm das Vergessen seiner Qualen und unglaublicher Trost bemächtigte sich seines Herzens.

Endlich verstummte das Spiel. Er sprang auf und suchte im Dunkeln draußen die Thüre des andern Zimmers. Er öffnete sie und trat ein. Der, dem er im Walde begegnet war, hielt die Violine noch in Händen; als er seiner ansichtig ward, legte er sie auf den Tisch nieder und ging ihm einige Schritte entgegen.

„Was war das, was Sie spielten?" fragte der junge Maler.

„Es ist von Bach", antwortete er.

„Von Bach —" wiederholte Friedrich und stand nachdenkend. „Wollen Sie mir erlauben", fuhr er dann schüchtern fort, „daß ich Ihnen dafür danke?"

Sein Gegner streckte ihm die Hand entgegen, die er ergriff und drückte. Diese einfache Handlung gab ihm eine Fluth von Vertrauen.

„Wollen Sie mir auch erlauben", fuhr er fort, „Ihnen zu sagen, warum ich Ihnen danken möchte?"

Lillis Verlobter war so groß als er selbst, schlank, aber nicht so kräftig. Seine Augen hatten etwas Schwermüthiges. Von der Kälte und dem Stolze, welche Friedrich im Walde in seinen Zügen bemerkte, fand er jetzt nicht einen Zug wieder, sondern Güte und ein sanfter Ernst bewegten sie. Er begann zu erzählen. Er wollte sich mit dem begnügen, was er zuerst erlebt hatte, aber die Nähe des andern wirkte wie bezaubernd auf ihn. Er erzählte immer weiter, und das letzte, was er ihm sagte, war die Beschrei= bung des Gefühls, dem er eben durch sein Spiel entrissen war.

„Morgen," schloß er, „gehe ich von hier. Ich weiß, daß der Prediger in aller Frühe abreisen wird. Ich begleite ihn. Ich habe keine Furcht mehr vor seiner Kritik. Ich bitte Sie, mein Fortgehen hier zu entschuldigen. Wenn Sie so gut sind, wie ich mir denke, daß Sie sein müssen, werden Sie das Richtige sagen, so viel und so wenig es bedarf. Wollen Sie?"

Der Andere hatte ihn ruhig von Anfang bis zu Ende angehört. Manchmal überflog ihn ein Lächeln, aber keins, das den Maler beleidigte. „Ja, ich will," antwortete er auf seine letzte Frage. Er ging zum Tische, nahm die Violine und begann noch einmal das Stück zu spielen, während er langsam umher=ging, manchmal stillstand, sich zum offenen Fenster und dann wieder zu Friedrich wandte, welcher ver=senkt in erquickendes Horchen seinen Tönen und den sanften Bewegungen seines Armes folgte. —

Am andern Morgen war Friedrich beizeiten ge=rüstet. Stille herrschte noch im Hause, die große Uhr tickte auf dem Vorplatze, und die Fliegen summten harmlos durch die Stube. Er trat hinaus. Der Prediger saß im Wagen, grüßte ihn mit der Hand und sagte Gutenmorgen. Er selbst hatte schon den einen Fuß auf die Radare gesetzt, um sich neben ihn zu schwingen, als er sich doch noch einmal umsah, trotz aller Hoffnungslosigkeit von dem Gedanken erfaßt, Lilli könne ihm winken, daß er bleiben solle. Es war ein Wahnsinn, aber er dachte so. Nein, es war kein Wahnsinn! — sie stand da vor seinen Augen. Aus der Thüre trat sie und nannte seinen Namen. Gar zu lieblich war ihr Anblick; die Frische des jungen Tages lag auf ihren Wangen, und ihre Gestalt zeigte sich herrlicher als jemals in dem schlichten Morgenkleide.

Er sprang zu ihr hin. Der Prediger wandte nur ein einziges Mal die Augen und sah dann wieder gradaus. — „Wir wollen noch auf eine Minute hier in den Garten treten," sagte sie. Friedrich drängte die thaunasse Thüre auf, Lilli ging voran, und er folgte ihr zwischen den Blumen und Gräsern, die in der kühlen Morgensonne ihre feuchten Halme trockneten. Nach wenigen Schritten stand sie still.

„Sie gehen jetzt von uns," begann sie und sah in einen blühenden Strauch am Wege, „es war mir unmöglich, Sie abreisen zu lassen in dieser Weise; als sollte es Niemand wissen, da es doch Jeder weiß." Sie hielt inne. „Ich glaubte nicht, daß ich ein Unrecht that Ihnen gegenüber," sagte sie weiter, und ihre Sprache empfing einen Accent reizender Furchtsamkeit, als wäre sie plötzlich ein Kind geworden, das nicht offen zu sprechen wagt, obschon es sich nichts Böses bewußt ist, — „aber nun, da ich weiß, daß Sie nicht so glücklich von hier gehen, als ich in mir dachte, nun will ich Sie bitten, daß Sie uns nicht mit feindlichem Gefühl verlassen und uns, oder mir, Vorwürfe machen in ihrem Herzen." Sie hob die Augen, sah ihn flüchtig von der Seite an und blickte wieder auf den kleinen grünen Zweig, den sie mit den Augen festgehalten hatte, so lange sie sprach.

„Sie wissen," fuhr sie fort, „wem ich angehöre, ganz und gar. Ich ahnte nicht, daß Sie so einsam wären mit sich — ich habe oft darüber nachgedacht, wie die wohl aussähe, die Ihnen am schönsten schiene, und wie Sie ihr von mir erzählen würden. — Nun sind die Dinge anders gekommen; es ist so traurig. Aber Sie zürnen uns nicht? Sie denken nicht mit bösem Willen an mich?" — Sie sah ihn an, legte die eine Hand auf die Brust und streckte die andere aus. — „Geben Sie mir freundlich Ihre Hand zum Abschiede. —?" —

Seine Augen glitten an dem edlen, schmalen Arme hinan, er blieb unbeweglich und zitterte und war keines Wortes fähig. Lilli stand vor ihm wie eine himmlische Erscheinung, der er zu Füßen fallen müßte; es war unmöglich, sie zu verlassen, und dennoch, es wäre Verrath gewesen, sich jetzt nicht von ihr loszureißen! Er sah ihren wundervollen Nacken, die sanften Schultern, ihre Wangen, ihre

Lippen, ihren Busen, der sich hob und senkte, — es lockte ihn mit tausend Händen, es war, als rauschten unwiderstehliche Flügel um ihn her und trieben ihn ihr entgegen, er schloß sie in seine Arme, drückte sie an seine Brust und küßte sie — sie konnte es ihm nicht verwehren.

Aber es war nur ein Moment. Erschreckt hielt er inne und riß sich los von ihrer Schönheit. Noch stand sie da, bewußtlos, ob er neben ihr wäre, oder ob sie allein sei, nur die Thränen fühlte sie, die ihren Augen entstürzten; schon aber rasselten die Räder über den Hof, rollten dumpf über die Brücke und dann geräuschlos im Sande weiter; die Weiden zeigten vom Morgenwinde bewegt ihre silbernen Blätter, das Dorf verschwand, und die weite, flache Gegend that sich auf, der die beiden schweigend entgegenfuhren.

www.ingramcontent.com/pod-product-compliance
Lightning Source LLC
Chambersburg PA
CBHW051122120726
47905CB00005B/1380